KB141741

한국 여성작가 연대기

한국 여성작가의
기억과 초상 2

한국 여성작가 연대기

이화어문학회 지음

태학사

책을 내며

아주 오랫동안 여성이 자신의 삶을, 자신의 목소리로 기록하는 일은 그리 환영받지 못한 작업이었다. 그렇기에 한국문학사에서 그 흔적을 찾는 일 또한 쉬운 일은 아니었다. 이에 이화어문학회에서는 '한국 여성작가의 기억과 초상'이라는 기획 아래 2014년부터 여성작가의 삶과 문학을 정리하는 작업을 진행해 왔다. 그 첫 번째 결과물이 《시대, 작가, 젠더》(2018)였고, 이제 여기 두 번째 결과물 《한국 여성작가 연대기》를 세상에 내놓는다.

《한국 여성작가 연대기》는 총 2부로 구성되어 있다. 1부 〈담장 안에서 들끓는 마음들〉에서는 남성들의 영역이라 여겨지던 글쓰기에 뛰어들어 자신의 삶을 '글'로 재현한 여성작가와 구비문학의 여성 이야기꾼을 다루고 있다. 2부 〈담장을 부수려는 시도들〉에서는 세상이 씌운 여성적 규범에서 벗어나 예술의 세계를 통해 자신의 자유를 찾아 나선 여성작가들에게 접근했다. 고전과 현대문학을 넘나들며, 시인과 소설가를 두루 담아내어 문학의 전 분야에서 활동한 여성작가들을 골고루 다루고자 했다. 또한 여성의 삶과 문학에 좀 더 쉽게 다가가기 위해 논문의 격식을 허물고 유연하고 대중적인 글로 구성했다. 그동안《이화어문논집》에 소중한 원고를 보내 주고, 또 단행본을 위해 여러 번 수정해 주신 모든 필자 선생님께 이 자리를 빌려 깊이 감사드린다.

　이화어문학회의 '한국 여성작가의 기억과 초상' 기획은 이 단행본을 끝으로 7년 동안의 긴 여정을 마친다. 이 기획에서 다룬 다양한 여성작가의 삶과 문학이 여성문학사 나아가 한국문학사의 여백을 메우는 데 도움이 되었기를 바란다. 또한 여성의 삶이 더는 '희생'이나 '타자'의 범주로 밀려나지 않고 이 세상을 구성하는 다양한 삶의 하나로 '환대'받기를 바라면서, 2021년 새로 꾸려진 이화어문학회의 후속 작업 '한국문학과 여성생활사' 또한 튼실한 열매로 영글기를 바란다.

2021년 6월

이화어문학회장 홍혜원

차례

1부 담장 안에서 들끓는 마음들

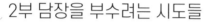

2부 담장을 부수려는 시도들

1부
담장 안에서 들끓는 마음들

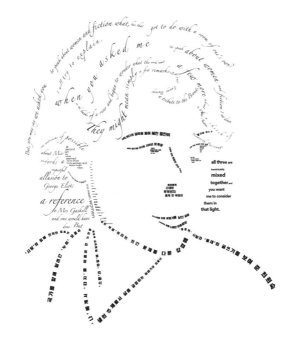

시대, 젠더의 결박을 풀어 헤친 황진이

안세연

황진이
(黃眞伊, ?~?)

조선 중종·명종 때(16세기 초·중순경) 활동했던 기생으로, 다른 이름은 진랑(眞娘)이고 기생 이름인 명월(明月)로도 잘 알려져 있다. 서경덕, 박연폭포와 '송도삼절'로 불린다. 성리학을 비롯해 여러 방면으로 학식이 넓었으며, 시를 잘 짓고 그림도 잘 그렸다. 양반, 왕족 등과도 인연을 맺고 교유했다. 한시와 시조 여러 편이 전한다. 〈만월대회고〉, 〈박연폭포〉, 〈동짓달 기나긴 밤을~〉, 〈청산리 벽계수야~〉 등이 대표작이다.

한국 고전 여성작가의 작품을 떠올리면 백수광부의 처가 지었다는 〈공무도하가〉에서 시작하여 고려가요의 여러 작품을 거쳐 조선시대의 기녀시조, 규방가사에까지 다다르게 된다. 고전 남성작가와 비교한다면 고전 여성작가의 작품은 전해지는 작품 수 자체만 놓고 보더라도 많지 않고, 더욱이 대중적으로 알려진 작가도 드물어, 그들을 쉽게 떠올리기란 여간 어려운 일이 아니다. 그러나 이런 와중에도 여느 남성작가보다 더 대중적으로 알려졌다고 감히 평할 수 있는 '그녀'는 특별히 누구나 예외적으로 쉽게 떠올릴 수 있다. 비록 기생이라는 천한 신분이었지만 예인으로서 시문학을 비롯한 각종 예술에서 두각을 드러냈다고 평가받는, 우리가 조선시대 작품을 얘기할 때 빼놓지 않고 얘기하게 되는 여성작가, 바로 '황진이'다.

황진이는 관련 논문만 2000편이 넘고 소설, 뮤지컬, TV드라마 등 다양한 매체를 통해 현대적으로 변용된 사례가 많기도 하는 등 대중에게 매우 잘 알려져 있는 인물이다. 그러나 아이러니하게도 이런 유명세와 달리, 그녀에 대해 확실하게 알 수 있는 직접적인 사료는 전해지지 않는다. 언제 태어나 죽었는지도 모를 정도다. 다만 《성옹지소록(惺翁識小錄)》[1], 《소호당집(韶濩堂集)》[2], 《송도기이(松都記異)》[3], 《연려실기술(燃藜室記述)》[4] 등에서 출생에 대한 단초를 찾을 수 있으며, 황진이가 기생이 된 이유에 대해서는 이웃집 서생이 홀로 그녀를 사모하다가 결국 병을 얻어 죽은 사건 때문이라는 설이 있기도 하다. 각종 야사(野史)에서 전하는 다양한 이야기만이 그녀가 어떤 인물이었는지 추측케 할 뿐이다.

이런 상황에서 황진이가 지었다고 알려진 시조와 한시는 그녀가 어떤 인물이었는지를 제대로 확인시켜 준다. 다행히 우리는 황진이의 작품을 통해 그녀의 작가로서의 면모를 발견하고, 더 나아가 '나'를 자유롭고 당당하게 만든 진정한 예인으로서의 황진이를 찾을 수 있게 된다. 황진이는 기생으로서의 삶을 한탄하지 않고 오히려 자유로운 삶을 즐겨 나갔던 인물로 평가받는다. 그녀의 작품에서도 자신의 신분에 구속받는 모습은 보이지 않는다. 오히려 그녀는 살아 숨 쉬는 듯 당당하고 멋드러진 시문학을 탄생시켰다.

주체적이고 당찬,
탁월한 '예인'

황진이가 언제 태어나 죽었는지는 정확히 알 수 없지만 출생에 관한 것, 활동했던 시기 그리고 생애의 단편을 추측할 수 있도록 하는 설들이 있다. 《소호당집》, 《숭양기구전(崧陽耆舊傳)》[5], 《송도기이》에 따르면 황진이는 '황진사(黃進士)의 서녀(庶女)'로 언급되어 있다. 이 책들에서는 모두 병부교라는 다리 아래에서 황진사가 현금에게 물을 얻어 마셨고 그러다 두 사람 마음이 통해 황진이를 낳게 되었다고 전한다. 황진이 어머니인 현금은

---

1 조선 중기에 허균(許筠)이 지은 야사집이다. 중국 명나라의 일 혹은 조정 중신들의 기억할 만한 행적, 문인 가객과 관련된 일화, 수재들이 일찍 출세한 이야기 등이 담겨 있다. 각각의 기록은 〈인(引)〉에서 밝혔듯이 그때그때 생각나는 대로 기록하여 모은 것이라고 한다. (한국민족문화대백과사전)

2 조선 말기의 시인·문장가 김택영의 시문집. '전(傳)'이 상당히 많은 양을 차지하고 있다. 특히 연암 박지원(朴趾源)을 추앙하였다. 강위·황현·이준·안중근 등 당대 인물에 대한 전을 지어 역사 기록에 보탬이 되게 하였다. 김택영은 개성 출신이어서 개성 출신 인물에 대한 관심이 높아 《숭양기구전(崧陽耆舊傳)》을 저술하여 차천로·임창택·황진이 같은 인물을 기록하였다. (한국민족문화대백과사전)

3 1631년 이덕형이 쓴 송도에 얽힌 기이한 이야기를 모은 야담 설화집으로, 송도유수로 나갔을 때에 그곳에서 들었던 특이한 이야기들을 파적(破寂)과 문교(文敎)에 도움을 주고자 완성했다고 한다. 책머리에 자서를 싣고, 본문에는 서경덕·차식·안경창·최영수·황진이·한명회·차천로·한호·이유성·전수개·임제 등의 송도 출신 인사들에 관한 설화를 수록하였다. 송악 신사(神祀)에 관한 이야기, 노국공주릉이 도굴당한 이야기, 화장사(花藏寺) 뒤 바위 구멍에 살던 뱀 이야기도 실려 있다. (한국민족문화대백과사전)

4 조선 후기의 학자 이긍익이 지은 조선시대 사서(史書)이다. 부친의 유배지인 신지도(薪智島)에서 42세 때부터 저술하기 시작하여 타계(他界)할 때까지 약 30년 동안에 걸쳐 완성한 것이다. 400여 가지에 달하는 야사에서 자료를 수집, 분류하여 썼다. 원집(原集) 33권, 속집(續集) 7권, 별집(別集) 19권 등 3편으로 되어 있다. (두산백과)

빨래를 하던 자태가 고운 18세 소녀나 첩으로 기록돼 있다. 이로 볼 때 신분이 높지 않았을 것으로 추측된다. 《성옹지소록》에서는 황진이가 '한 맹녀(盲女)의 딸'로 소개되는데 앞서와 마찬가지로 어머니 신분이 높지 않았음을 짐작케 한다.

《금계필담(錦溪筆談)》[6], 《동국시화휘성(東國詩話彙成)》[7], 《어우야담(於于野談)》[8] 등을 살펴보면 황진이가 어느 시대 사람인지 짐작할 수 있다. 교유했던 인물들이 나오는데, 벽계수(碧溪水)로 더 알려진 세종대왕 증손자인 이종숙(李琮淑, 1508~?)을 비롯해 서경덕(徐敬德, 1489~1546), 소세양(蘇世讓, 1484~1562), 송순(宋純, 1493~1583) 등 모두 중종 대의 유명인이다. 《어우야담》에서 임제(林悌, 1549~1587)가 황진이 묘에서 제문을 지어 올렸다는 내용을 보면 황진이는 30대에 생을 마친 것으로 보인다.

또한 《송도기이》를 보면 황진이가 어떤 사람이었는지 짐작할 수 있다. "선녀에 비견되는 인물"이라며 "용모와 재주가 뛰어나고 노래도 절창이며, 태도가 가냘프고 행동이 단아한 사람"이라고 평했다. 《성옹지소록》에서는 "남자처럼 활달한 성격에 거문고를 잘 탔으며 노래를 잘 불렀다"고 했다. 이외에도 여러 야사에 황진이에게 빠져든 남성들에 대한 일화가 많다는 것은 그만큼 황진이가 흡인력 있는 매력을 지닌 당대 최고의 기생이었음을 보여 준다.

지금까지의 내용을 종합해 보면 황진이는 중종 대 사람이고, 양반인 아버지와 서민 혹은 그 이하 계층인 어머니 사이에서 태어났으며, 자유롭고 활달한 성격의 인물이었을 것으로 보인다. 황진이가 '가냘픈 태도와 단아한 행동'을 지키면서도, 소유하고 있던 '활달한 성격'은, 이후 기생 신분이라서 좌절하거나 굽히지 않고 오히려 당당하게 자신을 펴 나갈 수 있도록 유리하게 작용했을 것이다.

황진이는 양반의 피가 섞였지만 양반은 되지 못한 자신의 처지를 한탄하거나 여성으로서 자신의 삶을 기구하게 바라보

---

5 조선 말기에 김택영이 지은 전기집(傳記集)이다. 《고려사》를 편찬할 때 왜곡되어 기록됐던 것을 바로잡겠다는 의도에서 보완하여 편찬했다고 한다. 학행전(學行傳) 24명, 문사전(文詞傳) 18명, 충의전(忠義傳) 11명, 은일전(隱逸傳) 1명, 순량전(循良傳) 3명, 효우전(孝友傳) 16명, 정렬전(貞烈傳) 8명, 임휼전(任恤傳) 1명, 기절전(奇節傳) 2명, 무용전(武勇傳) 5명, 기술전(技術傳) 2명 등 모두 11가지로 분류하여 91명의 행적을 수록하였다. 《고려사》 열전에 들어 있지 않은 인물이 많다. 입전된 인물이라도 널리 알려지지 않은 사실들을 주로 다루고 있어 고려 말과 조선 초의 역사를 좀 더 정확히 서술하겠다는 편자의 의도를 엿볼 수 있다. (한국민족문화대백과사전)

6 1873년에 서유영이 저술한 문헌설화집으로, 141편의 설화가 수록되어 있다. 제왕과 왕비·문신·이인(異人)·양반층여인·기생·하층여인·무인 및 장사(壯士)의 순으로 이들에 얽힌 이야기를 배열하고, 풍속에 관한 잡다한 이야기들을 함께 묶어서 끝에다 첨부하였다. 이 책은 조선 후기에 많이 나오게 된 야담집들과는 달리 다른 문헌을 참고하지 않고, 저자 자신이 직접 들은 이야기만을 수록하였다는 점이 특기할 만하다. (한국민족문화대백과사전)

7 단군 시대부터 조선 영조 때까지의 시와 일화를 모아 엮은 책이며, 편자와 연대는 미상이다. 총 22권 중 권 10~22는 〈조선〉 편으로, 태조·정도전·권근·조준·성석린·성삼문·양사언·최립·황정욱·유몽인·허균·윤선도·홍만종·남구만·둔우·처묵·허난설헌·황진이 등 269인에 관한 글이 각각 수록되어 있다. (한국민족문화대백과사전)

8 조선 중기에 유몽인이 편찬한 설화집. 야사·항담(巷談)·가설(街說) 등이 수록되었는데, 흔한 음담패설이 아닌 풍자적인 설화와 기지에 찬 것들이 담겨 있다. 그중에서 권 1은 〈인륜〉 편으로, 효열·충의·덕의(德義)·은둔·혼인·처첩·기상(氣相)·붕우·노비·배우(俳優)·창기(娼妓), 권 3은 〈학예〉 편으로, 문예·식감(識鑑)·의식·교양·음악·사어(射御)·서화·의약·기예·점후(占候)·복서(卜筮)·박혁(博奕) 등을 분류, 수록하였다. (한국민족문화대백과사전)

지 않은 것 같다. 자신을 만나 보려고 천금(千金)으로 유혹하는 남자들을 거들떠보지 않았고, 시문(詩文)을 모르는 남자들에게는 도도하고 오만하게 굴었으며, 점잖은 척하는 남성들의 허위허식도 벗겨 낸 바 있다. 양반 중심의 가부장적인 질서에 틈을 만들어 내면서도 세상의 시선은 아랑곳하지 않았다. 특히 생불(生佛)로 불리던 지족선사(知足禪師)를 무너뜨린 일화, 남성들에게 수동적으로 선택받는 것이 아닌 능동적, 적극적인 자세로 찾아가 교유하는 모습을 보인 일화들에서 황진이의 당찬 면모가 여실히 드러난다.

이렇듯 황진이는 타고난 재능에 도도함과 신비함, 당당함까지 갖춘 팔방미인이었고 이런 모습이 여러 사람의 삶과 예술 활동에 적지 않은 영향을 끼쳤을 것으로 보인다. 이것이 훗날 황진이가 기생을 뛰어넘어 탁월한 예인으로 이름을 날리며, 성공 가도를 달리게 된 요인이 아닐까 추측해 본다.

주체적이며 당당하고 자유로운
작품 세계를 이루어 나가다

한우(寒雨), 홍장(紅粧), 계랑(桂娘), 홍랑(洪娘), 문향(文香), 매화(梅花) 등 기생이 시조를 창작한 예는 많다. 비록 전해 내려오는 것은 몇 편 안 되지만, 조선시대의 풍류 하면 음악과 노래를 빼놓을 수 없으니 실제로 기생들이 지은 시조는 셀 수 없을 만큼 많았을 것이다. 물론 황진이를 비롯한 여러 기생의 시조가 비슷한 분위기와 정서를 풍긴다고 할지라도 그중 으뜸은 단연 황진이일 것이다.

황진이는 한시와 시조를 잘 지어 어디를 가든 문인, 풍류객들과 어깨를 나란히 할 수 있었다. 가곡에도 뛰어났다. 음색이 청아하다는 평을 받았다. 당대 가야금의 묘수(妙手)라 불렸던 사람도 '선녀'라고 칭찬할 정도였다. 유명한 시인, 묵객들과 교유한 각종 일화를 보면, 그녀는 그들로부터 작품 창작에 영향을 받기도 했고, 반대로 그들에게 영감을 주기도 했던 것으로 보인다.

하지만 창조력과 생동감이 느껴진다는 점에서 황진이 작품은 여느 사대부 시조와 다르다. 또한 자연을 노래하거나, 사랑과 정한을 진솔하게 노래하거나, 인생의 허무를 드러내는 등 작품의 주제는 보통의 시가와 다르지 않지만, 언어를 자유자재로 재단하고 적재적소에 쓰며, 자칫 간과할 수 있는 대상의 속성까지 꿰뚫어 표현해 내는 능력은 그녀만의 것이다. 가히 감탄할 만하다.

황진이 작품은 시조 6수와 한시 몇 편이 전해 내려오고 있다. 시조는 〈청산리 벽계수야~〉, 〈산은 옛 산이로되~〉, 〈동짓달 기나긴 밤을~〉, 〈내 언제 무신하여~〉, 〈어져 내일이야~〉, 〈청산은 내 뜻이요~〉이고, 한시는 〈송도(松都)〉, 〈만월대회고(滿月臺懷古)〉, 〈소백단(小栢舟)〉, 〈봉별소판서세양(奉別蘇判書世讓)〉, 〈별금경

원(別金慶元)〉, 〈박연폭포(朴淵瀑布)〉, 〈상사몽(相思夢)〉 등이다. 시
조의 경우 앞의 5수는 진본(珍本)《청구영언》과《해동가요》를
비롯해 후대의 많은 시조집에 전하고 있어 황진이의 작품이 확
실해 보인다. 하지만 〈청산은 내 뜻이요~〉는《근화악부(槿花樂
府)》와《대동풍아(大東風雅)》두 가집에서만 전하고 있을 뿐 아
니라《근화악부》에서는 작가가 무명씨로 되어 있고,《대동풍
아》에서만 황진이로 되어 있어 논란의 여지가 있다. 그러나 대
체로 이 작품 또한 황진이가 지은 것으로 보고 있다. 본 글에서
는 시조를 중심으로 작품을 살펴보고자 한다.

청산리(靑山裏) 벽계수(碧溪水)야 수이 감을 자랑 마라
일도창해(一到滄海)하면 다시 오기가 어려오니
명월(明月)이 만공산(滿空山)하니 쉬여 간들 엇더리
 _〈청산리 벽계수야~〉

이 작품은 왕족이었던 벽계수를 시험해 보기 위해 지은 것
으로 알려져 있다. 시조에서 '벽계수(碧溪水)'와 '명월(明月)'은 이
중적 의미로 쓰였다. '푸른빛이 도는 시냇물'과 '밝은 달'을 의
미하는 동시에 벽계수와 명월(황진이)을 뜻하기도 한다. 이 같은
이중적 의미의 시어 사용은 작가로서 황진이가 얼마나 탁월한
지를 방증한다.
 표면적으로는 여느 사대부와 같이 자연 속에서 풍류를 즐기

는 화자의 모습이 자연스레 연상된다. 화자는 너무 쉽게 흘러가는 시냇물이 아쉬우니 달빛이 쏟아지는 산에서 쉬어 가는 것이 어떠냐고 제안한다. 흘러가는 시냇물을 잠시 멈추어서라도 자연을 온전히 즐겨 보려는 마음이 드러나기도 한다.

한편 다른 표면적 주제를 상정해 본다면 시냇물이 바다로 가면 돌아오지 못한다는 대목은 한 번 가면 다시 돌아오기 어려운 인생을 비유한 것으로도 읽어 낼 수 있다. 시냇물처럼 흘러가 버린 인생은 되돌릴 수 없음을 안타까워하며 은근히 세월을 멈춰 보려는 바람도 담겨 있다.

그러나 시의 이면에는 황진이를 보더라도 다른 사람들처럼 유혹당하는 일이 없을 거라고 큰소리치며 다니던 벽계수를 꺾고자 했던 황진이의 당찬 시도가 선명히 깔려 있다. 황진이는 그런 벽계수 마음을 꺾을 수 있다는 자신감으로 그를 시험했고, 벽계수는 황진이의 아름다움에 놀라 타고 가던 나귀에서 떨어진다. 결국 벽계수는 황진이에게 마음을 빼앗기고 만 것이다.

산(山)은 옛 산(山)이로되 물은 옛 물 아니로다

주야(晝夜)에 흐르니 옛 물이 잇을소냐

인걸(人傑)도 물과 같도다 가고 아니 오노매라

＿〈산은 옛 산이로되~〉

서경덕의 죽음을 애도하며 지은 시조로 알려져 있다. 황진이는 사모하던 서경덕의 죽음에 안타까워하며 인생무상을 느꼈다고 한다. 그런 마음이 고스란히 드러난 작품이다.

동적인 '물'이 정적인 '산'과 대비를 이루며 시상이 전개되어, '물'의 동적이고 생동감 있는 느낌이 강조되고 있는 것으로 비칠 수도 있다. 그러나 결국 그 물은 '가고 아니 오는 인걸'과 연결된다. 물이 지닌 생명력 있는 이미지는 결국 뛰어난 인재의 삶이 다하고 만 '죽음'과 맞닿는다. 인걸의 인생이 물과 같이 빠르게 흘러가 결국 사라져 버리는 것이 화자는 너무 애석하다. 바다로 흘러간 물은 돌아오지 못한다는 것은 〈청산리 벽계수야~〉와도 상통한다. 산과 물 등의 자연물에 빗대어 인생의 무상함을 표현한 황진이의 탁월한 표현법을 엿볼 수 있다.

죽음을 애도하는 황진이 목소리는 꽤 덤덤하다. 정인(情人)을 보낸 여성의 절절함보다는 고매한 인재 한 명을 보낸 안타까움이 더 크게 느껴진다. 황진이는 서경덕의 고매함을 사모했다. 그러므로 스승이자 벗이자 나라의 인재인 그를 배웅했다고 볼 수 있다. 이것은 서경덕뿐 아니라 벽계수, 소세양, 송순 등 황진이가 교유했던 이들이 단순히 정인이었다기보다 한 시대를 같이 살아가는 인생의 벗이었음을 말해 주는 것이기도 하다.

동짓달 기나긴 밤을 한 허리를 버혀 내어

춘풍(春風) 니불 아래 서리서리 너헛다가

어론님 오신 날 밤이여든 구뷔구뷔 펴리라

_〈동짓달 기나긴 밤을~〉

"서리서리", "구뷔구뷔" 같은 음성 상성어가 시조를 멋드러 지게 만들고 있는 이 작품은, 황진이의 세련된 언어 구사력과 '시간'이라는 추상적인 대상을 실체가 있는 구체적인 대상으로 바꿔 표현한 것이 돋보인다. 화자에게 동짓달의 기나긴 밤은 사랑하는 님이 부재한 시간이다. 그래서 더없이 그리움만 더해 지는 부정적인 시간이다. 어론님이 오시는 밤은 쉬이 다가오지 않고 동짓달의 시간은 아깝기만 하다. 그러니 화자는 밤이 제 일 길다는 동짓달의 시간을 베어 내 사랑하는 님이 왔을 때 사 용하고자 한다. 시간을 베어 내어, 님과 내가 누울 이불 밑에 고 이 넣어 놓았다가 님이 오신 날 밤에 그 시간을 펼쳐 내겠다는 의지를 보인다. 사랑하는 님과 함께하는 짧은 시간을 길고 길 게 연장하고 싶은 마음이 서려 있다. 이것은 곧 님을 기다리는 나의 절실한 마음이, 님을 기다리는 부정적인 시간을 베어 내 고이 간직하게 만든다. 그리고 지금 하염없이 지속되는 부정적 인 시간조차 긍정적인 시간으로 바뀌도록 만든다. 님을 만나고 픈 간절한 바람이, 지금의 그리움과 사랑이 응축되어, 님을 만 날 희망으로 발현되는 것이다. 님이 오지 않는다고 해서 좌절 하거나 체념하는 것이 아니라 오히려 시간까지도 재단해 버리는 황진이의 과감한 자신감이 뚜렷하다.

> 내 언제 무신하여 님을 언제 속였관대
>
> 월침삼경(月沈三更)에 온 뜻이 전혀 없네
>
> 추풍에 지는 잎 소리야 낸들 어이 하리오
>
> _〈내 언제 무신하여~〉

이 시조에서도 〈동짓달 기나긴 밤을~〉과 같이 님을 기다리고 있는 상황이 나타난다. 다만 앞선 시조와 달리 오지 않는 님에게 투정하고 님을 다소 원망하는 마음을 드러내고 있다는 것이 특징이다. 삼경인 깊은 밤에도 님은 올 기미가 안 보이고, 밖에서는 가을바람에 지는 잎 소리만이 들려온다. 나는 님을 믿지 않은 적도, 속인 적도 없지만 님이 오지 않는 상황에서는 나도 어떻게 할 수 없다는 말로 끝맺는다. 다만 잎 소리만 나면 님이 오셨는지 마음이 흔들리는 것은 어쩔 수 없다.

하지만 하염없는 슬픔과 기다림에 침잠되지는 않는다. 혹여 내가 잘못한 것이 있나, 님을 속인 적이 있나 돌아본다. 나는 님을 속인 적이 없는데도 님이 오지 않았다면 나도 어찌할 도리가 없는 것이다. 화자는 자신을 돌아보며 님의 신의를 저버린 적이 없다는 것을 확신한다. 그러고는 님이 오지 않는 상황이 '나' 때문이 아님을 분명히 인식하게 된다. 이별이 내 신의의 문제가 아니며, 상대가 '오지 않은 것'에 문제가 있음을 밝히는 것이다.

그래선지 '낸들 어이 하리오'와 같이 이별에 초연한 모습을 보인다. 이별에 좌절하거나 연연하지 않음은 황진이가 택한 모습이었다. 그녀는 이별에 수동적인 자세가 아닌, 적극적이고 주체적인 태도를 보이게 된다. 이는 〈어져 내 일이야~〉에서도 잘 드러난다.

어져 내 일이야 그릴 줄을 모로던가
이시라 하더면 가랴마는 제 구태여
보내고 그리는 정은 나도 몰라 하노라

위의 시조는 후회와 그리움을 내포하고 있다. '어져'는 후회나 탄식을 의미하는 감탄사로, 시 첫머리에 나와 있어 작품의 전반적 분위기를 이끈다. 이때 '제 구태여'는 두 가지로 해석될 수 있다. '제 구태여'가 앞에 걸리게 되면 '님'의 행동을, 뒤에 걸리면 '화자'의 행동을 받는다. 그러나 항상 남성과의 관계에서 능동적이고 적극적인 자세를 취했던 황진이를 염두에 두면, 화자가 님을 '구태여' 보내고 그리워하는 정을 노래한 것이라고 볼 수 있다. 님이 '떠난' 것이 아니라 님을 '보내고' 그리워하고 있는 것은 사랑하는 감정에 연연하지 않고 님을 떠나보낸 사건이 있었음을 암시하는데, 이는 다른 기생 시조나 전통적인 여성들의 노래에서 보이는 상황과는 이질적이다. 남성과 여성의 관계에서 헤어짐은 대체로 남성이 떠났거나 '님'이 남성이 나인 '여성'을 버린 것으로 나타난다. 그래서 전통적으로 이별은 여성에게 한없이 아프고 절절하고 슬픈 사건이다. 님에게 가지 말라고 붙잡고 매달려도 소용없다. 이별의 시간은 다가오고 님은 떠난다. 남겨진 나는 님이 '왜 나를 떠날 수밖에 없었는지' 곱씹어 물으며 님을 원망한다.

그러나 황진이의 시조는 사뭇 다르다. 떠나는 님을 잡았다면 화자 옆에 있었을 것이 자명하나 화자는 '구태여' 보냈다. 이렇듯 이별의 주체가 님이 아니고 화자로 드러나면서, 이별은 깊은 아픔으로 한없이 나아가는 것이 아니라 순간의 후회로 남을 뿐이다. 물론 이별의 슬픔과 그리움은 분명히 존재한다. 하지만 '나도 모르겠다'고 하면서 이 또한 초연하게 극복해 나간다. 이것은 황진이가 지극히 주체적인 여성이었음을 말해 준다. 황진이는 관계에서 능동적이었기 때문에 사랑에서도 객체가 아니라 주체가 될 수 있던 것이다.

청산은 내 뜻이요 녹수는 님의 정이

녹수 흘러간들 청산이야 변할 손가

녹수도 청산을 못 니져 우러 예어 가는고

_〈청산은 내 뜻이요~〉

이별의 상황에서도 '님을 보내는' 주체적이었던 황진이는,

자신을 '변하지 않는 뜻'을 간직한 '청산'이라 생각한다. 우뚝 서 있는 청산과 같은 황진이는 변하지 않는데, 님의 정은 녹수처럼 흘러가 버린다. 님의 정이 흘러가 버려도 나의 뜻은 변하지 않으니, 결국엔 님이 나를 못 잊어 울며 간다는 것이 사랑에 대한 황진이의 태도다. 변해 흘러가 버리는 님의 마음을 바라보는 것은 아쉽고 섭섭할 수 있으나 화자는 흔들림 없이 산처럼 강하게 우뚝 서 있다. 오히려 님이 이런 화자를 보며 아쉬워한다. 결국 못내 슬퍼하고 힘들어 울며 가는 쪽은 화자가 아니라 님이 된다. 황진이는 그 자리에 있으므로 떠나간 님이 도리어 다시 화자를 찾아올 여지가 있음을 은근히 말하는 것이기도 하다.

하지만 황진이에게 한 번 떠난 님은 '녹수'일 뿐이다. 물의 특성상 다시 올 수도 없고 오지도 못한다고 못을 박는다. 떠나가는 사람은 흐르는 물과 같으니 이치상 구태여 붙잡지 않는다는 것을 보여 주는 동시에 혹여 님이 다시 온대도 황진이에게는 흘러간 물 그 이상의 의미가 없음을 보여 주고 있는 것이다. 이것은 비록 자신의 뜻은 변하지 않더라도, 그것이 한 명에게만 얽매여 있다거나 시대 흐름에 예속되어 있다는 의미가 아님을 분명히 말해 주는 것이다. 얽매이지 않고 자유롭게 떠다니는 존재, 당당하면서 적극적이고 주체적인 존재, 그녀가 바로 황진이다.

시대, 젠더에 구속당하지 않은
자유로운 문인

황진이는 비록 기생이라는 신분에 가려져 있었지만 자신의 신분에 얽매이지 않고 능동적, 적극적인 자세로 사람을 대했다. 타고난 재능에 도도함과 신비함, 당당함까지 갖춘 인물이었다. 앞선 여러 작품에서 볼 수 있었듯이 자유롭고 당당하며 뛰어나고 특별한 존재가 바로 황진이다.

> 한 물줄기 하늘에서 깊은 골로 떨어지니, 一派長天噴壑壟
>
> 용추못 백 길 되는 물줄기 우렁차네. 龍湫百仞水潨潨
>
> 솟아오르는 물줄기 거꾸로 쏟아지는 은하수인가. 飛泉倒瀉疑銀漢
>
> 성난 듯 물결에 흰 무지개 드리우네. 怒瀑橫垂宛白虹
>
> 어지러운 우박과 치닫는 우레 소리 온 골짝에 가득한데, 雹亂霆馳彌洞府
>
> 구슬처럼 치솟아 옥처럼 부서지며 맑은 하늘에 이르네. 珠舂玉碎徹晴空
>
> 나그네들아 여산만 아름답다 말하지 말아라. 遊人莫道廬山勝
>
> 천마산 폭포가 해동에서 으뜸임을 알아야 하네. 須識天磨冠海東
>
> _〈박연폭포〉

개성시 천마산 기슭에 있다는 박연폭포는 서경덕, 황진이와 함께 흔히 '송도삼절'로 불리는 곳이다. 황진이가 박연폭포에 자주 들러 풍류를 즐길 수 있었던 것은 황진이가 송도 지역의 기생이었기 때문일 것이다. 시에서 황진이는 자연에 대한 애정을 보일 뿐만 아니라 박연폭포가 해동에서 가장 아름답다면서 자부심까지 드러낸다.

〈박연폭포〉를 읽으면 시원하고 웅장한 느낌을 받는다. 여느 사대부 시와 견주어도 손색이 없을 만큼 필치가 거침없으면서도 섬세하다. 자연을 생동감 있고 힘 있게 표현함으로써 황진이는 자신을 당당하게 드러낸다. 기생이, 여성이 가녀리고 여리다는 고정관념을 깬다. 황진이는 이처럼 '시대'에도 '사람'에도 '시선'에도 결코 구속받지 않았던, 당당하고 자유로운 여성 문인이자 예인이었다.

참고문헌

김경수 외,《페미니즘과 문학비평》, 고려원, 1994.

김대행,《한국 시가 구조 연구》, 삼영사, 1976.

김용덕, 〈황진이 시조론〉,《인문논총》 14, 1982.

김정미, 〈황진이 연구〉, 고려대학교 석사 학위 논문, 1990.

김해리, 〈황진이 시연구〉, 국민대학교 석사 학위 논문, 2007.

신은경, 〈기녀시조 연구〉, 연세대학교 석사 학위 논문, 2003.

윤재천, 〈황진이 소고〉,《청람어문학》 12, 1994.

이능화,《조선해어화사》, 동문선, 2001.

이현미, 〈황진이 시문학 연구〉, 세종대학교 석사 학위 논문, 2006.

이화형,《황진이, 풍류와 지성으로 살다》, 푸른사상, 2020.

장덕순,《한국고전문학의 이해》, 을유문화사, 1976.

조연숙,《한국 고전여성시사》, 국학자료원, 2011.

'조선 여류 시인'으로
끊임없이 가두어진 '글로벌 시인'
난설헌

김현미

난설헌
(1563~1589)

조선 중기의 시인. 본명은 초희(楚姬). 자는 경번(景樊), 호는 난설헌. 아버지 이름은 엽(曄), 오빠는 봉(篈), 남동생은 균(筠)이다. 문장가문에서 성장해 어릴 때에 어깨너머로 글을 배웠다. 8세에 〈광한전백옥루상량문(廣寒殿白玉樓上梁文)〉을 지어서 신동 소리를 들었고, 균에게 시를 가르쳤던 이달(李達)에게 한시 수업을 받았다. 15세 무렵에 안동(安東) 김씨(金氏) 성립(誠立)과 혼인했으나 부부생활이 원만하지는 못했다. 남매를 두었으나 잃었고 설상가상으로 뱃속의 아이까지 잃는 아픔을 겪었다. 또한, 친정집에서 옥사(獄事)가 생기고 동생 균마저 귀양 가는 비극이 연속됐다. 삶의 의욕을 잃고 책과 한시로 슬픔을 달래며 불우하게 살다 1589년 27세의 젊은 나이로 죽었다. 난설헌의 작품은 상당히 많았던 것으로 알려졌으나 임종 때 유언에 따라 모두 소각됐다고 전한다. 한편, 동생 허균이 난설헌의 작품 일부를 명나라 시인 주지번(朱之蕃)에게 주었는데 그녀 사후 18년 뒤인 1606년(선조 39)에 최초로 중국에서 간행되었다. 1711년에는 일본인 분다이[文台屋次郎]가 《난설헌집》을 간행해 일본 열도에서 애송됐다고 한다.

고전문학 분야에선 여성작가들을 찾기가 어렵다. 그래서 여성 작가들을 발굴해 알리는 일이 더욱 긴요하고 소중하다. 특히 국문보다 한문으로 표기된 작품을 남긴 여성작가는 더더욱 발굴과 발견이 어려운 것이 사실이다.

발굴된 이들 중에서 대표적인 인물이 난설헌 허씨다. 남아 있는 작품이 꽤 많고 그 덕분에 얼마나 많은 소재로 작품을 썼고 작품의 특성 역시 얼마나 다채로운지 알 수 있다. 중세 문화의 중심지로 불린 '중국'에서도 그녀를 알고 있을 정도였다. 이처럼 국제적으로 인증받은 작가이다 보니 난설헌에 대해선 선행 연구물[1]이 꽤 많다. 이 글에서는 기존의 선행 연구물처럼 그

---

1   난설헌에 대한 선행 연구는 아주 많다. 이 글에서는 비교적 최근의 자료 몇 편을 주로 참고했다. 단행본 《한국고전여성문학의 세계》(이화여자대학교출판문화원), 《조선의 여성들, 부자유한 시대에 너무나 비범했던》(돌베개)과 소논문 〈난설헌이라는 "소문"에 접근하기 : 유선시(遊仙詩)의 정신분석학적 분석을 중심으로〉(2003, 홍인숙), 〈허난설헌 시문학 텍스트의 몇 국면〉(2004, 남재철), 〈천추(千秋) 사행 시기 허균의 문헌 관련 활동〉(2006, 동방학지) 등을 참고했다.

녀 일생에 초점을 맞추기보다 다른 접근을 하려 한다.

난설헌의 시집은 아우 허균에 의해서 1606년 중국에서 간행되었고, 조선에선 1692년에 동래부에서 목판본으로 《난설헌집》이 간행되었다. 이런 난설헌을 조선 지식인들이 작가로서 보기 시작한 것은 18세기 무렵부터인 듯하다. 당시 펴낸 '연행록(燕行錄, 조선시대에 사신이나 그 수행원이 중국을 다녀와서 보고 느낀 것을 쓴 기행문)'을 보면 그렇다. 본 글에서는 18세기 연행록에서 난설헌을 어떻게 다루었는지 그리고 19세기 백과사전류 책(《오주연문장전산고(五洲衍文長箋散稿)》)에 기록된 난설헌 항목들을 살펴보면서 조선 지식인들이 '여성작가 난설헌'을 어떻게 바라봤는지 분석해 보고자 한다.

"'바느질'이 여자의 도리지 글쓰기는 아무래도 정도가 아니다"

18세기 연행록 중에서 난설헌의 이름을 본격적으로 거론한 것이 1765년 홍대용이 펴낸 〈건정동필담(乾淨衕筆談)〉이다. 다음이 난설헌을 언급한 부분이다.

난공(반정균)이 "그러면 시경 속의 〈관저(關雎)〉와 〈갈담(葛覃)〉은 성녀(聖女)의 시가 아닌가?" 내(홍대용)가 답했다. "성녀의 덕이 있으면 그렇다고 할 수 있으나, 성녀의 덕이 없으면 방탕에 돌아가게 된다고 하니 이것은 여암(엄성)의 논의가 매우 바르다. 〈관저〉에 나오듯 군자의 좋은 짝[君子好逑]이고 금슬(琴瑟)이 조화를 잘 이루면 즐거운 일이지만 경성(慶星, 상서로운 별)과 경운(景雲, 상서로운 구름)에 비하는 것은 지나치다."

난공이 "귀국의 경번당(景樊堂) 허봉(許篈)의 누이가 시를 잘하여 《중국시선(中國詩選)》에 들어 있다" 하였다.

내가 "바느질을 하고 남은 시간에 곁으로 서사(書史)를 통하고 여계(女誡)를 복습하며, 규범에 맞는 행실을 하는 것이 부녀의 일이고, 글귀를 수식하고 시로써 이름을 얻는 것은 아무래도 정도(正道)는 아니다."

평중[조선 사신 일행인 김재행(金在行)]이 시 한 수를 보여 달라 하니 내놓지 않고 다만 〈상부인의 운에 차운하다[次湘夫人韻]〉만 보였다.

윗글은 홍대용이 사신단과 함께 청나라 북경에 갔을 때 만나 천애지기(天涯知己)로 삼은 중국인 선비 반정균, 엄성, 육비와 나눈 필담이다. 엄성이 홍대용에게 "귀국의 부인들도 시를 잘하는 사람이 있는가?"라고 물으면서 이야기가 시작된다. 그는 반정균의 부인도 시를 잘한다는 말을 덧붙인다. 홍대용이 반정균에게 "그러면 귀국에서는 여자들이 시를 잘하면 어떻게 되는가?"라고 묻고, 반정균은 높게 본다는 취지의 대답을 한다. 엄성과 홍대용은 반대의 입장을 보이자 반정균이 자기 말에 대한 방증으로 《시경》의 〈관저〉와 〈갈담〉 시와 조선의 여성 시인 난설헌을 예로 든다. "경번당 허봉의 누이"로 소개된 이가 바로 난설헌이다.

이 말에 홍대용은 바로 '여자'가 글을 하는 것에 대한 입장을 밝힌다. 바느질 등을 하면서 여자로서 지켜야 할 도리를 다하는 것이 부녀의 일이지, 시 등을 지어 이름을 얻는 것은 아무래도 정도가 아니라고 못 박는다. 기존의 조선 지식인들이 여성을 바라보던 시각과 크게 다르지 않다.

박지원의 《열하일기》(1780)에서는 난설헌에 대해 조금 더 깊이 다룬다.

허봉(許篈)의 누이동생 허씨(許氏)는 호가 난설헌(蘭雪軒)인데, 그 간략한 전기(小傳)에는 여관[女冠, 여도사(女道士)]이라 하였으니, 우리나라엔 본디 '도관(道觀)'이니 '여관'이니 하는 것이 없으며, 또 그의 호를 경번당(景樊堂)이라 하였으나, 이는 더욱 잘못된 일입니다. 허씨가 김성립(金誠立)에게 시집갔는데, 김성립의 얼굴이 오종종하게 못생겼으므로 그 벗들이 그를 놀리어 친구 김성립의 아내가 두번천[두목(杜牧)]을 연모한다 하여 조롱한 것입니다. 대개 규중(閨中)에서 시를 읊는 것이 본시 아름답지 못한 일인데, 더욱이 잘생긴 두번천을 연모한다고 소문까지 났으니 어찌 원통하지 않으리까."

_〈태학유관록〉

난설헌(蘭雪軒) 이조(李朝)의 여류 문학가 허초희(許楚姬)) 허씨(許氏)의 시는 《열조시집(列朝詩集)》과 《명시종(明詩綜)》에 실려 있는데, 혹은 이름으로, 또는 호라고 소개되어 있는 것이 모두 경번(景樊)으로 적혀 있다. 내 일찍이 〈청비록서(淸脾錄序, 《청비록》은 이덕무(李德懋) 지)〉를 쓸 때 상세히 고증한 일이 있었다. 무관(懋官, 이덕무의 자)이 북경에 있을 때, 그것을 축덕린(祝德麟), 당낙우(唐樂宇), 반정균(潘庭筠) 세 사람과 함께 돌려 가면서 읽고 모두 칭찬했다 한다. 이제 내가 북경에 와서 시 중 빠지고 그릇된 곳을 논하다가 이내 허씨에 대한 이야기를 했더니, 윤공(尹公, 윤가전)이 말하기를,

"회암(悔菴) 우동(尤侗)이 지은 〈외국죽지사(外國竹枝詞)〉를 보면 그 첫머리에 조선의 것을 지어 실었는데,

양화도 드는 어귀 살구꽃이 붉으레라 楊花渡口杏花紅

팔도 민요들이 그 나라의 국풍이라 八道歌謠東國風

못내 님을 그리노니 저 비경 여도사를 最憶飛瓊女道士

들보 올려 글 지려고 달나라에 노닌다오 上梁曾到廣寒宮"

라고 하였고, 그는 또 주석을 내기를,

"규수 허경번이 나중에는 여도사가 되었으며, 그는 일찍이 광한전백옥루(廣寒殿白玉樓)의 상량문(上梁文)을 지었다고 하였습니다."

한다.

이에 내가 허경번에 대한 그릇된 것을 상세히 변명하였더니,

윤과 기 두 사람이 각기 나누어 기록하여 간직한다. 중국의 명
사들이 마땅히 이 일로써 또 한 번 저서의 자료로 삼을 것이다.
대체로 규중 부인으로서 시를 읊는 것은 애초부터 아름다운 일
은 아니나, 외국의 한 여자로서 꽃다운 이름이 중국에까지 전
파되었으니, 영예롭게 여길 만한 일이라 하지 않을 수 없겠다.
그러나 우리나라 부인으로서는 일찍이 그의 이름이나 자가 본
국에도 나타나지 못했으니 '난설' 호 하나라도 오히려 분에 넘
치는 일이지만, 하물며 경번(景樊)의 이름으로 잘못 알려져 군
데군데에 기록되어서 영원히 씻지 못하게 되었으니, 이가 어찌
훗날 재능과 사려가 풍부한 규중 재녀들이 마땅히 경계하여야
할 거울이 아니겠느냐!

_〈피서록〉

박지원은 이 두 곳에서 난설헌에 대해 이야기한다. 〈태학유
관록〉은 윤가전(尹嘉銓, 청나라 관리), 기풍액(奇豐額, 청나라 관리)과
필담(필담은 통역 없이 붓으로 나눈 대화를 말한다. 중국과 조선 양국이 다
한자를 쓰니 중국어를 잘 모를 경우 필담을 소통 수단으로 삼은 것이다)을
나누다 난설헌에 대해 이야기한 것이고, 〈피서록〉에서는 좀 더
길게 난설헌에 관해 이야기한다. 첫 번째와 두 번째의 이야기
의 관계를 설명하면, 〈태학유관록〉이 간략한 초고 수준이라면
〈피서록〉은 '심화본'이라 할 수 있다.
　연암이 '난설헌' 개인에 초점을 맞춰 이야기한 이유는 두 가

지 오류를 바로잡고 싶어서다. 첫 번째는 그녀가 중국에 여도사 혹은 여관(女冠)이라는 직책으로 알려졌다는데 사실이 아니라는 것이고, 두 번째 경번(景樊)이라는 그녀의 지칭이 자발적인 것이라는 말이 있는데 이 또한 사실이 아니라는 것이다. 첫 번째 '여관 논란'은 이념적 탈주에 대한 문제, 두 번째 '경번 논란'은 당대 지배 담론인 유교적인 세계관 속 이상적 여성상인 '양처(良妻)'에 대한 배덕의 문제로 분류할 수 있다.

우선 급한 불부터 끄기 위해 연암은 "애초에 우리나라에는 '도관'이니 '여관'이니 하는 것 자체가 없다"고 단언해 버리고, '경번 논쟁'에 대해서는 다소 상세히 설명한다. 즉, 잘생긴 시인 번천 두목(樊川 杜牧, 여기서 번천은 호)을 사모한다는 뜻의 '경번'이라는 난설헌의 호는 허씨의 남편인 김성립이 못생겼다고 놀리기 위해 김성립의 친구들이 '찍어다 붙인' 호칭이지 그녀가 자발적으로 붙인 호칭이 아니라는 것이다.

그런 후 결론적으로, 이러한 논란과 해명이 있게 한 난설헌의 글에 대한 입장을 밝힌다. "외국의 한 여자로서 꽃다운 이름이 중국에까지 전파된 것은 영예라고 생각할 만하다"는 것이다. 하지만 이러한 상찬(賞讚)은 앞서 홍대용의 글처럼 비난을 강조하기 위한 대전제일 뿐이다. "규중 부인으로서 시를 읊는 것은 애초부터 아름다운 일이 아니다"고 이어 말하기 때문이다. 결론적으로 연암이 생각하는 난설헌의 글이란 '어쩌다 잘못 새어 나간' 생각의 흔적이며, 드러내 봐야 결국 규중 여성을 여도사로 오인하게 할 증빙일 뿐이다.

연암은 경번이라는 난설헌의 호가 앞서 밝힌 것과 같은 배경에서 지어졌다는 사실을 형암 이덕무(李德懋, 1741~1793)의 《청비록(淸脾錄, 조선 후기 실학자 이덕무가 역대 고금의 명시를 중심으로 이에 대한 시화와 시평을 수록한 평론집)》에 붙인 서문(序)에서 상세히 고증했다고 밝힌 바 있다. 현전하는 《청비록》〈서〉는 유득공(柳得恭, 1748~1807)이 쓴 것만 남아 있고, 연암의 것은 보이지 않는다. 그런데 《청장관전서(이덕무의 저술을 모두 모아 엮은 전집)》 63권에 수록된 〈천애지기서〉 내의 필담 부분에서 난설헌 이야기를 볼 수 있다.

난공 : 귀국의 경번당은 허봉의 누이동생으로 시에 능해서 그 이름이 중국의 시선(詩選)에 실렸으니, 어찌 다행한 일이 아니겠습니까?

담헌(홍대용의 호) : 이 부인의 시는 훌륭하지만 그의 덕행은 전혀 그의 시에 미치지 못합니다. 그의 남편 김성립은 재주와 외모가 뛰어나지 못했습니다. 그래서 부인이 이런 시를 지었습니다.

이생에서 김성립을 이별하고 人間願別金誠立
저생에서 두목지를 따르고 싶네 地下長從杜牧之

이 시만 보아도 그 사람됨을 알 수가 있습니다.

난공 : 아름다운 부인이 못난 남편과 부부가 되었으니, 어찌 원망이 없을 수 있겠습니까?

형암은 논한다 : 듣건대 경번은 스스로 지은 호가 아니고 부박한 사람들이 기롱하는 뜻으로 붙인 것이라 한다. 담헌도 이에 대해서는 미처 분변하지 못했다. 중국의 책에는 허경번과 허난설헌을 다른 사람이라 했고, 또 '그의 남편이 왜적의 난에 절조를 지키다가 죽자 허씨는 여자 도사가 되어 일생을 마쳤다' 했으니, 와전됨이 너무 심하다. 난공이 만약 시화(詩話)를 편집할 때 담헌의 이 말을 신는다면 어찌 불행한 일이 아니겠는가? 또 그의 시가 전수지[전겸익(錢兼益)]의 첩인 유여시(柳如是)의 경우와 같아 결함을 지적하자면 걸리지 않는 것이 없으니, 또한 기박한 운명이다. 세상에서는 허씨의 시를 모두 맹랑하다고 한다. 이를테면,

첩이 직녀가 아니니 妾身非織女
낭군이 견우일 수 있으랴 郎豈是牽牛

한 이 시도 중국 사람의 시이기 때문이다.

〈건정동필담〉에서와 같은 상황이다. 그런데 여기선 홍대용

이 더 노골적으로 불편한 심기를 드러낸다. 〈건정동필담〉에서는 '여성이 힘써야 할 일과 글쓰기는 서로 맞지 않다'고 일반론적으로 설파했다면, 여기서는 '난설헌이 글은 잘 쓸지 몰라도 덕행은 한참 부족하다'고 인신공격에 가깝게 평했기 때문이다. 특히 그녀(가 썼다는) 시를 인용하면서 공격하고 있어, 예인으로서 그녀의 재능이 더 하찮은 것으로 읽힌다.

이 텍스트에는 홍대용뿐 아니라 이덕무의 시선도 담겨 있다. 이덕무는 두 가지를 언급한다. 일단 '경번'이라는 호칭을 허난설헌이 아닌 다른 사람들이 지은 것인데 중국에서 출판되는 시화에 그대로 쓰이는 것을 우려한다. 두 번째는 난설헌의 시들에 대한 생각이다. '결함이 있고 맹랑하다'고 평한다. 이를 증명하려고 다음 시구까지 첨부한다.

첩이 직녀가 아니니
낭군이 견우일 수 있으랴

이덕무는 이 시가 난설헌의 작품이 아니라 중국 시라는 것이다.

총평을 하면 홍대용, 박지원, 이덕무 모두 여성작가 존재를 거부하고 있다. 이런 조선 지식인들의 시각은 19세기에도 여전하다. 일례로 이덕무 손자 이규경이 쓴 백과사전류의 책인《오주연문장전산고》중 〈경사편○논사류(經史篇○論史類)〉 내 인물

(人物) 부분에 있는 '경번당변증설(景樊堂辨證說)'을 보면 기존 연행 기록들에 기록된 난설헌에 대한 이야기가 총합돼 있다. 각 이야기의 출처까지 밝힌다. 다소 길지만, 전재한다.

세상에서, 허초당(許草堂)을 김성립의 부인이라 하는데, 약간 재주가 있고 시에 능하여《난설헌집》 1권이 세상에 전해지며, 그 서문은 명나라의 사신이었던 난우(蘭嵎) 주지번(朱之蕃)이 썼다. 이 때문에 그 시집이 중국에 들어가 온 천하에 알려지게 되었다.

세속에서, "허씨가 부군의 사랑을 받지 못한 때문에 '인간에서는 어서 김성립과 사별하고, 지하에 가서 영원히 두목지를 따르리'라는 시를 짓고 이어 호를 경번당이라 하였으니, 이는 번천을 사모한 때문이다."

고 전해지고, 우산(虞山) 전겸익(錢謙益)의《열조시선(列朝詩選)》, 어양(漁洋) 왕사진(王士禎)의《별재집(別裁集)》, 주죽타(朱竹坨)의《명시종(明詩綜)》·《정지거시화(靜志居詩話)》, 서당(西堂) 우동(尤侗)의《서당잡조(西堂雜俎)》 등에도 다 허씨를 경번당으로 인정하고 있는데, 천하에서 다 허씨를 경번당으로 알고 있다는 것은 허씨에게 있어 씻을 수 없는 치욕이다. 그러므로 우리나라의 선현(先賢)들이 그렇지 않음을 많이 변론하였다.

폐상(廢相) 강산(薑山) 이서구(李書九)의《강산필치(薑山筆豸)》에, "허씨는 그런 사실이 없는데, 사람들이 억지로 끌어대어 괜히 그런 누명을 받게 된 것이다."

해명하였고, 우리 조부의 《천애지기서》에, "담헌 홍대용이 연경(燕京)에 갔을 때 전당(錢塘)의 추루(秋庫) 반정균이 '귀국의 경번당은 …… 어찌 다행이 아니냐?' 묻자 담헌이 '지하에 가서 영원히 두목지를 따르리'라는 시구를 인용 대답했다"하였고, 이어 나의 조부 형암공(炯庵公)이, "듣건대, 경번당은 허씨의 자호(自號)가 아니라 천박하고 경솔한 사람들이 침해하고 조롱하는 말이라 하는데, 담헌 같은 이가 어찌 이를 해명하지 않았던가. 만약 난공이 시화(詩話)를 편찬할 때 담헌의 이 대답을 기재하게 된다면 허씨에게 어찌 매우 불행한 일이 아니겠는가"하였는데, 내가 그 본집(本集)을 살펴보면 그 곡자시(哭子詩)에 '거년엔 귀여운 딸애를 잃고 금년엔 귀여운 아들을 잃었다[去年喪愛女 今年喪愛子]'하였으니, 부군과의 사이가 좋지 않았다는 말은 허위이다. 내가 평소에, "젊은 부녀가 아무리 부군과의 사이가 좋지 않다손 치더라도 어찌 다른 세대의 남자를 사모하여 경번당이라 자호까지 할 수 있겠느냐."생각하며 세속에 전하는 풍설을 늘 불만스럽게 여겨 오다가 신돈복(辛敦復)의 《학산한언(鶴山閑言)》에, "난설헌이 경번당이라 자호한 데 대해 세상에서, 두번천을 사모한 때문이라 하는데, 이 어찌 규중의 부녀로서 사모할 수 있는 일이겠는가. 당나라 때에 선녀(仙女) 번고(樊姑)가 있었는데 호(號)는 운교부인(雲翹夫人)으로 한나라 때상우령(上虞令)이었던 선군(先君) 유강(劉綱)의 아내였다. 그는 선겨(仙格)이 매우 높아 여선(女仙)들의 우두머리가 되었고 이름도 《열선전(列仙傳)》에 기록되어 있으므로 난설헌이 바로 그를 흠모하여 경번당이라 칭한 것이다"는 대문을 보고서야 무릎을 치며 통쾌하게 여겼다. 이 어찌 억울한 누명을 깨끗이 씻어 줄 수 있는 단안(斷案)이 아니겠는가.

또 본집(本集)도 허씨의 친저(親著)가 아니므로 다음과 같이 그 사실을 열거한다.

지봉(芝峯) 이수광(李晬光)의 《유설(類說)》에, "허난설헌의 시는 근대 규수들 가운데 제일위이다. 그러나 참의(參議) 홍경신(洪慶臣)은 정랑(正郞) 허적(許稿)과 한집안 사람처럼 지내는 사이였는데 평소에 '난설헌의 시는 2~3편을 제외하고는 다 위작(僞作)이고, 백옥루상량문(白玉樓上樑文)도 그 아우 균(筠)이 사인(詞人) 이재영(李再榮)과 합작한 것이다' 했다" 하였고, 신씨(申氏)의 《상촌집(象村集)》에도, "《난설헌집》에 고인(古人)의 글이 절반 이상이나 전편(全篇)으로 수록되었는데, 이는 그의 아우 균이 세상에서 미처 보지 못한 시들을 표절 투입시켜 그 이름을 퍼뜨렸다" 하였고, 전우산(錢虞山)의 소실(小室)인 하동군(河東君) 유여시(柳如是)도 《난설헌집》에서 위작들을 색출하여 여지없이 드러냈으니, 난설헌의 본작이 아님을 알 수 있다. 그리고 김성립의 후손인 정언(正言) 김수신(金秀臣)의 집이 광주(廣州)에 있는데, 어느 사람이, "간행된 《난설헌집》 이외에도 혹 책상자 속에 간직된 비본(祕本)이 있느냐?"고 묻자, "난설헌이 손수 기록해 놓은 수십 엽(葉)이 있는데, 그 시는 간행본과 아주 다르다"
고 대답하고 이어, "지금 세상에 전해지는 간행본은 본시 난설
헌의 본작 전부가 아니라 허균의 위본(僞本)이다" 하였다.

그 후손의 말이 이러한 것을 보면 아마 그 집안 대대로 내려오
는 실전(實傳)일 것이다. 지봉의 실기(實記)와 상촌의 정론(定論)
과 후손의 실전이 낱낱이 부합되므로 쌓였던 의혹이 한꺼번에
풀린다. 내가 평소에 《동관습유(彤管拾遺)》를 편찬하면서 우리
나라 규방의 시들을 모아 이 책을 만들었는데, 경번당의 사실
이 매우 자상하게 수록되었으니 함께 참고하는 것이 좋다.

_〈경번당변증설〉

위 내용은 크게 두 가지 사안에 대한 '설'을 변증한다. 첫 번
째는 난설헌이 '스스로를 부르고 중국에서 불리던' 이름인 '경
번(景樊)'이 어디서 비롯되었는지이고, 두 번째는 《난설헌집》의
진위(眞僞) 여부이다. 첫 번째에 대해서는 경번이 두목지를 사모
한다는 뜻이 아니라 당나라 때 선녀 번고를 사모해서 생긴 이
름이라는 결론을, 두 번째는 《난설헌집》이 친저(親著)가 아니라
는 결론을 각종 문헌을 인용하며 제시한다. 그러나 《난설헌집》
에 실린 모든 작품이 난설헌이 지은 것이 아니라고 하지는 않
고 시 2, 3편은 그녀의 작품임을 인정한다. 이를테면 〈곡자시(哭
子詩)〉는 진작(眞作)이라 밝힌다. 경번의 어원이 사모한 선녀에
서 비롯된 것이니 유선시(遊仙詩)는 실제 창작했으리라는 가능

성을 열어 놓은 것이다.

이후에도 난설헌에 대한 기록은 있다. 한치윤의 《해동역사(단군조선으로부터 고려시대까지의 역사를 서술한 책)》 제70권 〈인물고〉의 '명원(名媛)' 편에서 난설헌에 대한 기존의 기록을 모아 놓았는데, 《열조시집(列朝詩集)》, 《양조평양록》, 《서당잡조(西堂雜組)》 등의 중국 기록물을 중심으로 난설헌에 관한 거의 모든 언급을 무차별적으로 실어 놓았다. 《난설헌집》에 실린 〈광한전백옥루상량문〉을 전재한 것이 특징이다. 《해동역사》에서는 허난설헌 시의 진위 여부를 주로 논했고 '경번'이라는 호칭 문제는 상대적으로 덜 다루었다.

'哭子詩'만 쓴 시인, 난설헌

이상, 18세기 연행록과 19세기 백과전서류 책에 기록된 난설헌에 관한 기록을 살펴보면서 조선 후기 지식인들이 난설헌을 어떤 시각으로 바라보았는지 알아보았다.

난설헌은 위작 논란과 '현모양처'의 모습에 걸맞지 않는다는 이유로 당대에는 인정받지 못했다. 조선 사회는 18세기에야 그녀를 재발견한다. 그것도 중국 지식인들이 언급해서 말이다. 그러나 진보적인 시각과 실학적 실천력으로 이름난 연행록의 작가들도, 문인으로 소환된 난설헌에 대해서는 매우 낯설어하고, '경번'이라는 이름을 일관되게 '오명(汚名)'으로 깎아내리는 모습을 볼 수 있다. 이러한 '여성작가'에 대한 거부의 시선은 이후 중국에서 전하는 난설헌 작품의 진위 여부에 집중하게 만들어 버렸다. 그리하여 그녀의 이름으로 전해지는 작품의 상당수를 그녀의 것이 아닌 것으로 '고증'함으로써 그녀의 작품을 다시 '가는 목소리'로 돌려놓는다.

참고문헌

남재철, 〈허난설헌 시문학 텍스트의 몇 국면〉, 《민족문학사연구》 26, 민족문학사연구소, 2004.

다음백과에서 '허난설헌' 항목

박무영·김경미·조혜란, 《조선의 여성들, 부자유한 시대에 너무나 비범했던》, 돌베개, 2004.

박지원, 〈피서록〉, 《열하일기》.

박현규, 〈천추사행시기 허균의 문헌관련활동〉, 《동방학지》 134, 연세대학교 국학연구원, 2006.

이규경, 人物〈景樊堂辨證說〉, 〈經史篇〇論史類〉, 《오주연문장전산고(五洲衍文長箋散稿)》.

이덕무, 〈필담〉, 〈천애지기서〉, 《청장관전서》 63.

이혜순·정하영 편, 《한국 고전 여성문학의 세계 – 한시편》, 이화여자대학교 출판부, 1998.

한치윤, 〈인물고〉 '명원(名媛)', 《해동역사》 70.

홍대용, 〈건정동필담〉, 《담헌서》 외집 2.

__, 〈항천척독〉, 《담헌서》 외집 2.

홍인숙, 〈난설헌이라는 소문에 접근하기〉, 《한국고전여성문학연구》 7, 한국고전여성문학회, 2003.

실용적 글쓰기로 자신을 지켜 낸
장계향

구선정

장계향
(張桂香, 1598~1680)

조선 후기의 작가. 어린 시절 도학적인 한문시를
지어 주목을 받았지만, 성인이 되자 '글은 부인의
일이 아니다'며 스스로 절필했다. 하지만 이후 글
쓰기 방식을 전환하여 국문으로 된 실용적인 글
들을 꾸준히 짓는다. 요리책인 《음식디미방》이 대
표작이다. 《음식디미방》은 전통 요리를 알려 주는
문화 자원으로 자리매김하면서 여러 곳에 활용되
고 있다. 어린 시절에 지은 〈성인음(聖人吟)〉, 〈경신
음(敬身吟)〉, 〈소소음(蕭蕭吟)〉, 〈학발삼장(鶴髮三章)〉
4편과 손자를 위해 지은 〈증손신급(贈孫新及)〉과
〈증손성급(贈孫聖及)〉도 전한다.

1999년 11월 문화관광부에서는 '이달의 문화 인물'로 장계향(張桂香, 1598~1680)[1]을 선정했다. 안동 장씨인 장계향은 사덕(四德)을 겸비한 현부(賢婦)이자 요리책인 《음식디미방》의 저자로 유명한 인물이다. 게다가 아들 이현일(李玄逸, 1627~1704)이 쓴 〈선비증정부인장씨행실기〉를 보면, 그녀가 성리학의 대가인 정윤목(鄭允穆, 1571~1629)에게서 중국 사람처럼 필적이 뛰어나다는 찬사를 받았다는 대목이 있어 시서화(詩書畵)에도 매우 뛰어났다는 사실을 알 수 있다.[2] 그러나 그녀는 열다섯 살 무렵부터 "시를 짓거나 글씨를 쓰는 일은 여자가 할 일이 아니다"고

---

1 장계향은 안동 장씨로만 불리다가 배영동의 고증 덕분에 그 이름이 밝혀졌다. 2009년부터 경상북도와 경북여성정책개발원에서 공식적으로 장계향이라는 이름을 사용해 출판물을 간행했다. '정부인 안동 장씨'로만 불리던 여성이 '장계향'이라는 이름을 가진 개별적인 존재로 바뀐 것이다. (배영동, 《음식디미방》 저자 실명 '장계향(張桂香)'의 고증과 의의, 《실천민속학연구》 19, 실천민속학회, 2012, 136~186쪽.)

2 이현일, 《(국역)정부인안동장씨실기》, 이재호 옮김, 국역 정부인안동장씨실기 간행소, 삼학출판사, 1999, 42쪽.

생각해 하지 않았다고 한다. 그래서 안타깝게도 그녀의 작품은 시 7편, 서간 1편으로 모두 8편만 전해지고 있다. 이 중 4편[3]은 모두 열 살 전후 어린 나이에 지은 것들이다. 그래선지 시의 골격을 제대로 갖추고 있지는 못하다. 하지만 도학자로서 내면을 갈고닦고 그러면서 생긴 진실한 감성은 잘 형상화되어 시로서 가치는 크다.

그러나 오늘날 장계향을 유명하게 만든 저서는 언문으로 된 《음식디미방》이다. 그녀는 출가(出嫁)를 계기로 글을 쓰는 것은 여성의 도리가 아니라고 생각하여 절필(絶筆)을 선택했지만, 그렇다고 해서 글쓰기 자체를 아예 포기하지는 않았다. 즉, 한문/철학적 글쓰기를 포기했을 뿐이다.

"저자는 그 나무에 그 열매"라는 생트뵈브의 말처럼[4] 우리는 작가를 그의 전기와 됨됨이를 통해 살펴볼 수도 있고, 한편으로 테스트에 중점을 두고도[5] 이해할 수 있다. 장계향에 대한 연구는 이 두 가지 관점에서 활발하게 진행되었다.

장계향의 가계와 생애에 대한 연구는 김사엽[6]이 시작했다. 그 후 김형수[7]는 장계향의 가계와 생애뿐 아니라 그녀의 작품을 고증해 나갔다. 그리고 이현일과 이재가 자신의 어머니에 관해 쓴 글을 박석무[8]가 엮어서 《나의 어머니, 조선의 어머니》를 편찬했다. 이런 여성 행장(行狀, 죽은 사람이 평생 살아온 일을 적은 글)은 대개 남성 지배층의 관점에서 재구성된 경우가 많다. 그 여성에 관한 수많은 정보 가운데서 특정 정보들을 '선택'하고 나머지는 '배제'하기 때문에 기록자인 그 남성의 관점이 반영된다는 점에서 한계가 있다.[9] 따라서 전기를 지나치게 중시하며 따라가는 논의들은 작가 장계향을 있는 그대로 조명하기보다 타자가 만들어 낸, 즉 가부장적인 시선으로 바라본 장계향의 모습을 부각하는 데 치중했다. 조혜란[10]은 이런 시각이 장계향의 인간적인 면모를 왜곡한다고 보아서, 17세기라는 정황 속에 살았던 한 여성으로서 장계향 삶의 궤적을 따라간다. 이를 통해 가부장제의 틀 안에서 나름대로 적극적인 삶을 살아가려 했던 장계향의 모습과 조선시대의 일상적인 규방 문화도 조명했다.

이후에는 최재목[11], 김춘희[12], 장선희[13] 등이 장계향의 경(敬)

---

3 열 살 전후의 작품은 〈학발삼장(鶴髮三章)〉, 〈성인음(聖人吟)〉, 〈경신음(敬身音)〉, 〈소소음(蕭蕭吟)〉이고, 결혼 후의 작품은 〈증손신습(贈孫新及)〉, 〈증손성급(贈孫聖及)〉, 〈희우시(稀又詩)〉와 서간 〈기아휘일(寄兒徽逸)〉이다.

4 레온 에델, 《작가론의 방법》, 김윤식 옮김, 삼영사, 1983.

5 박인기, 《작가란 무엇인가》, 지식산업사, 1997.

6 김사엽, 〈규곤시의방과 전가팔곡〉, 《고병간 박사 송수기념논총》, 경북대학교, 1960.

7 김형수, 〈석계부인, 안동 장씨에 대하여〉, 《여성문제연구》 2, 효성여자대학교 부설 한국여성문제연구소, 1972, 229~263쪽.

8 이건창 외 지음, 《나의 어머니, 조선의 어머니》, 박석무 편역, 현대실학사, 1998.

9 이경하, 〈여성문학사 서술의 문제점과 해결방향〉, 서울대학교 박사 학위 논문, 2004, 114쪽.

10 조혜란, 〈일상의 삶을 역사로 만든 여인, 안동 장씨〉, 《조선의 여성들, 부자유한 시대에 너무나 비범했던》, 돌베개, 2004, 120~139쪽.

11 최재목, 〈성인을 꿈꾼 조선시대 여성철학자 장계향: 한국 '敬'사상의 여성적 실천에 대한 한 시론〉, 《양명학》 37, 한국양명학회, 2014, 143~176쪽.

사상에 바탕을 둔 군자적인 면모를 연구했다. 장선희는 장계향의 경 사상을 "성인은 모든 사람이 도달할 수 있는 경지라고 보는 평등관(平等觀), 단정한 몸가짐과 엄숙한 태도를 공경하는 경신관(敬身觀), 성인을 지향하는 성인관(聖人觀)"이라고 정의하면서, 이러한 사상을 자식, 아내, 어머니 역할을 수행하면서 자아실현을 이루는 데 활용했다고 보았다.[14]

1999년 궁중음식연구원에서 《음식디미방》을 펴냈다. 이를 시작으로 장계향의 텍스트에 대한 연구와 분석도 시작되었다.[15] 백두현은 《음식디미방》을 주해했고[16], 안병희는 국어학적 관점에서 《음식디미방》을 살펴보았다.[17] 이난수는 《음식디미방》을 통해서 장계향의 살림 철학을 고찰했고[18], 박여성은 문화교육적 측면에서 《음식디미방》을 살폈다.[19] 이 밖에도 《음식디미방》에 대한 연구는 다양한 분야에서 아직도 활발하게 이루어지고 있다.

남아 있는 장계향의 시가 아주 적어서인지, 시에 대한 논의는 그다지 활발하게 이루어지지 않았다. 이현우[20]의 경우 장계향의 시 세계를 논하긴 했지만, 17세기 사대부의 생활과 의식이 어떻게 시에 반영되었는지에 주목한 나머지, 시에 대한 세밀한 분석은 부족했다. 이동환[21]은 연구 주제에서 장계향의 시가 간과되고 있음을 지적하면서, 장계향의 시를 자신의 심학 과정에서 가진, 학문에 대한 열정과 어떤 경지에 대한 감흥이 빚어낸 것이라고 말하며 본격적으로 작품 분석을 시도했다.

2017년에 배영동은 그간 장계향에 대한 논의들을 정리하면서, 장계향의 삶과 요리 지식이 어떻게 현대 문화에서 자원화되고 있는지를 소개했다.[22] 이를테면 장계향에 관한 교양서 발간, 방송 프로그램 제작, 페스티벌 개최 등으로 활발하게 나타나고 있다고 설명했다.

12　김춘희, 〈장계향의 여중군자상(女中君子像)과 군자교육관에 관한 연구〉, 계명대학교 박사 학위 논문, 2012.

13　장선희, 〈장계향의 삶과 철학에 나타난 자아실현 과정에 관한 연구〉, 대구한의대학교 박사 학위 논문, 2020.

14　위의 글.

15　김기숙 외, 〈음식디미방에 수록된 면병류와 한과류의 조리법의 고찰〉, 《생활과학논집》 12, 중앙대학교, 1999, 121~141쪽. 손정자, 〈음식디미방〉, 《아세아여성연구》 15, 숙명여자대학교 아세아여성문제연구소, 1966, 249~278쪽. 한복진, 〈음식디미방에 나오는 조선시대 중기 음식법에 대한 조리학적 고찰〉, 《정부인 안동 장씨의 삶과 학예》, 정부인 안동 장씨 추모학술대회 발표논문집, 정부인 안동 장씨 기념사업회, 1999.

16　백두현, 《《음식디미방》의 내용과 구성에 대한 연구〉, 《음식디미방 주해》, 글누림, 2006, 9~40쪽.

17　안병희, 〈국어사자료의 서명과 권책에 대하여〉, 《관악어문연구》 7, 서울대학교, 1982, 148~149쪽.

18　이난수, 〈장계향(張桂香)의 《음식디미방》과 유교여성 살림의 철학〉, 《퇴계학과 유교문화》 54, 경북대학교 퇴계연구소, 2014, 133~162쪽.

19　박여성, 〈한국 요리텍스트 '음식디미방'의 문화교육적 가치 탐색〉, 《교육문화연구》 23, 인하대학교 교육연구소, 2017, 395~421쪽.

20　이현우, 〈이휘일의 어머니 장씨 부인의 詩에 대하여〉, 《비교어문연구》 8, 비교어문학회, 1997, 153~170쪽.

21　이동환, 〈안동장씨부인의 시정신〉, 《한국고전여성문학연구》, 한국고전여성문학회, 2000), 7~25쪽.

22　배영동, 〈17세기 장계향의 삶과 조리지식의 현대 문화자원화 과정〉, 《비교민속학》 63, 비교민속학회, 2017, 291~333쪽.

이렇게 장계향의 삶과 문학이 현대에 다양한 콘텐츠로 재창조되는 것만 보더라도 그를 재조명하는 의의는 충분하다. 특히 장계향의 작품은 그녀의 삶과 정신세계를 더 면밀하게 보여 주기 때문에 계속 연구되어야 한다고 본다. 여기서는, 한문/철학적 글쓰기에서 언문/실용적 글쓰기로 변화되는 과정을 보여 주는 장계향의 글쓰기를 따라가 봄으로써 17세기 '규방'이라는 공간에서 여성의 글쓰기가 어떻게 이루어졌는지를 살펴보자.[23]

뛰어난 재능에도
출가 후 절필

먼저, 장계향이 활동했던 17세기 사회 분위기를 보자. 당시는 엄격하면서도 완고한 주자학적 가치관이 지배했다. '가문'이란 것이 그 어느 때보다도 확고하게 자리 잡혀 있었다. 임진왜란, 병자호란 두 번의 난을 겪으면서 사대부들은 지지 기반이 흔들리는 것을 경험했기 때문에 가문을 수호해야 한다는 의식이 확고했다. 가부장제도 공고화되었다. 그 현상 중 하나로 여성을 규방 공간에 몰아넣고 행동을 규제하기 시작한 것이다.

이런 사회 분위기 때문에 17세기에는 언어를 비롯한 문화 현상과 공간도 지배와 복종이라는 권력관계로 재편되었다. 국문과 한문은 단순한 문자 차이가 아니라 사회의 관습과 제도, 예의범절 등에서 여성과 남성을 통제하는 상징이 되었다.[24]

장계향은 어린 시절 시서화에 능했고 한문/철학적 글쓰기에 뛰어났다. 하지만 성인이 되자 '글은 부인의 일이 아니다'며 스스로 절필한다. 그러나 이후 글쓰기 방식을 국문/실용적 글쓰기로 전환해 꾸준히 썼다.[25] 라캉은 "주체가 구조에 종속되지만은 않는다"고 했다. "개인 주체들이 담론 때문에 생산되면서도 일정한 저항의 능력을 보유"하고 있다는 것이다.[26] 그녀도 한문/철학적 글쓰기를 통해 도덕적 주체를 형성했지만 이를 중단하면서 주체에 대한 욕망을 '어문 생활'로 확장한다.

조선시대 남녀 공간이나 문자의 구분은 젠더 분할을 보여주는 상징이라 할 수 있다. 특히 조선 사회의 공식 문자였던 한자는 지배 남성을 위한 것이었다. 상하층을 막론하고 여성에게

---

23 장계향의 시문으로 전해지고 있는 것은 시 7편, 서신 1편으로 모두 8편이다. 비록 적지만 안동 장씨의 시정신을 볼 수 있기 때문에 매우 중요한 자료라 여겨진다. 그리고 둘째 아들 이현일(李玄逸)이 쓴 〈선비증정부인장씨행실기〉와 〈광지(壙誌)〉, 이수병이 쓴 〈전가보첩(傳家寶帖)〉, 김우림이 쓴 〈묘비명〉, 목만중이 쓴 〈이씨전가보첩서(李氏傳家帖序)〉, 〈경제보첩후(更題寶帖後)〉 등은 그녀의 삶과 문학을 살펴볼 수 있는 중요한 자료이다. 이 자료들은 《(국역)정부인안동장씨실기》(이현일, 앞의 책)에 실려 있는데, 본고는 이 자료를 중심으로 논의를 펴갈 것이다. 마지막으로 《음식디미방》은 배움을 일상 속에서 실천한 결과물이기 때문에 학문의 발전 양상과 삶의 태도 변화를 살펴볼 수 있는 귀중한 자료라 생각된다. 본고에서는 백두현의 《음식디미방 주해》(글누림, 2006)를 기본 텍스트로 삼아 논의를 전개한다.

24 김경미, 〈규방공간의 형성과 여성문화〉, 《한국의 규방문화》, 박이정, 2005.

25 배영동도 장계향이 출가 전에 상당한 성리학적 수련을 쌓았지만, 출가 후에는 성리학적 성취보다는 여성이 할 수 있는 실용 학문으로 관심을 전환해 《음식디미방》을 저술한 것으로 평가한다. (배영동, 앞의 글, 300쪽)

26 레온 에델, 앞의 책.

한자는 공식적으로 금지되었다.[27] 그런데 장계향은 도학(道學)의 대가인 아버지의 영향으로, 어린 시절 여공(女工, 부녀자들이 하는 일)보다는 학문에 열정을 쏟을 수 있었던 것이다. 이현일이 쓴 〈선비증정부인장씨행실기〉에서 그녀의 행적을 재구성해 보자.[28]

장계향은 1598년(선조 31) 11월 24일 안동 금계리(金溪里)에서 태어나 1680년(숙종 6) 7월 7일에 83세로 영양 석보촌(石保村)에서 세상을 떠났다. 그녀의 가문은 고려시대에 태사를 지낸 장정필의 후손으로 대대로 지방의 이름난 성씨였다. 아버지인 장흥효(張興孝, 1564~1633)[29]는 학문이 뛰어나 학자들의 본보기가 되어 '경당(敬堂) 선생'이라 불렸다. 인조 계유년에 창릉 참봉이 되었고, 안동 권씨에게 장가들었다.

장계향은 당시 여성에게 대표적인 교육이었던 여공보다는 《소학(小學)》과 《십구사략(十九史略)》 등 유교에 관한 것들을 아버지에게서 배울 수 있었다. 장흥효가 제자들에게 학문을 가르치고 있을 때의 일화를 보면 장계향이 얼마나 남성 제자들보다 더 총명하고 뛰어났는지를 알 수 있다.

어느 날 장흥효가 《황극경세(皇極經世)》를 가르치다 '원회운세지수(元會運世之數)'[30] 대목이 나왔는데 제자들이 그 의미를 몰라 헤매자 안방으로 들어가 장계향을 불러서 그것에 관해 물었다고 한다. 당시 장계향은 열 살이었는데 잠시 말없이 앉아 있다가 그 수(數)를 낱낱이 세어 대답하여 주변 사람들을 놀라게

했다고 한다. 이때부터 장흥효는 아침저녁으로 마주 앉아 장계향을 가르쳤다. 이러한 사실로 미루어 보면, 적어도 장계향은 유년 시절에는 아버지의 사랑과 인정 덕분에 학문에 대한 열정을 펼쳤던 것으로 보인다.

이동환은 장계향의 시를 '심학(心學)의 詩(시)'로 규정한다. 성리학에서 이기론(理氣論)은 주로 존재와 인식의 문제를 다루는 영역이라면, 심학은 주로 가치(價値)의 실천 문제를 다루는 영역이라 할 수 있다.[31] 실천적인 성리학을 근간으로 하는 퇴계학파는 안동 지역을 중심으로 김성일(金成一, 1538~1593), 유성룡(柳成龍, 1542~1607)을 통해 장흥효에게 계승되어 장계향의 아들인 이휘일, 이현일이라는 유명한 성리학자를 배출했다.[32] 이들에게 도학(道學)은 진리를 찾는 데 헌신함으로써 이 세상의 질서를 확립시키는 경향의 실천 유학이다. 도를 행할 때는 먼저 덕을 닦아야 하고, 이를 경(敬)으로 실천해야 한다.[33] 장계향의 한

27 박무영, 〈규방의 한시문화와 가족 사회〉, 《한국의 규방문화》, 박이정, 2005.

28 이현일의 책을 바탕으로 장계향의 행적을 재구성한다. (이현일, 앞의 책, 23~33쪽.)

29 조선 중기의 학자. 자는 행원(行源), 호는 경당(敬堂), 본관은 안동(安東)이고, 안동부(安東府)에 살았다. 학봉(鶴峯) 김성일 선생의 문인(門人)으로 퇴계의 성리학을 휘일, 현일 두 외손자에게 전수했다. 저술로 《경당문집》이 있다. (이현일, 위의 책, 33쪽.)

30 '원회운세'는 송나라 학자 소옹(邵雍)의 저술인 《황극경세(皇極經世)》에 나오는 학설(위의 책, 23~24쪽.).

31 이동환, 앞의 글, 8쪽.

32 백태한, 〈경당 장흥효 연구〉, 안동대학교 석사 학위 논문, 2002, 5~6쪽.

33 위의 글, 8쪽.

시 속에는 완벽하지는 않지만, 아버지의 영향을 받아 경 사상을 실천하려는 도학자로서의 내면세계가 잘 반영되어 있다.

장계향이 소녀 시절에 지은 시는 〈성인음(聖人吟)〉, 〈경신음(敬身吟)〉, 〈소소음(蕭蕭吟)〉, 〈학발삼장(鶴髮三章)〉 4편이다.

내가 성인이 살았던 시대에 나지 않았으니 不生聖人時

성인의 얼굴을 볼 수가 없네 不見聖人面

(그러나) 성인의 말씀은 들을 수가 있으니 聖人言可聞

성인의 마음도 볼 수가 있겠네 聖人心可見

_〈성인음〉

〈성인음〉은 시적 화자가 도덕적 주체로 형성되는 과정을 노래하고 있다. 시적 화자와 성인은 서로 살았던 시대가 같지 않기 때문에 만날 수가 없다. 그러나 장계향은 자신의 심성을 닦는다면 성인의 말씀을 들을 수 있어 성인의 마음도 볼 수 있다고 말한다. 즉, 성인의 말씀을 실천함으로써 자연스럽게 성인의 마음에 도달할 수 있다는 것이다.

이 몸은 부모님께서 낳으신 몸이니 身是父母身

감히 이 몸을 조심하지 않을 수 있겠는가 敢不敬此身

이 몸을 만약 욕되게 한다면 此身如可辱

이는 곧 어버이의 몸을 욕보이는 것이다 乃是辱親身

_〈경신음〉

〈경신음〉에서 '경(敬)'은 실천함으로써 성인을 닮으려는 의지가 담긴 말이다. 장계향은 이러한 경 사상에 전도(傳道)되어, 경을 통해 도덕적 주체로 나아가고 있다. 유교에서 가장 중요한 덕목은 '효(孝)'라고 할 수 있는데, 효의 근본적인 실천은 신체의 보존에서 비롯된다. 장계향은 이러한 효를 매개로 해서 내 몸을 공경하여 욕되게 하지 않음이 나의 주체를 세우는 일임을 강조한다.

창문 밖에 솔솔 내리는 빗소리 窓外雨蕭蕭

솔솔 내리는 빗소리는 자연스럽기도 하네 蕭蕭聲自然

자연스런 빗소리를 내가 듣고 있으니 我聞自然聲

내 마음도 빗소리처럼 자연스러워지네 我心亦自然

_〈소소음〉

시 〈소소음〉에서 '소소(蕭蕭)'는 창문 밖에 가늘고 길게 이어지는 빗소리를 형상화한 것이다. 시적 화자는 창밖의 빗소리를 자연의 소리로 인식하고, 그것을 듣고 있는 나의 마음도 자연스러운 빗소리와 같다고 표현한다. 즉, '비'를 '자연'으로 상징화한 다음에, 자연과 자신을 동일시한다. 이 시에 대해 조선 중기 문신 목만중(睦萬重, 1727~1810)은 "정정(貞靜)한 덕행과 유한

(幽閑)한 자태(姿態)를 갖추고 있었으니 진실로 규방(閨房) 중에
있는 유현(儒賢)이었다"[34]며 찬사를 아끼지 않았다.

백발 늙은이가 병들어 누웠는데 鶴髮臥病

아들을 머나먼 변방(邊方)으로 떠나보내네 行子萬里

아들을 머나먼 변방으로 떠나보내니 行子萬里

어느 달에나 돌아올 것인가 曷月歸矣

백발 늙은이가 병을 지니고 있으니 鶴髮抱病

서산(西山)에 지는 해처럼 생명이 위급하네 西山日迫

두 손바닥을 마주 대고서 하늘에 빌었으나 祝手于天

하늘은 어찌 그렇게도 반응이 없는고 天何漠漠

백발 늙은이가 병을 무릅스고 억지로 일어나니 鶴髮扶病

일어나기도 하고 넘어지기도 하네 或起或仆

지금도 오히려 이와 같은데 今尙如斯

아들이 옷자락을 끊고 떠나간다면 어찌할 것인가 絶裾何若

_〈학발시삼장〉

〈학발시삼장〉은 장계향의 시 중에서 가장 칭찬을 받은 작품
이다. 장계향은 "이웃 마을 여인의 남편이 변방의 수자리(국경을
지키는 병사)로 떠나가니, 80세가 된 남편의 어머니는 기절했다

가 다시 소생했으나, 슬퍼한 끝에 거의 생명을 잃을 뻔하였다. 내가 이런 말을 듣고서는 그들의 사정을 슬피 여겨 이 시를 짓게 되었다"[35]고 했다. 첫째 구에서 '백발 늙은이'가 병들어 누운 이유는 아들이 머나먼 변방으로 떠났기 때문이다. 둘째 구에서는 아들에 대한 그리움과 걱정 때문에 병들어 간 노파의 명줄을 '서산에 지는 해'에 비유함으로써 그 절박함을 표현한다. 셋째 구에서는 억지로 일어나 쓰러지기를 반복하지만, 아들이 떠났을 때와는 비교할 수 없을 만큼 애절함만 깊어졌다고 한다.

여기서 '절거(絶裾)'는 중국 동진(東晉) 때의 온교(溫嶠)가 상관의 명령에 따라 목적지를 향해 떠나려고 하니, 그 어머니가 온교의 옷자락을 잡고 말려 온교가 옷자락을 끊고서 떠났다는 고사에서 나온 말이다. 이렇게 장계향은 시를 통해 '성인'의 말씀을 듣고, '자연'의 소리를 듣고, 백성의 아픔을 들으면서 '도덕적 주체'를 형성해 갔다. 〈학발시삼장〉은 자손들뿐만 아니라 당대 문인들에게도 극찬을 받았다고 한다.

이씨 가문의 9대손 이수병(李壽炳)의 발문을 보면, 매우 재미있는 일화가 전해진다. 정조 말년에 번암 채제공이 〈전가보첩(傳家寶帖, 장계향 관련 자료를 모아 편집한 8면의 자료. 4~5면에는 장계향이 지은 시 〈성인음〉, 〈소소음〉이 실려 있다)〉을 포함해 영남의 고적을

---

34 목만중, 〈李氏傳家寶帖序〉, 이현일, 앞의 책, 59~63쪽.

35 〈姑之夫行役 其八十之母 絶面復甦 幾地滅性 余聞而哀之, 因作此詩〉, 이현일, 앞의 책, 16쪽.

가지고 가서 임금 앞에서 경연을 진행했는데, 정조가 〈전가보첩〉을 보고는 매우 칭찬했다고 한다. 채제공 또한 〈학발시삼장〉을 보고서 "《시경》 3백 편 중에 부인이 지은 작품이 비록 많지만 〈학발시삼장〉과 같은 작품은 없었다"며 극찬을 아끼지 않았다고 한다. 이에 이수병은 "〈학발시삼장〉은 동국(東國, 우리나라)의 정풍(正風)이 될 것"이라 하고, 장계향을 "여중군자(女中君子)"라며 칭송했다.[36]

이처럼 장계향은 남성의 한문/철학적 글쓰기의 영역을 침범하면서, 남성보다 더 뛰어난 재능을 인정받았다. 그러나 당시 조선시대 여성들은 한문을 공부했더라도, 공적이고 정치적인 글쓰기에까지는 나아가지 못했으니 장계향이 절필한 이유가 시대적인 한계에 있다는 걸 알 수 있다. 비록 그녀는 학문을 펼치지는 못했지만, 출가 후 친정에서 받은 교육을 자녀를 교육하는 데 활용했다.

> 네가 벗을 작별한 시를 보니 見爾別友詩
>
> 그 시 속에 성인을 배우려는 말이 있었다 中有學聖語
>
> 내 마음이 기뻐서 다시 칭찬하여 余心喜復嘉
>
> 짧은 시 한 편을 지어 너에게 준다 一筆持贈汝
>
> _〈증손신급(贈孫新及)〉

새해에 네가 자신을 경계하는 글을 지었으니 新歲作戒文

네 뜻은 지금의 사람과는 다르구나 汝志非今人

어린아이가 벌써 학문에 뜻을 두니 童子已向學

참다운 선비를 이루게 될 것이다 可成儒者眞

　_〈증손성급(贈孫聖及)〉

시 〈증손신급〉과 〈증손성급〉은 장계향이 손자들을 생각하며 쓴 것이다. 어린 손자들이 학문에 매진하는 모습을 보고 흐뭇해하는 할머니의 마음이 잘 나타나 있다. 손자들에게 성인의 말씀을 배워 도덕적 주체로 나아가라고 가르치고 있다. 이렇게 장계향은 '경(敬)'을 실천해 '성인', '자연'과 동일시를 시도했다. 더 나아가 백성에 대한 아픔도 헤아리며 도덕적 주체를 확립했다.

요리책이라는 실용적인 글쓰기로 문인으로서의 욕망 표출

조선 사회는 "여자는 역대 국호와 선대 조상의 명자(名字)나 알면 족하지 문필의 공교함과 시사(詩詞)를 아는 것은 창기(娼妓)의 본색이지 사대부 집안의 취할 바가 아니다"[37]며 여성의 글쓰

36　이수병, 〈傳家寶帖〉, 이현일, 앞의 책, 44쪽.

37　《閨中要覽》(이동연, 〈고전여성시가작가의 문학 세계〉, 《한국고전여성작가연구》, 태학사, 2000. 재인용.).

기 행위를 금지했다. 장계향도 출가하면서 한문/철학적 글쓰기를 그만둔다. 그러나 억눌린 욕망을 어문 생활을 통해 표출한다. 이렇게 한문을 포기하고 언문을 선택한 것은 남성 권력으로 간주하는 한문 기록물에 애초에 접근하지 않기 위해서로 보인다. 이경하는 언어를 상층 여성의 무의식적 자기검열 수단[38]으로 보았다.

장계향이 한자에서 언문으로 문자를 교체하고, 또한 철학적 글쓰기에서 실용적인 글쓰기로 전환한 다음에 이루어 낸 작품이 바로 《음식디미방》이다. 《음식디미방》은 장계향이 말년에 저술한 음식 조리서로, 17세기 중엽에 우리 조상이 무엇을 어떻게 만들어 먹었는지 식생활의 실상을 잘 알려 주는 문헌이다. 그런데 책 제목은 '음식디미방'이 아니라 '규곤시의방(閨壺是議方)'으로 되어 있다. 내용 첫머리에 한글로 쓰인 '음식디미방'이 보인다. 이것은 당시 여성의 언문을 남성이 한문으로 번역해서 기록했음을 뜻한다. 즉 후손들이 '음식디미방'을 '규곤시의방'으로 번역한 것으로 판단된다.[39]

《음식디미방》은 여성의 글쓰기 측면에서 보면 다음과 같은 의미가 있다.

첫째, 저술 목적이 실용에 있다는 것이다. 장계향은 요리책이라는 개념조차 없던 시절에, 자신이 실생활에서 배우고 터득한 요리들과 그 비법을 체계적이고 과학적으로 정리했다. 그녀는 조리 비법뿐 아니라 복숭아, 가지 등을 잘 간수하고 보관하는 법까지 상세히 알려 준다. 또한 자신의 요리 비법이 딸들에게 전해져 편리하게 사용되기를 바라는 마음도 기록해 놓았다.

> 이 칙을 이리 눈 어두온듸 간신히 써시니 이 쓰즐 아라 잇대로 시힝ᄒ고 쓸ᄌ식들은 각각 벗겨 가오듸 이 칙 가뎌 갈 싱각을안 싱심 말며 부듸 샹치말게 간쇼ᄒ야 수이 써러 빈리다 말라.[40]

딸들에게 어미가 침침한 눈으로 간신히 쓴 책이니 쓴 뜻을 잘 알아 이대로 시행하고 책은 본가에 간수해 오래 전하라고 당부한 내용이다. 여기서 주목할 점은, 조선시대엔 보통 여성이 한문으로 쓴 작품들은 숨기거나 없애려고 했으나 언문으로 기록된 실용적인 요리책은 오히려 가문에 보존되기를 바랐는데 장계향이 이를 알고 있었다는 것이다. 이현일이 쓴《갈암집》을 보면, 장계향은 "성현의 격언을 존중하고 신복(信服)하시고 공경히 지키시되 반드시 일상적 삶 속에서 징험하고자 하시었다"고 고백하고 있다.[41] "배우면 배우는 대로 실천하려고 노력했던 사람이었다는 점"[42]에서, 장계향은 자신의 사상을 실용적 글쓰

---

38   이경하, 앞의 글, 118쪽.

39   백두현, 앞의 글.

40   장계향,《음식디미방 주해》, 백두현 옮김, 글누림, 2006.

41   이현일, 앞의 책, 24쪽.

기를 통해 투영하고 있음을 알 수 있다.

둘째, 여성의 어문 생활이 입으로 전달하는 방식에서 책으로 기록되기까지의 흐름을 이 책을 통해서 볼 수 있다는 것이다. 양반 여성은 결혼을 통해 자신이 태어난 가문에서 다른 가문으로 공간적 이동을 하며 일평생 가문 의식에서 자유롭지 못했고, 새로운 가문에 적응하기 위해 남성보다 더 노력해야 했다.[43] 규방에서 여성의 일상은 여공, 바느질, 음식 만들기, 수놓기, 길쌈 등인데, 결혼 전 친정어머니가 이러한 일들을 몸소 가르쳤다. 《음식디미방》을 보면, 16가지 조리법 명칭 뒤에 '맛질방문'이라는 표기가 나온다. 백두현[44]은 실증적 조사를 통해, '맛질방문'은 장씨 부인이 친정어머니 권 씨에게서 전수받은 조리법이라고 했다. 한편 시부모를 모시고 살던 시기에 배운 음식들도 《음식디미방》의 주 내용일 가능성이 있다. 배영동은 장계향의 시댁이 그 당시 영남에서 큰부자였고 시아버지가 현감이었으니 접빈객, 봉제사 음식을 비롯해 품격 있는 음식을 자주 만들어 먹었으리라는 점과 내륙에서는 식용 빈도가 낮은 생선, 조개, 회 등이 제법 많다는 점을 그 근거로 들었다.[45]

이렇게 장계향은 어머니에게서 전수받은 비법과 결혼 후 시댁에서 배운 요리법을 통합해 황혼기에 요리책을 썼다. 여성의 어문 활동이 구수(口授)에서 언문으로 기록되던 양상을 살펴볼 수 있는 좋은 예이다.

이처럼 장계향은 학문을 계속 하지는 않았지만, 일상에서 비롯된 자신의 욕망을 언문/실용적인 글쓰기로 보여 주었다. 장계향은 계실(繼室, 후처)로 들어가 전처 자식까지 포함해 7남 3녀를 양육했다. 남편이 전혀 돌보지 않는 가정을 부지런히 일구었다. 그러면서도 주체적이고 당당한 자신의 사상을 글쓰기를 통해 실천했다.

여성 글쓰기의 욕망이 어떻게
전이, 확장되는지 보여 주다

장계향은 여성에게 부공(婦功, 부인의 공덕)을 강조한 당대 가부장제 사회와 타협해 한문/철학적 글쓰기를 포기했지만, 남아 있는 무의식적 욕망을 《음식디미방》에 표출했다. 《음식디미방》은 실생활의 경험을 토대로 체계적이고 과학적으로 정리한 요리책이다. 장계향은 배우면 배운 대로 실천하려고 노력했던 사람이었고, 그러한 실천 의지가 이 책에 나타나 있다. 학문의 영역을 일상생활로 확장해 《음식디미방》을 창작한 것을 보면, 제

42   위의 책, 24쪽.

43   황수연, 〈17세기 사족 여성의 생활과 문화: 묘지명, 행장, 제문을 중심으로〉,《한국고전여성문학연구》6, 한국고전여성문학회, 2003, 161~192쪽.

44   백두현 외,《《음식디미방》의 '맛질방문' 재론〉,《지명학》30, 한국지명학회, 2019, 157~205쪽.

45   배영동, 앞의 글, 302쪽.

한된 현실 속에서 여성 글쓰기의 욕망이 어떻게 전이되고 확장되어 갔는지를 유추해 볼 수 있다.

장계향의 삶은 현대인에게도 큰 귀감이 되고,《음식디미방》은 다양한 문화 자원으로 활용되고 있다고 한다. 배영동이 조사한 것에 따르면, 정책연구기관이 주관하는 연구서가 출간되고, 문학인이 장계향의 삶과 의식에 대한 책을 쓰고, 여러 방송 프로그램이 기획되고, 음식디미방보존회가 결성되고, 종가음식 전시회·음식디미방축제·장계향 포럼 등이 개최되었다고 한다. 《음식디미방》을 세계기록유산에 올리려는 사업도 추진된다고 한다.[46] 조선시대 여성 지식인의 철학과 살림 글쓰기의 미학이 현대의 큰 문화 자원이 되고 있음을 목격하는 순간이다.

---

46 위의 글, 326쪽.

참고문헌

김경미, 〈규방공간의 형성과 여성문화〉, 《한국의 규방문화》, 박이정, 2005.

김기숙 외, 〈음식디미방에 수록된 명병류와 한과류의 조리법의 고찰〉, 《생활과학논집》 12, 중앙대학교, 1999.

김사엽, 〈규곤시의방과 전가팔첩〉, 《고병한박사송수기념논총》, 경북대학교, 1960.

김춘희, 〈장계향의 여중군자상(女中君子像)과 군자교육관에 관한 연구〉, 계명대학교 박사 학위 논문, 2012.

김형수, 〈석계부인, 안동 장씨에 대하여〉, 《여성문제연구》 2, 효성여자대학교 부설 한국여성문제연구소, 1972.

레온 에델, 《작가론의 방법》, 김윤식 옮김, 삼영사, 1983.

박무영, 〈규방의 한시문화와 가족 사회〉, 《한국의 규방문화》, 박이정, 2005.

박석무, 《나의 어머니, 조선의 어머니》, 현대실학사, 1998.

박여성, 〈한국 요리텍스트 '음식디미방'의 문화교육적 가치 탐색〉, 《교육문화연구》 23, 인하대학교 교육연구소, 2017.

박인기, 《작가란 무엇인가》, 지식산업사, 1997.

배영동, 〈《음식디미방》 저자 실명 '장계향(張桂香)'의 고증과 의의〉, 《실천민속학연구》 19, 실천민속학회, 2012.

___, 〈17세기 장계향의 삶과 조리지식의 현대 문화자원화 과정〉, 《비교민속학》 63, 비교민속학회, 2017.

백두현 외, 〈《음식디미방》의 '맛질방문' 재론〉, 《지명학》 30, 한국지명학회, 2019.

백두현, 《음식디미방 주해》, 글누림, 2006.

백태한, 〈경당 장흥효 연구〉, 안동대학교 석사 학위 논문, 2001.

손정자, 〈음식디미방〉, 《아세아여성연구》 15, 숙명여자대학교 아세아여성문제연구소, 1966.

안병희, 〈국어사자료의 서명과 권책에 대하여〉, 《관악어문연구》 7, 서울대학교, 1982.

이경하, 〈여성문학사 서술의 문제점과 해결방향〉, 서울대학교 박사 학위 논문, 2004.

이난수, 〈장계향(張桂香)의 《음식디미방》과 유교여성 살림의 철학〉, 《퇴계학과 유교문화》 54, 경북대학교 퇴계연구소, 2014.

이동연, 〈고전여성시가작가의 문학 세계〉, 《한국고전여성작가연구》, 태학사, 2000.

이동환, 〈안동장씨부인의 시정신〉, 《한국고전여성문학연구》, 한국고전여성문학회, 2005.

이현우, 〈이휘일의 어머니 장씨 부인의 詩에 대하여〉, 《반교어문연구》, 반교어문학회, 1997.

이현일, 《(국역)정부인안동장씨실기》, 이재호 옮김, 국역 정부인안동장씨실기 간행소, 삼학출판사, 1999.

장선희, 〈장계향의 삶과 철학에 나타난 자아실현 과정에 관한 연구〉, 대구한의대학교 박사 학위 논문, 2020.

조혜란, 〈일상의 삶을 역사로 만든 안동 장씨〉, 《조선의 여성들, 부자유한 시대에 너무나 비범했던》, 돌베개, 2004.

최재목, 〈성인을 꿈꾼 조선시대 여성철학자 장계향: 한국 '敬' 사상의 여성적 실천에 대한 한 시론〉, 《양명학》 37집, 양명학회, 2014.

한복진, 〈음식디미방에 나오는 조선시대 중기 음식법에 대한 조리학적 고찰〉, 《정부인 안동 장씨의 삶과 학예》, 정부인 안동 장씨 추모학술대회 발표 논문집, 정부인 안동 장씨 기념사업회, 1999.

황수연, 〈17세기 사족 여성의 생활과 문화: 묘지명, 행장, 제문을 중심으로〉, 《한국고전여성문학연구》 6, 한국고전여성문학회, 2003.

규방에 갇힌 호탕한 '군자'
호연재 김씨

최선혜

호연재 김씨
(1681~1722)

조선 후기의 시인. 송준길의 후손 송요화와 혼인
했다. 명문가인 은진 송씨에서 아내, 며느리 역할
을 충실히 해내면서 한편으로는 친정에서 배운
학문을 바탕으로 문학 창작도 계속했다. 외부와
교류가 적은 사대부가 여성이라는 한계와 고독
속에서도 어린 시당질들에게 스승이 되어 존경받
았다. 규방에 갇힌 자신을 표현한 작품, 여러 명
승지를 유람한 작품, 호방한 기상으로 가문을 꾸
려 가는 작품 등 여러 한시를 남겼다. 후손들이 필
사하여 전한 《호연재유고》와 딸에게 남긴 규훈서
《자경편》이 전한다.

호연재 김씨(浩然齋 金氏, 1681~1722)는 17세기 말부터 18세기 초까지 살았던 조선 후기의 여성 시인이다. 여느 양반 여성들처럼 기록에 남은 이름은 호연재라는 당호와 친정 가문의 성씨로, 실명은 알 수 없다. 호연재의 친정은 선원(仙源) 김상용(金尙容)을 고조부로, 월사(月沙) 이정귀(李廷龜)를 증조부로 둔 안동 김씨 벌열가(閥閱家, 나라에 공이 많고 벼슬 경력이 많은 집안)였다.

호연재의 아버지 김성달(金盛達) 일가는 호연재가 아홉 살이 될 때까지 서울의 북촌에서 김창협(조선 후기의 학자)과 이웃하여 살았다.[1] 그러다 1689년 기사환국(己巳換局)이 일어나자 선대의 기반이 있던 충청도 홍주(홍성의 옛 이름)의 바닷가 마을 오두(鰲頭)로 낙향한다. 이후 오두 김씨 혹은 갈뫼 김씨로 불리게 되었다.

호연재는 김성달과 부인 연안 이씨 슬하의 6남 4녀 중 막내

---

1 "念昔北里, 比屋以居, 提挈追逐, 朝暮相於." (金昌協, 〈祭族兄伯兼(盛達)文〉, 《農巖集》 29.)

딸로 태어났고 화목한 분위기에서 성장했다. 열여덟 살에 혼인한 남편은 동춘당 송준길의 증손 송요화(宋堯和)였다. 김성달은 증조부 김상용의 벗인 이정귀의 증손녀와 혼인했고, 김상용의 다른 벗 정경세는 송요화의 증조부 송준길의 장인이었다. 당파와 가문으로 얽힌 관계에서 호연재와 송요화의 혼인은 자연스럽게 이루어졌다.

이들 부부에 대해 외손자 김종걸은 《자경편(自警編)》의 발문에서 간접적으로 표현하였다.

> 지추부군께서는 젊어서 호방하여 법도에 얽매이지 않았으니,
> 부인께서 고결한 지조를 안고 쌓아두어 마음에 숨은 근심이 있
> 었으므로 시 가운데 가끔 〈이소(離騷)〉의 감개한 뜻이 있었다.
>
> 知樞府君, 少而豪曠, 不切切於繩墨, 夫人抱蘊孤潔, 心有隱憂故, 偏中往往有離騷
> 感慨之意

여기서 인용된 〈이소〉는 초나라 충신 굴원이 회왕에게 외면당하자 강개한 마음을 담아 부른 노래이다. 호연재 사후 벼슬이 지중추부사(知中樞府事)에까지 이르렀던 호방한 지추부군 남편과 고결한 지조를 간직한 부인, 두 사람의 갈등을 짐작할 수 있다. 호연재는 40대 초반에 사망하였다. 마음에 숨은 근심, 즉 울화로 인한 심병이 원인이었을 것으로 추정된다.

조선시대 사대부 가문 여성의 미덕은 규방의 담장 밖으로

이름이 알려지지 않는 것이었다. 호연재는 자유로운 집안 분위기에서 성장하면서 학문을 배웠다. 그런데 혼인해 옮겨 간 시가는 현재의 대전광역시 대덕구 송촌동에 있었는데 그곳은 은진 송씨의 본산이자 엄격한 예학으로 이름난 곳이었다. 그런 곳에서 호연재가 어떻게 살았을지 짐작이 된다. 하지만 시가의 담장 안에서 들끓었던 호연재의 열기는 그 안의 후손들에게 면면히 전해졌다.[2] 호연재의 규방을 대대로 이어받은 여성들이 있었기에 가능했던 일이다. 그 파급력은 어디에서 왔을까? 이 글에서는 규방의 삶에 갇혀서도 군자이고자 했던 호연재라는 인물의 삶과 문학을 살피려고 한다.

규방 속 좌절과 고독, 그리고 호연지기

김성달 가문에서는 집안의 여성들까지 함께 문학을 창작하는

---

2 《호연재유고》의 작품들은 호연재 생전에 한문으로 지어졌다. 국문본으로 일부가 번역됐는데, 호연재와 가까운 사람이 번역했거나 본인이 직접 했을 가능성도 있다. 《호연재유고》는 은진 송씨 집안에서 전해지다 1977년 9대손 송용억(宋容億)이 《오두추도(鼇頭追到)》와 함께 엮어 《호연재시집(浩然齋詩集)》으로 간행하면서 세상에 알려졌다. 1995년에는 송창준이 여기에 《호연재자경편(浩然齋自警編)》까지 엮고 번역해 《호연재유고(浩然齋遺稿)》를 간행했다. 그 후에도 호연재 글이 계속 발견됐다. 10대손 송봉기가 1997년에 국문본 시집 《증조고시고》 상권을, 하권을 1998년에 발굴했다. 2002년에는 호연재가 친정인 안동 김씨 가문에서 형제자매들과 수창했던 《연주록(聯珠錄)》이 공개됐다. 《오두추도》의 27편, 《호연재유고》의 99편, 《증조고시고》 상권의 86편, 《증조고시고》 하권의 106편, 《연주록》의 7편까지 합치면 중복된 것을 제하고 141편으로 볼 수 있다.

가풍이 있었다. 호연재의 아버지 김성달은 적자와 서자, 아들과 딸을 가리지 않고 온 가족이 함께 시를 수창(시가를 서로 주고받으며 부르는 것)하기를 즐겼다. 정실 연안 이씨와 자녀들, 측실 울산 이씨와 세 딸들까지 포함한 김성달 일가의 시 작품들은 현재《안동김씨세고(安東金氏世稿)》와《연주록(聯珠錄)》등에 전해진다.

그러나 송요화의 은진 송씨 가문은 사대부 여성의 행실에 대해 가르치는 계녀서[3]를 냈던 예학의 본산이었다. 호연재의 시아버지인 송준길(宋浚吉, 1606~1672)만 해도 글은 여자가 할 일이 아니라고 여겨 딸 정일(靜一)에게《천자문》만을 가르치고 여공(女工)에 힘쓰도록 했다.[4] 호연재가 혼인할 당시 시아버지는 이미 사망했고, 시어머니 안정 나씨(安定 羅氏, 1647~1737)는 각지의 지방관을 지내던 아들 송요경(宋堯卿, 1668~1748)이 부임지로 모시고 다니며 봉양했다.

남편 송요화는 자신의 호를 소대헌(小大軒)으로 지었다. "큰 테두리만 보고 작은 마디에 얽매이지 않는다(見大體不拘小節)"는 뜻이다.[5] 송요화는 자신의 호처럼 가정의 자잘한 일상에 얽매이지 않는 삶을 살았다. 모친을 모신다는 명분으로 형 송요경을 따라다니거나, 서울에서 과거를 준비하거나, 김창흡이 은거한 설악산으로 가서《주역》을 배우는 등 늘 집을 떠나 있었다.

남편과 시어머니의 부재는 역으로 갓 혼인한 젊은 여성의 행동반경을 제약할 가족 구성원 역시 부재하다는 뜻이 된다.

호연재는 1714년 송촌으로 이사하기 전까지 송촌에 이웃한 법천에 살았다. 송준길의 둘째 손자 송병하가 지은 집에 송시열이 직접 편액을 쓴 법천정사(法泉精舍)에서 신혼을 지내면서 시계부 송병익(宋秉翼)을 시어른으로 의지했다. 송병익은 호연재의 재능을 알아보고 늘 시시해 주었다. 그에 힘입어 호연재는 삼십대가 넘어서는 시당질들에게 글을 가르치며 그들과 시문도 주고받았다.

호연재 남매들은 각각 혼인을 하면서 흩어졌으나 오라버니와 조카 등 남성들은 꾸준히 송촌에 방문했다. 1703년 3월 신혼 생활을 하고 있을 때 법천에 김시택(金時澤), 김시윤(金時潤), 조카 명행(明行)이 찾아왔다. 1709년 봄에 김시택, 김시제(金時濟)와 명행이 또 방문했다. 이후에도 지방관이었던 김시택은 지나는 길에 호연재를 자주 보러 왔다. 호연재는 직접 만나지 못하는 다른 가족과는 차운시[남이 지은 시의 운자(韻字)를 따서 지은 시]를 주고받았다.

이러한 교류에도 호연재는 규중에 갇힌 삶에 좌절감을 느꼈다. 친정 오빠가 조카 등 일가 남성들과 동행한다는 소식을 듣고 지어 보낸 시 〈중씨 공채로 가흥에 가서 수선 종형과 더불어

---

3 송시열, 《尤庵戒女書》.

4 송준길, 《殤女壙記》, 《同春堂集》.

5 허경진, 〈호연재 문학의 배경〉, 《열상고전연구》 16, 열상고전연구학회, 2002, 22쪽.

언약하여 네 고을에 놀으실 때에 사옹과 성중과 겸행이 또한 따랐다는 말을 듣고 기뻐 짓노라(聞仲氏以貢差往可興 與水仙從兄約遊 於四郡 士膺誠仲謙行亦從 喜而有作)〉에서 이런 심정이 잘 드러난다.

　　이 아우는 규중의 것으로 小弟閨中物

　　문을 궁곡 사이에 닫았으니 掩門窮谷間

　　몸에 두 날개 없으니 身無兩羽翼

　　어찌 능히 신선의 산에 이르리오 那得到仙山

　이 시에서 호연재는 막다른 골짜기에 갇힌 자신의 처지와 벼슬길에 오른 남성들의 삶을 대비했다. 자신은 규중의 물건이나 일가의 남성들은 신선의 산까지 이르는 존재란 것이다. 그렇다고 해서 날개 없는 규방 여성의 내적 갈등이 파국으로 치닫는 것은 아니다. 여성으로서 겪은 좌절감은 출구를 찾지 못한 채 남성 형제들의 우애와 정서, 물질적 지원으로 미봉되었다.

　은진 송씨 가문은 수십 마지기 땅에 농사를 지으면서 30여 명의 종을 부리는 큰 집안이었다. 그런데도 흉년이 들거나 집안에 큰일이 생기면 곡식이 모자라는 일이 왕왕 발생했다. 스물다섯 살(1705) 때 호연재는 시아주버니 송요경에게 편지를 써 이런 상황을 전하고 곡식을 부탁한다. 장 담글 콩을 서너 말 부탁("알외옵기 극히 어렵스오나 쟝이 써러디와 졀박ᄒ오니 콩 서너말만 엇

조와도 쟝이나 드마 머스오라 ᄒᆞ오ᄃᆡ 알외옵기를 젓스와 ᄒᆞ옵ᄂᆞ이다")하는 쭈뼛쭈뼛한 언문 편지[6]이다. 송요경에게 부친 편지 외에 〈삼산 고을 원님에게 쌀을 꾸노라(乞米三山守)〉와 같은 시도 있다.

호연낭 위의 호연한 기상 浩然堂上浩然氣

산수간 사립문 호연함을 즐기네. 雲水柴門樂浩然

호연함이 비록 즐겁긴 하나 곡식에서 생겨나니 浩然雖樂生於穀

삼산 원님께 쌀을 꾸는 것도 호연함이오. 乞米三山亦浩然

호연재의 가장 잘 알려진 시이다. 충청도 보은의 원님이던 친정 오빠에게 쌀을 빌리고 난 뒤에 지었다. 당장 쌀을 꾸어야 하는 궁색한 처지에도 주눅 든 기색이 없다. 되레 자신의 당호 인 '호연'을 활용해 시를 짓고, '호연함'을 여러 번 강조한다. 호 연재를 둘러싼 남성 가족원은 호연재를 억압하는 조선 사회 성 역할의 수혜자이자 호연재를 보호하는 든든한 보호자라는 이 중성을 지녔다. 따라서 호연재는 온정 넘치는 친정 오두와 엄 격한 시가 송촌, 두 가문의 경계인이 되었다. 이때 송촌의 제약 에 짓눌린 여성은 오두의 저력에 힘입어 가문의 살림을 책임지 는 주체가 되었다. 일상 속의 제약에 짓눌린 여성이자 가문의 살림을 책임지는 주체가 되었다. 따라서 호연재의 그 호연함은

---

6 허경진,《사대부 소대헌·호연재 부부의 한평생》, 푸른역사, 2003, 246쪽.

그 자신을 위한 것이 아니라 집안을 위해 쌀을 마련하는 일에서 발휘되었다.

아래의 시 〈제목 없다(無題)〉와 같이 세상을 구제하고 백성을 편하게 하는 일은 남성들의 몫이었다. 친정 오빠를 비롯한 가문의 남성들은 호연재에게 호의적이나 궁벽한 골짜기에서 호연재를 건져 내 없는 날개를 달아 주지는 못했다. 송촌에서 직접 가르친 당질들이 또 다른 스승과 교유하기 위해 떠난 뒤에 고독해진 호연재의 생존법은 단 하나, 내면에서의 극복이었다.

규중의 아녀 즐거운 것을 얻지 못하였으니 閨中兒女不得歡

세상을 건지며 백성을 편히 함을 어찌 족히 구하리오 濟世安民何足求

맑은 바람은 솔솔 불어 스스로 가고 오며 淸風瑟瑟自去來

흰 구름은 유유하여 서에서 동으로 떠 있는도다 白雲悠悠復西東

호연재는 규중의 아녀자로 태어났기에 세상일에 참여하는 즐거운 삶을 얻을 수 없다는 현실을 자각했다. 그 대신 맑은 바람과 흰 구름처럼 반복되는 일상에서 생동하는 주체들을 '바라보는' 자연물이 되고자 했다.

올바른 여성상과 호탕한 내면,
《자경편》과《호연재유고》

호연재는 오두의 친정에서 한문 교양을 습득했다. 여성이어서 시어를 고를 때 사대부 남성들처럼 복잡한 전고(뒤에 남길 목적으로 자신의 일생을 적어 놓은 글)에 얽매이지 않았다.《증조고시고》외에도《호연재유고》등에 실린 시는 한결같이 쉬운 시어가 특징이다. 여느 남성들처럼 벼슬길을 위해 안부를 주고받는 시를 짓거나, 시회를 열어 특정한 운율에 맞춘 한자들을 골라서 시를 지어 당파의 결속을 다질 계기가 없었기 때문이다. 시어에 희귀한 글자를 활용해서 굳이 학식을 과시할 필요도 없었다. 호연재는 그저 오롯이 책상에서 수많은 서적을 펼쳐 보고 고독한 마음을 가다듬을 뿐이었다.

고요히 밝은 창에서 만 권의 책을 대하니 靜對明窓萬卷書

성현의 마음 자취는 앉아서도 삼삼하도다 聖賢心迹坐森如

하늘과 못 같은 큰 도를 비록 보기 어려우나 天淵大道雖難見

오히려 아득한 뜻으로 잠깐 깨닫는도다 猶使迷情暫覺且

위의 시 〈책을 보노라(觀書)〉를 보면 호연재는 독서량이 많았던 것 같다. 다만, 친정에서 배운 것 외 사제 관계를 통해 학문을 배운 흔적은 찾아볼 수 없다. 호연재는 첫아이 송익흠(宋益欽)을 혼인한 지 9년 만인 1708년에 낳았다. 그 전까지는 홀몸으로 가문의 살림살이를 주관하고, 남는 시간에는 책을 읽었다.

이러한 송촌 생활에서 호연재가 자신을 경계하기 위해 쓴 글이 《자경편》이다. 《자경편》은 〈정심장(正心章)〉, 〈부부장(夫婦章)〉, 〈효친장(孝親章)〉, 〈수신장(修身章)〉, 〈신언장(愼言章)〉, 〈계투장(戒妬章)〉 총 여섯 장으로 이루어져 있다. 서언에 나타난 저술 동기는 어머니 연안 이씨가 자신의 혼인 전에 돌아가신 것에 대한 아쉬움이다. "일찍이 자애로운 어머니의 어루만지고 가르쳐 주시는 것을 받지 못하여 부인의 행실을 어렴풋이라도 알지 못하였던(曾未承慈母之撫敎, 不能略知婦人之行)" 시절을 회상하며 지었다. 그러나 여성의 행실에 대해서 일방적으로 규범을 강조하는 다른 계녀서들과 차별화를 꾀했다. 혼인한 여성과 남편, 시가 친족들 간의 기울어진 권력관계가 갈등의 근본 원인임을 직시한 것이다.

송촌은 오두의 가족들처럼 여성들이 포함된 문학 공동체를 형성하기에 적합한 곳이 아니었다. 가문을 꾸려 나가야 하는 입장이니, 일가친척의 여성들과 시회를 열어 노닐 수도 없었다. 고독 속에 지은 시에서 청룡도가 되어 오랑캐를 물리치는 꿈을 꾸거나(〈靑龍刀〉) 삶을 석 자 칼로 여기며(〈夜吟〉) 나이 들 뿐이었다. 호연재는 평생 쌓인 울화를 아들 익흠에게 유언으로 남긴 〈자식에게 부치노라(付家兒)〉에서야 비로소 드러낼 수 있었다.

눈썹을 낮추고 마음을 작게 하여 노고를 달게 여겼으나 低眉小

心甘勞苦

나도 모르게 울분이 창자 안에서 들끓었다 不覺烟焰腸內熱

분분한 세사에 서로 싸워대니 紛紛世事互相擊

근심과 빈한함이 잠시도 쉬지 않았도다 憂戚貧寒不暫歇

송촌은 호연재에게 쉴 새 없이 다투면서 살림을 꾸려 가야 하는 근심스러운 공간이었다. 이러한 현실에서 지은 시 〈스스로 슬퍼하노라(自傷)〉는 군자로서의 자의식이 강렬하게 드러나는 작품이다. 창천, 즉 임금과 조정은 호연재가 닿을 수 없는 공간이었다. 그러나 세상 사람들과 어울리지 않는다는 비난을 무릅쓰고 끝까지 호탕한 군자의 마음을 지키고자 했다.

가히 아깝다 이 내 마음이여 可惜此吾心

탕탕한 군자의 마음이로다 蕩蕩君子心

표리에 하나도 감추는 게 없는 表裏無一隱

명월이 흉금에 비추었도다 明月照胸襟

맑고 맑아 흐르는 물 같고 淸淸若流水

깨끗한 것은 흰 구름 같도다 潔潔似白雲

화려한 것을 좋아 아니하고 不樂華麗物

뜻이 구름과 물 자취에 있도다 志在雲水痕

세속 무리들과 더불어 합하지 않으니 弗與俗徒合

도리어 세상 사람들이 그르다 하도다 還爲世人非

스스로 규방 여인의 몸인 줄 설워하니 自傷閨女身

창천은 가히 알지 못하리로다 蒼天不可知

어찌하리오 할 수 있는 것이 없으니 奈何無所爲

다만 능히 각각 뜻을 지킬 뿐이로다 但能各守志

　호연재는 세상과 화합하지 못했다고 시인했지만, 현실에서는 양반가 여성의 전형에서 일탈한 적이 없다. 이런 이유로 외손자 김종최는 모범적인 여성상에 호연재를 포섭했다. 김종최의 호연재에 대한 기록 〈사실기〉에 의하면 "어려서부터 효성과 우애가 독실하고 큰 의리에 통달하였다. 장성하여 시어머니를 섬기매 성효가 하늘에 닿았다. 남편을 이어 섬기매 공경하고 온순하여 매사를 감히 스스로 오로지 하지 않으며 또한 감히 어기는 일이 없었다"[7]고 한다. 전염병을 무릅쓰고 시계부 송병익의 장례를 치렀던 사례, 송병익 부인 이씨의 "《시경》에 이른 바 요조숙녀라 하는 것에 지금 우리 질부가 해당될 만하다"[8]는 평과 시당질 사흠(士欽), 진흠(晉欽), 명흠(明欽) 등과 시를 평론하고 《사기》를 강론하였던 행적이 그런 근거가 되었다.

　이후 증손부 청송 심씨(靑松 沈氏, 1747~1814)는 청송군수에 임명된 아들 송규희(宋奎熙)를 따라온 관아에서 《증조고시고》를 정서하여 필사하면서 발문에 "본 시고를 베껴 두고 책이 없어 수십 년을 경영하다가 비로소 정서하였다"는 사연을 기록했다. 작품 속에서 우러나온 정서에 호연재의 얼굴조차 보지 못한 후손들도 동질감을 느꼈기 때문이다. 호연재의 작품은 국문으로 번역되거나 한문으로 번역되었고(《자경편》) 때로는 한문으로 재번역(《증조고시고》)되어 전해졌다.

호연재의 작품은 사후 200년이 훌쩍 지난 1970년대에야 비로소 외부에 알려졌다. 규방의 법도에 따르면, 여성의 작품이 바깥사람의 이목에 오르내려선 안 되기 때문이었다.[9] 호연재 자신도 다섯 살 난 딸이 뒷마당에서 놀면 종아리를 매우 쳐서 가르쳤던[10] 엄격한 어머니로, 규방의 법도를 지켰다. 어머니의 가르침대로 아들은 학문과 행실로 이름이 났고, 딸은 청풍 김씨 대가의 어진 부인이 되었다.

그러나 호연재가 남긴 흔적은 송촌의 담장 안에서 들끓었다. 송촌의 여성들이 그녀의 기록을 대를 이어 전한 사실을 보면 그렇다.

7　"自幼篤孝, 友通大義, 及長而事姑, 誠孝有踰天, 屬事夫子, 克敬克順, 每事不敢自專, 不敢有違焉."(金鐘㙎, 〈事實記〉)

8　"季母李夫人, 常稱之曰, 詩所爲窈窕淑女者, 今則此婦, 可以當之矣."(위의 책)

9　"我朝閨範, 女子之作詩甚嫌之, 不敎而或有習得其法, 不露於外人耳目, 知之者鮮矣."(송용억, 〈跋〉, 《호연재유고》)

10　"女纔五歲, 不許遊後庭, 每施檟楚. … 女爲大家賢婦, 人皆謂夫人, 校訓之力, 居多云."(金鐘㙎, 〈事實記〉)

참고문헌

김순천, 〈조선 후기 여성 지식인의 주체 인식 양상 - 여성성의 시각을 중심으로〉, 단국대학교 한문학과 박사 학위 논문, 2009.

김씨부인, 송창준 역, 《호연재유고》, 향지문화사, 1995.

문희순, 〈조선 후기 金盛達 가문 여성문인들의 시 세계〉, 《어문연구》 43, 어문연구학회, 2003.

민찬, 《김호연재의 한시 세계》, 다운샘, 2005.

＿, 《호연재 김씨의 시와 삶》, 대덕문화원, 2001.

박무영, 〈김호연재의 생애와 〈호연재유고〉〉, 《한국고전여성문학연구》 3, 한국고전여성문학회, 2001.

박은선, 《김호연재 시 깊이 읽기 - 그리고 김호연재와 그 형제·자매의 시집 《연주록》 읽기》, 국학자료원, 2018.

성민경, 〈자기치유적 글쓰기의 관점에서 본 김호연재(金浩然齋)의 《자경편(自警編)》〉, 《한문학논집》 53, 근역한문학회, 2019.

열상고전연구회 편, 《호연재 김씨의 생애와 문학》, 보고사, 2005.

허경진, 《사대부 소대헌·호연재 부부의 한평생》, 푸른역사, 2003.

강렬한 자의식으로
대하소설을 집필한
전주 이씨

탁원정

전주 이씨
(1694~1743)

조선 후기 문인. 아버지 이언경(李彦經)과 어머니 정부인 안동 권씨 사이에서 태어났다. 친정은 명문가였는데 가족 간에 소설을 향유하는 문화가 있었고, 가문의 여성 모두 학식이 높았던 것으로 알려져 있다. 국문 장편소설을 대표하는 180권 180책의 《완월회맹연》 역시 이런 배경에서 창작되었을 것으로 보인다. 작품을 보면 작가가 교양과 지식이 깊다는 사실을 알 수 있다.

국문 장편소설 《완월회맹연(玩月會盟宴)》은 정씨 가문의 4대에 걸친 이야기로, 작품 초반에 완월대에서 제1대 인물인 정한의 생일잔치가 열리고 친분 있는 가문들이 모여 겹겹이 혼약을 하게 되는데, '완월대에서의 잔치모임에서 이루어진 약속'이라는 제명은 여기에서 비롯된 것이다. 《완월회맹연》 작가 전주 이씨 (1694~1743)[1]는 아버지 이언경(李彦經)과 어머니 안동 권씨 사이에서 태어났다. 전주 이씨의 친정은 세종의 서자 영해군(寧海君)의 10대손 집안으로, 아버지 이언경이 명문장으로 유명했을 뿐 아니라 3대에 걸쳐 대사간을 배출한 명문가였다.[2] 전주 이씨의 친정은 딸이나 며느리들이 높은 식견과 학식을 갖추고 있었고 가족 간에 소설 향유 문화도 있었다.[3] 전주 이씨 어머니는, 중국

---

1 《완월회맹연》의 작가가 전주 이씨가 맞느냐 아니냐며 의견이 분분했으나, 정병설이 다양한 근거를 제시한 후 잠정적으로 전주 이씨로 확정된 상황이다. (정병설, 《완월회맹연 연구》, 태학사, 1998, 173~181쪽 참조.)

2 위의 책, 190쪽.

소설《서주연의》를 베껴 소장한 것으로 유명한 조태억 집안과
도 친분이 있었는데, 이런 환경이 전주 이씨가《완월회맹연》을
창작하는 데 영향을 끼쳤을 것으로 보인다.

전주 이씨가《완월회맹연》의 작가로 거론되기 시작한 것은
조재삼(趙在三, 1808~1866)의《송남잡지(松南雜識)》의 다음 내용
때문이다.

> 또 완월은 안겸제의 어머니가 지은 바로, 궁궐에 흘려 들여보
> 내 이름과 명예를 넓히고자 하였다. 又阮月 安兼濟母所著 欲流入宮禁
> 廣聲譽也

이 기록에 따르면,《완월회맹연》의 창작 동기는 '궁궐에 들
여보내 이름과 명예를 넓히고자 한 것'이 된다. 물론 조재삼의
말이지만, 실제 17세기 최초의 국문 장편소설《소현성록(蘇賢
聖錄, 우리나라 최초의 대하소설로 추정되는 작자 미상의 고전소설. 송나라
를 배경으로 3대에 걸친 가문의 이야기를 다루었다)》연작부터 궁중의
여인들과 상층 여성들은 장편 국문 소설로 교류하는 관계였기
에,[4] 전주 이씨가 궁중을 의식하고 작품을 썼을 가능성도 배제
할 수 없다.《완월회맹연》이 일종의 궁중 도서관인 낙선재에서
발굴된 점도 이를 방증한다. 또한 단순한 교류를 넘어 이름을
얻고자 했다는 것은 작가로서의 정체성이 분명했음을 의미한
다고 볼 수 있다.

기존에 조사된 바에 따르면 조선시대에 여성이 쓴 것이 확실한 작품들은 《한중록》, 《자기록(18세기 후반 서울에 산 무반 집안의 딸 풍양 조씨가 남긴 자전적 기록)》, 《규한록》 등 저자 개인의 삶이 반영된 자기 서사적 성격의 글이 다수였다.[5] 따라서 전주 이씨와 같은 소설 작가는 이례적이라 할 수 있다.

이런 점에서 전주 이씨의 작품은 여성작가의 글쓰기라는 것에 창작 소설이라는 점을 더해 새로운 접근이 필요할 듯하다. 무엇보다 180권이라는 긴 호흡의 소설을 이끌어 갈 수 있는 작가의 역량도 부각해야 할 것이다.

180권이라는 장편을 읽게 한 네 가지 힘

《완월회맹연》은 대표적인 국문 장편소설이다. 국문 장편소설은 대체로 3대 이상 가문의 연대기로 구성되어 있고, 각 세대별

---

3 한길연, 〈《백계양문선행록》의 작가와 그 주변: 전주 이씨 가문 여성의 대하소설 창작 가능성을 중심으로〉, 《고전문학연구》 27, 한국고전문학회, 2005, 329~358쪽.

4 효종 대 인선왕후 장씨는 소설을 통해 딸들뿐 아니라 사대부가의 규방 여성과도 교류하면서 당대 여성들의 소설 문화를 촉진시켰다. 소설 문화를 누린 대표적인 인물이 《소현성록》 연작을 필사해 그 창작 시기를 추정할 수 있게 한 용인 이씨다. (정창권, 〈조선조 궁중 여성의 소설문화〉, 《여성문학연구》 11, 한국여성문학학회, 2004, 307~309쪽.)

5 조혜란 외, 〈조선시대 한글과 여성 교양〉, 《달밤의 약속, 완월회맹연 읽기》, 책과함께, 2019, 27~28쪽.

구성원의 개별적인 삶이 구체적으로 다루어지기 때문에 자연스럽게 장편을 이룬다. 《소현성록》 연작이 이미 15권이고, 18세기부터 본격적으로 나타난 국문 소설들 역시 연작을 형성하면서 분량이 상당해진다.[6] 이 중 《완월회맹연》이 180권으로 가장 방대하다.

그렇다면 독자들이 180권이라는 거대한 분량을 읽어 내게 한 힘은 무엇일까? 먼저, 같은 듯하지만 결이 다른 다양한 인물 구성을 들 수 있다. 《완월회맹연》의 인물들도 다른 국문 장편소설들 속의 인물들처럼 기본적으로 선악 대립 양상을 보이지만, 선한 인물이라거나 악한 인물이라고 규정하기 힘들 만큼 다양한 범주를 보이고 있으며,[7] 선악 구분이 모호한 인물들도 적지 않다.[8] 그 대표적인 인물이 소교완이다. 소교완은 표면적으로는 악인이라고 할 수 있다. 자기 자식이 아닌 양자인 정인성이 장자가 되자 정인성 부부에게 형언할 수 없을 정도의 악랄한 폭행을 지속적으로 행사하기 때문이다. 하지만 소교완이 이렇게 된 데에는 남편 정잠을 비롯한 가문 전체의 차별과 혐오의 시선[9]이 있었음을 간과할 수 없다. 정인성 부부에게 폭력적으로 구는 것 외에 소교완은 시부모 모시기 등 다른 역할은 모범적으로 수행하기 때문에 악인으로만 규정하기 어렵다. 장헌이라는 인물 역시 악인형이자 소인형 인물이라고 할 수 있는데,[10] 고아가 된 자신을 거두어 준 정씨 가문과의 혼약을 배신한 것이 그 대표적 면모이다. 이후에도 부귀와 권세를 좇는 소인배의 모습을 지속적으로 드러내지만, 이 역시 힘없는 가문이라는 결핍을 해소하고자 하는[11] 인간적 면모를 보여 주는 것이라서 악인으로만 못 박을 수는 없다. 그 근거로 장헌 역시 관찰사로서의 직분은 충실히 수행하는 사람이다.

그런가 하면 정씨 가문의 인물인 정인광은 표면적으로는 호방하면서 소인배인 장인 장헌과는 달리 정의로운 인물형으로 보이지만, 장헌과 갈등하게 되자 부인인 장성완을 계속 정서적으로 학대해 결국 부인이 병증을 보이고 토혈까지 하게 만드는 폭력적 성향을 보인다. 정인광을 단순히 선인으로 규정하기 어려운 이유다. 하지만 정인광의 이런 폭력적인 성향이 가부장제에서 비롯된 것이라고 해석할 수 있다는 점에서[12], 정인광 역시 단순히 선인, 악인으로 규정할 수는 없다.

---

6 《현몽쌍룡기》(18권 18책)-《조씨삼대록》(40권 40책) 연작, 《성현공숙렬기》(25권 25책)-《임씨삼대록》(40권 40책) 연작, 《임화정연》(72권 72책)-《쌍성봉효록》(16권 16책) 연작, 《명주보월빙》(100권 100책)-《윤하정삼문취록》(105권 105책)-《엄씨효문청행록》(30권 30책) 등이 그 예이다.

7 이현주, 《완월회맹연》 연구》, 영남대학교 박사 학위 논문, 2011, 61쪽.

8 한정미는 기존의 선악 구분으로는 《완월회맹연》의 인물을 제대로 규명하기 어렵다는 전제하에 '규범 충실형', '규범과 욕망의 절충형', '규범과 욕망의 충돌형', '욕망 종속형'으로 나누어 고찰했다. 한정미, 《완월회맹연》의 인물: 인간 이해의 보고서》, 《달밤의 약속, 완월회맹연 읽기》, 책과함께, 2019, 55~104쪽.

9 구선정, 〈조선 후기 여성의 윤리적 지향과 좌절을 통해 본 가문의 정의-국문 장편소설 〈완월회맹연〉의 '소교완'을 중심으로-〉, 《고소설연구》 47집, 한국고소설학회, 2019, 14쪽.

10 정병설, 앞의 책, 152쪽.

11 탁원정, 〈국문 장편소설 《완월회맹연》 속 아버지 형상과 그 의미-자식의 혼사 과정에서 보이는 성향을 중심으로-〉, 《한국고전연구》 45, 한국고전연구학회, 2019, 18~19쪽.

두 번째 이유는 사건과 일상의 절묘한 조합을 들 수 있다. 잔잔한 일상을 서술한 것은 국문 장편소설 일반의 특징이라고 할 수 있는데,[13]《완월회맹연》의 경우는 이런 일상과 극적인 사건이 절묘하게 조합되면서 긴장과 이완을 섬세하게 조절해 보인다.《완월회맹연》의 주요 갈등은 계모 소교완과 양자 정인성 부부간의 갈등이고, 소교완과 정인중 부자가 정인성 부부를 해치려는 과정에서 자극적이면서도 잔인한 사건과 사고가 다양하게 나타나는데, 그런 사건과 사고의 한구석에서 잔잔한 일상이 감정적 완충 작용을 하는 것이다.

그러고는 웃옷을 벗는데, 소매에서 동정귤을 꺼내 보니 여섯 개였다. 이자염에게 주면서 말했다.

"어머니께서 이것을 가져다 해갈하라고 하셨으니 나를 생각함이 이와 같으십니다. 두 개는 두었다가 내일 창이를 주고 우리 부부가 둘씩 먹으면 될 테니 부인은 제가 먹을 것을 까 주시고 남은 것은 직접 향기를 맡아 보십시오."

이자염이 말없이 손에 받아 두 개를 까 상머리에 놓고 남은 것은 책상에 놓았다. 정인성이 웃으며 말했다.

"예법에 임금이 주신 것이 있으면 일가로 나누라고 하였으니 어머님이 주신 물건을 처자와 나누고자 하는 것이 무엇이 예에 맞지 않아 부인이 제 말에 따르지 않는 것입니까?(중략)

정인성이 말했다.

"어떻게 애들을 다 주겠습니까? 아이를 가르친 때 비록 어리지만 이미 매사를 모를 것이 없으니 어찌 식욕을 과하게 하도록 놔두겠습니까? 마땅히 어른이 먹은 후에 아이를 줄 것이니 제가 비록 못났으나 부인에게는 하늘입니다. 부부의 존비는 군신 관계에 비할 바니 어찌 예로 권하는 바로 맛보지 않는 것이 옳겠습니까?"

이자염이 천천히 하나를 들어 맛보고 남은 것을 옥합에 담아 책상 위에 놓으니, 정인성이 말했다.

"내일 창이에게 주십시오."

인용한 부분은 정인성이 소교완의 침소에서 오랜만에 모정을 느끼고 받아 온 감귤을 부인인 이자염에게 건네며 장난기 어린 시비를 거는 장면으로, 소교완에 의해 수차례 죽음의 위기를 맞았던 정인성 부부에게도 평온한 일상이 있음을 보여 준다.[14]

---

12 한길연, 《완월회맹연》의 정인광: 폭력적 가부장의 "가면"과 그 "이면"〉,《고소설연구》 35, 한국고소설학회, 2013, 27~64쪽.

13 국문 장편소설에서 일상의 의미는 주로 다음 연구들에서 다루었다. 이지영 〈조선후기 대하소설에 나타난 일상〉,《국문학연구》 13, 국문학회, 2005, 33~56쪽. 한길연, 〈대하소설의 '일상서사'의 미학-일상과 탈일상의 줄타기-〉,《국문학연구》 14, 국문학회, 2006, 125~149쪽. 정선희, 〈고전소설 속 일상생활의 양상과 서술 효과〉,《한국고전연구》 35, 한국고전연구학회, 2016, 161~190쪽.

14 조혜란 외, 《〈완월회맹연〉의 공간: 인간사의 공간적 총체〉,《달밤의 약속, 완월회맹연 읽기》, 책과함께, 2019, 161~162쪽.

세 번째로, 섬세한 심리 묘사를 들 수 있다. 국문 장편소설은 전반적으로 다른 작품군에 비해 묘사가 두드러지는데[15], 첫 작품인 《소현성록》 연작부터 특히 본전에서 심리 묘사가 핍진하게 드러나고 있다.[16] 《완월회맹연》의 경우 분량이 방대해지면서 이와 같은 심리 묘사 또한 많아지고 묘사도 더 섬세해진다. 특히 여성 감정의 포착이 두드러지는데, 6권의 경우 한 권 전체가 손주들을 잃은 서태 부인의 애끓는 심리 묘사로 점철되어 있다. 양자에게 계후 자리를 내주어야만 하는 소교완의 분열적이고 강박증적인 심리도 섬세하게 그려지고 있다.[17]

마지막으로 다양한 인간 군상에 부합하는 다성적 언어 구사를 들 수 있다. 《완월회맹연》은 단아한 궁체로 필사되어 있어 구사된 언어 또한 고아(高雅)함으로 일관되었을 것으로 추정하기 쉬우나, 다양한 인간 군상과 그들이 처한 상황 등에 부합하는 언어로 끊임없는 변화를 보이고 있다. 무엇보다 문어체와 구어체가 일정한 조화를 이루고, 상층의 격식어만이 아니라 하층의 비속어까지도 상당량 나타나는데, "털끝만 한 일이라도 숨겼다 하는 날에는 뒈지기 쉬우리(터럭만흔 일이라도 은복흠 곳 이시면 뒤여디기 쉬오리라)" 같은 하층의 발화가 대표적이다.[18] 이와 같은 표현은 상층 인물들의 격식 있는 발화 사이에서 낯설게 하기의 효과를 거두면서 언어적 이완의 기능을 한다고 할 수 있다.

지식인 작가의
지적 아우라

국문 장편소설의 독자층은 대체로 상층 사대부가의 여성들과 궁중의 여성들로 추정된다. 이들에게 소설 읽기는 오락인 동시에 지적인 활동이었다고 할 수 있다.[19] 국문 장편소설 속의 다양한 지식 체계가 이를 방증하는데,《완월회맹연》의 경우에도 일찍부터 작품 속 지식에 대한 연구가 이루어져 왔다. 그 결과 유가와 도가의 경전, 각종 시문과 소설류, 여성 교훈서까지 다양한 저작이 차용되고 있다는 사실이 드러났다.[20]

15　김문희, 〈국문 장편소설의 묘사담론 연구〉,《서강인문논총》28, 서강대 인문과학연구소, 2010, 7쪽.

16　조혜란, 《《소현성록》 연작의 서술과 서사적 지향에 대한 연구〉,《한국고전연구》13, 한국고전연구학회, 2006, 95~108쪽.

17　민족문학사연구소, 〈완월회맹연-조선판 180부작 대하드라마〉,《한국 고전문학 작품론 2: 여성과 대중이 사랑한 폭넓고 다채로운 서사, 한글소설》, 휴머니스트, 2017, 472~473쪽.

18　《완월회맹연》의 문체 전반에 대한 논의는 다음에 상술되어 있다. 조혜란 외, 《《완월회맹연》의 언어 표현: 농밀한 언어가 구현하는 삶의 현장〉,《달밤의 약속, 완월회맹연 읽기》, 책과함께, 2019, 173~213쪽.

19　국문 장편소설 독서가 여성의 지적 활동이었다는 것에 대해서는 다음의 연구에서 대표적으로 논의되었다. 장시광, 〈조선 후기 대하소설과 士大夫家 여성 독자〉,《동양고전연구》29, 동양고전학회, 2007, 147~176쪽. 이지하, 〈조선 후기 여성의 어문생활과 고전소설〉,《고소설연구》26, 한국고소설학회, 2008, 303~332쪽. 정선희, 〈조선 후기 여성들의 말과 글 그리고 자기표현: 국문장편 고전소설을 중심으로~〉,《한국고전여성문학연구》27, 한국고전여성문학회, 2013, 173~212쪽. 탁원정, 〈국문 장편소설과 여성지식, 여성지식인〉,《한국고전여성문학연구》35, 한국고전여성문학회, 2017, 111~145쪽.

20　정병설, 앞의 책, 203쪽.

사실 지식의 차용 자체는 국문 장편소설에서 일반적으로 나타나는 것이라 할 수 있는데, 《완월회맹연》의 경우 그 차용 양상에서 독특한 면이 있다. 단순한 차용이 아니라, 그 원전에 대한 정확하고 해박한 지식을 바탕으로 유사한 상황에 처했을 경우의 행동 요령 같은, 새로운 지식을 구성하는 방식으로 차용이 이루어진다는 것[21]을 들 수 있다. 다음으로는 남다른 역사 인식과 지식이 구현되어 있다는 것이다. 국문 장편소설은 중국의 송대(宋代)나 명대(明代)를 시공간적 배경으로 하고 있기에 중국 역사에 대한 지식 역시 기본적인 전제가 된다고 할 수 있는데, 그 구체성이나 정확도에서는 작품마다 편차가 크다. 《완월회맹연》의 경우, 명나라 영종 대를 배경으로 영종 대의 대표적인 정치적 사건인 '토목지변(土木之變)'과 '탈문지변(奪門之變)'과 주변국인 안남에 대해 상세히 서술하는데 대부분 역사 기록과 일치한다.[22] 그런가 하면 다른 작품에서 잘 나타나지 않는 몽골에 대해서도 상당 부분 서술되는데, 이 역시 15세기 몽골의 실제 정세를 일정 부분 반영하고 있다.[23] 마지막으로 지식이 인물이나 사건과 자연스럽게 융화되어 나타난다는 것이다.

　　서태 부인과 화 부인이 평소 온화하고 고요하여 평생 길쌈을 다스리며 부엌일을 주관하는 것도 오히려 능치 못할 듯 겸손하고, 어질고 사리에 밝은 부인의 편벽된 성품을 싫어하여 총명하고 현명한 지식이 없는 듯지만, 타고난 총명함과 지극한

밝음은 만사에 능통하지 못할 것이 없으니 어찌 상수학에 밝지 못하겠는가? 정삼이 길흉을 점칠 때 서태 부인이 고운 손으로 셈을 하여 스스로 해득하고 화 부인이 조용히 헤아려 흉이 적고 길함이 많음을 깨치니 잠시 기쁜 기색이 미간에 돌아 근심을 조금이나마 위로할 수 있었다. 소부인은《사기》와《경전》에 통달했으나 상수학에 밝은 것은 태부인과 화부인에 미치지 못하였다.

인용문은 집안의 대모(大母)인 서태 부인과 며느리 화 부인이 천문(天文)과 상수학(象數學)에 능하여 변방에 나간 큰아들 정잠이 돌아올 날을 점쳐 미리 아는 대목이다. 상수학에 능한 여성 인물들 자체도 흥미롭지만, 선인형에 속하는 서태 부인과 며느리 화 부인은 상수학에 능하여 점괘가 대길(大吉)함을 스스로 해득하지만, 문제적 인물인 소부인은《사기》와《경전》에는 숙달함에도 상수학은 두 부인에 미치지 못해 다 풀지 못하고 아들 정인웅에게 물어보는 것으로 되어 있어, 문제적 인물의 지식과 이를 능가하는 선인형 인물의 지혜로움을 절묘하게 결

21   조혜란 외, 〈《완월회맹연》의 지식: 역사 지식과 유가 지식의 결합〉,《달밤의 약속, 완월회맹연 읽기》, 책과함께, 2019, 285~299쪽.

22   위의 글, 290~294쪽.

23   김수연, 〈18세기 국문 장편소설 〈완월회맹연〉의 몽골 인식: 포스트 팍스 몽골리카 시기 조선의 몽골에 대한 서사적 기억〉,《고소설연구》46, 한국고소설학회, 2018, 229~241쪽.

합시키고 있는 지점이 압권이라고 할 수 있다.

《완월회맹연》 속에 나타나는 이러한 지식 구현 양상은 전주 이씨의 지식 수준과 지식인으로서의 면모를 보여 준다. 국문 장편소설의 작가층에 대한 분분한 논의 중심에는 과연 여성이 이와 같은 정확하고 방대한 지식을 구현할 수 있는가라는 의문이 자리하고, 이때 무엇보다 역사 지식이 관건이 되는데, 이는 전주 이씨와 《완월회맹연》의 경우에도 그대로 적용된다. 그런데 당시 여성들은 유교 경전에서 발췌한 지식들이 풍부하게 들어 있는 교훈서나 《통감》 등 역사서를 주로 읽었기에 이를 충분히 구사할 수 있었고,[24] 전주 이씨의 경우 이를 《완월회맹연》이라는 방대한 작품 속에서 구사하면서 자신만의 또 다른 지식 체계를 만들어 냈다고 할 수 있다.

강렬한 자의식을 가진
여성 군자이자 성인

> 貞夫人 이씨는 세종의 서자인 영해군 당의 후손이며, 대사관을 지내고 이조판서에 추증된 이언경의 딸이다. 시부모를 섬김에 효도와 순종으로 하였고 남편을 대함에 온화함과 공경으로 하였고, 가르침에 자녀에게는 엄하였고, 화목함이 친지들에게 두루 미쳤으며, 여사(女士)의 풍모가 있었다.
>
> _《완월회맹연 연구》[25]

전주 이씨의 묘비문에는 위와 같이 "여사(女士)의 풍모가 있었다"고 되어 있다. 조선시대 여성 중 여사(女士)라고 불린 대표적인 인물로는 성리학자인 임윤지당(任允摯堂, 1721~1793)과 강정일당(姜靜一堂, 1772~1832)이 있다. 강정일당의 행장을 쓴 강원회는 "훗날 여사(女士)로서 유인을 위하여 입전하는 사람들은 오직 여인 중의 군자(女中君子)라고 할 것이다. 그런데 나는 '중의'라는 말에 비통함을 느낀다"고 하면서 여성이라는 한정된 수식어에 대해 이의를 제기했다고 한다.[26] 실제 두 사람은 공통적으로 남녀가 평등하다는 인식하에 여성도 성인(聖人)이 될 수 있다고 생각했던 인물이다.[27]

그런데 《완월회맹연》에서도 여성을 성인에 비유하는 장면이 나온다.

---

24 김경미, 앞의 글, 304~305쪽. 특히 여성이 역사 지식에 취약하지 않다는 것은, 궁중에 출입하면서 국문 장편소설을 열독(熱讀)한 것으로 유명한 윤백영(尹百榮) 여사가 아버지 윤용구(尹容求) 선생이 고종(高宗) 황제에게 진상한 일종의 중국사 다이제스트본인 《정사기람(正史紀覽)》 80권의 낙질(落帙) 19권을 재구성한 것에서 단적으로 확인할 수 있다. 이 권의 마지막 후기에는 "동한(東漢) 사기(史記)에서 국문(國文)으로 번역(飜譯)하여 십구(十九) 재권(再卷)을 하여 완전(完全)한 책(冊)이 되게 하오나"라는 부분이 있어 실제 역사서를 바탕으로 재구성했음이 드러난다.

25 정병설, 《완월회맹연 연구》, 태학사, 1998, 182쪽.

26 김남이, 〈강정일당의 '대부자작'에 대한 고찰: 조선 후기 사족 여성의 글쓰기와 학문적 토양에 관한 보고로서〉, 《한국고전여성문학연구》 11, 한국고전여성문학회, 2005, 84쪽.

27 이숙인, 〈조선시대 여성 지식의 성격과 그 구성원리: 임윤지당과 강정일당을 중심으로〉, 《동양철학》 23, 한국동양철학회, 2005년, 102쪽.

공경스러움과 총명과 문채와 사려가 자연적으로 우러나와 온 누리를 덮을 요임금의 덕과 같았다. 소교완이 미워함은 이자염의 뛰어남이 이처럼 성인의 수준임을 더욱 한탄하고 분개해서였다.

작품 속에서 서술자는 시어머니 소교완의 어떤 악행에도 묵묵히 감내하는 부덕(婦德)의 화신인 이자염을 요임금에 비유하고 있다. 서술자의 목소리를 작가 전주 이씨의 목소리로 치환한다고 할 때, 전주 이씨 또한 여성인물을 요임금이라는 성인에 비유하면서 여성도 남성과 대등하다는 인식을 드러낸 것이라 할 수 있다.

그런 점에서 여성이 글을 쓴다는 것은, 그것도 180권이나 되는 소설을 쓴다는 것은 전주 이씨가 임윤지당이나 강정일당이 지녔던 것과 같은 강렬한 자의식을 지닌 여사(女士)였기에 가능한 일이 아니었을까? 그래서 웬만한 여성이 아니고서는 위축되지 않을 수 없던 시기에 《완월회맹연》이라는 대장편을 창작할 수 있었던 것은 아니었을까.

참고문헌

구선정, 〈조선 후기 여성의 윤리적 지향과 좌절을 통해 본 가문의 정의 - 국문 장편소설 〈완월회맹연〉의 '소교완'을 중심으로〉, 《고소설연구》 47, 한국고소설학회, 2019.

김경미, 〈〈완월회맹연〉의 지식: 역사 지식과 유가 지식의 결합〉, 《달밤의 약속, 완월회맹연 읽기》, 책과함께, 2019.

김남이, 〈강정일당의 '대부자작'에 대한 고찰 - 조선 후기 사족 여성의 글쓰기와 학문적 토양에 관한 보고로서-〉, 《한국고전여성문학연구》 11, 한국고전여성문학회, 2005.

김문희, 〈국문 장편소설의 묘사담론 연구〉, 《서강인문논총》 28, 서강대 인문과학연구소, 2010.

김수연, 〈18세기 국문 장편소설 〈완월회맹연〉의 몽골 인식: 포스트 팍스 몽골리카 시기 조선의 몽골에 대한 서사적 기억〉, 《고소설연구》 46, 한국고소설학회, 2018.

박혜인, 〈〈완월회맹연〉의 언어 표현: 농밀한 언어가 구현하는 삶의 현장〉, 《달밤의 약속, 완월회맹연 읽기》, 책과함께, 2019.

이숙인, 〈조선시대 여성 지식의 성격과 그 구성원리: 임윤지당과 강정일당을 중심으로〉, 《동양철학》 23, 한국동양철학회, 2005.

이현주, 〈〈완월회맹연〉 연구〉, 영남대학교 박사 학위 논문, 2011.

전주 이씨, 《완월회맹연》 180권 180책, 장서각 소장본.

정병설, 《완월회맹연 연구》, 태학사, 1998.

정창권, 〈조선조 궁중여성의 소설문화〉, 《여성문학연구》 11, 한국여성문학학회, 2004.

조혜란, 〈소현성록 연작의 서술과 서사적 지향에 대한 연구〉, 《한국고전연구》 13, 한국고전연구학회, 2006.

___, 〈조선시대 한글과 여성교양〉, 《달밤의 약속, 완월회맹연 읽기》, 책과함께, 2019.

탁원정, 〈〈완월회맹연〉의 공간: 인간사의 공간적 총체〉, 《달밤의 약속, 완월회맹연 읽기》, 책과함께, 2019.

___, 〈〈완월회맹연〉의 정인광: 폭력적 가부장의 "가면"과 그 "이면"〉, 《고소설연구》 35, 한국고소설학회, 2013.

___, 〈국문 장편소설 〈완월회맹연〉 속 아버지 형상과 그 의미 - 자식의 혼사 과정에서 보이는 성향을 중심으로-〉, 《한국고전연구》 45, 한국고전연구학회, 2019.

___, 〈완월회맹연 - 조선판 180부작 대하드라마〉, 《한국 고전문학 작품론 2 : 여성과 대중이 사

랑한 폭넓고 다채로운 서사, 한글소설》, 민족문학연구소, 휴머니스트, 2017.

한길연, 〈〈백계양문선행록〉의 작가와 그 주변: 전주 이씨 가문 여성의 대하소설 창작 가능성을 중심으로〉, 《고전문학연구》 27, 한국고전문학회, 2005.

한정미, 〈〈완월회맹연〉의 인물: 인간 이해의 보고서〉, 《달밤의 약속, 완월회맹연 읽기》, 책과함께, 2019.

종가에 맞서 자신의 뜻을 관철한
광주 이씨

정경민

광주 이씨
(1804~1863)

《규한록》의 작가. 조선 세조에서 연산군 대에 걸
쳐 권신이었던 이극돈(李克墩)의 후예로, 고산(孤
山) 윤선도(尹善道)의 팔대(八代) 종손부(宗孫婦)이다.
17세에 남편 윤광호와 혼인하였으나 결혼한 지
50일 만에 청상과부가 되었다. 종부의 삶을 살며
부딪혀야 했던 어려움을 시어머니에게 호소한 장
문의 편지인 《규한록》을 남겼다.

《규한록》[1]의 작가 광주 이씨(1804~1863)는 조선 세조에서 연산군 대에 걸쳐 권신이었던 이극돈의 후예로, 고산 윤선도의 팔대 종손부(宗孫婦)이다. 이씨는 17세에 한 살 아래인 남편 윤광호와 혼인하였지만, 남편이 결혼한 지 50일 만에 불행히 요사(夭死)하여 청상과부가 되었다. 그러고는 해남 윤씨라는 사대부 집안에서 종부라는 막중한 책무를 지게 된다.[2]

이씨가 고전 산문의 여성작가로 주목받은 것은 그녀가 시어머니에게 쓴 편지가 공개되면서부터이다. 고산 윤선도의 고가(古家)인 전남 해남군 연동에 있는 해남 윤씨 종가에 비장되어

---

1 조혜란은 원래 제목이 없던 편지글인 이 작품의 제목으로 《규한록》이 적절한지에 대해 의문을 제기한 바 있다. "'규한록'은 이 글의 성격과 잘 어울리지 않는 제목이라 하겠다. 이 작품을 쓴 이는 결코 중문 뒤 그윽하게 숨겨진 규방 안에서 그저 한을 품고만 있는 그런 인물은 아니기 때문이다. (중략) 원정(原情), 즉 문제 상황에 대해 적극적으로 하소연하거나 그 상황을 따져 밝히는 것은 문제를 제기한 자의 정체성이 분명한 경우에 가능하다." (조혜란, 《규한록》, 어느 억울한 종부의 자기주장, 《여/성이론》 16, 도서출판 여이연, 2007, 162쪽.)

2 이씨 부인의 생애에 대해서는 박요순의 논문을 참고했다. (박요순, 〈신발견 규한록 연구〉, 《국어국문학》 49·50, 국어국문학회, 1970.)

전해지던 이씨의 편지글을 처음 학계에 소개한 박요순이《규한록》이라 이름 붙인 후 이씨는《규한록》의 작가로 호명되었다.[3]《규한록》은 폭 36센티미터, 길이 1,271센티미터의 한지 두루마리에 빼곡히 적혀 있는데, 이는 원고지 160매에 해당한다[4]고한다. 편지글임을 감안할 때 상당한 분량이라 할 수 있다. 그런데 독자로서《규한록》을 처음 접했을 때 독해에 난감해지는 것은 분량 때문이 아니다. 이는 작가의 모순된 서술 태도와 상반된 주장, 비논리적 내용 전개와 동일 주제의 반복적 배열 등에서 기인한다.

그래서인지 1970년 즈음 세상에 알려진《규한록》에 대한 연구자들의 관심은 작품의 독특한 서술 방식과 이를 통한 작가의식의 구명에 집중되어 왔다. 연구자들은《규한록》의 독특한 서술 방식과 서술 태도가 여성적 글쓰기, 여성의 자기 서사 방식의 특성 일면을 보여 준다고 분석하면서 양반 여성으로서 작가의 자기 정체성이나 주체의식 등을 추출하여 작품의 주제를 해석했다.[5] 그렇다면 반복적으로 교차하면서 켜켜이 쌓아 가고 있는 자신에 대한 자책과 시집 남성들(시삼촌들)에 대한 비난 중 작가가 정말 하고 싶은 말은 무엇이었을까. 청상(靑孀)으로서 삶에 대한 체념과 종부로서의 생의 의지 중 그녀가 우선적으로 드러내고자 한 것은 어느 쪽일까. 작가의 본심은 전형적인 양반 여성의 절제된 상투적 어법과 욕설을 마다하지 않는 파격적 표현 중 어디에 담겨 있을까. 그리고 또 한 가지 의문. 글쓰기의 목적과 의도가 명확하다면 그녀는 왜 이렇게 상반된 내용과 어법을 착종된 채로 혼용했을까.

막중한 책임과 빈약한 권한 사이, 청상 종부의 현실

물은 건널수록 깊고 산은 넘을수록 험하여 온갖 세월이 이러하온즉, 어머님께서 상납이온들 못 가질 것이 아니오나, 선두에서 가져오시니 팔도를 다 거친 섬놈들이 양반의 물정을 어찌 모르오며 또철은 앉아서 지휘하옵고, 차강은 섬에 다니며 큰댁 잔약하온 형세를 허수히 보는 것이 그 정성없는 데서 나타나오니, 그렇게까지 하기는 필연코 무슨 조화가 있을 것으로, 종정이 백치 뱃짐은 다 나온 듯하오나 차강이는 말하기를, "구전은

3　박요순은 1970년 〈신발견 규한록 연구〉를 통해 이씨 작품의 존재를 알렸고, 이후 1973년 〈조용히 감하시옵소서〉(《문학사상》 3월호 게재)라는 제목으로 전문을 공개하고 해제하였다.

4　이우경, 《규한록》의 수필적 성격에 대한 연구〉, 이화여자대학교 석사 학위 논문, 1982, 3쪽.

5　대표적인 연구들은 다음과 같다. 조혜란, 〈고전 여성 산문의 서술 방식:《규한록》을 중심으로-〉, 《이화어문논집》 17, 이화어문학회, 1999. 조혜란, 《규한록》, 어느 억울한 종부의 자기주장〉, 《여/성이론》 16, 도서출판 여이연, 2007. 박혜숙, 〈여성적 정체성과 자기 서사:《자긔록》과 〈규한록〉의 경우〉, 《고전문학연구》 20, 한국고전문학회, 2001. 김정경, 《《규한록》의 구조적 특성과 여성 서술자의 기능 고찰〉, 《한국고전연구》 12, 한국고전연구학회, 2005. 김보현, 《규한록》의 발화지향에 관한 해석의미론적 연구〉, 《한국문학이론과 비평》 76, 한국문학이론과 비평학회, 2017.

한 입 한 뭇이 아니 나왔다" 하니 심란심란하옵니다. 어머님 편지도 그러하옵고 아주버님 서중에도, "섬사람에게서 나왔는지 아니 나왔는지 모르신다" 하옵시니, 종부인 체하여 빚은 많고 또 빚이 질세라, (중략) 그리하든 저리하든 큰댁 형세와 자부가 세상을 원억히 머물러 있어 밥도 얻어먹지 못하여 주리고, 소임을 못 감당하면 '개똥의 버러지로나 알까 보냐' 싶으옵고 무정세월이 흐를수록 나이 들어 그러하온지 어느 무슨 일이 아니 생각되어 무심하오리까?

앞서 말했듯이 《규한록》은 이씨가 시집과의 갈등으로 친정에 돌아가 지내면서 시어머니에게 쓴 편지글이다. 편지를 쓴 시기는 1834년으로, 이씨가 해남 윤씨 집안의 종부가 되어 청상으로 14년간을 지낸 시점이다. '물은 건널수록 깊고 산은 넘을수록 험하여 온갖 세월이 이러하온즉'으로 시작하는 편지는 이씨가 시집온 후 자신의 생을 스스로 어떻게 인식하고 있는지 집약적으로 보여 준다. 즉 열일곱 살에 시집으로 들어와 14년 동안 대가의 종부로 살았으나 그 역할을 수행하는 것에 익숙해지기는커녕 날이 가고 해가 갈수록 힘겨워지는 자신의 처지를 빗대어 표현하고 있다. 그리고 이씨는 이내 용건을 꺼내 놓는다. 자신의 부재로 인해 시어머니가 불편하지는 않은지, 집안은 두루 무고한지 등에 대한 의례적인 안부 인사는 생략되어 있다. 편지의 발신인인 이씨가 얼마나 결연한 의지로 자신이 하고자 하는 말을 전달하려는지 엿볼 수 있는 대목이다.

이어 곧바로 꺼내 놓은 내용은 종가 재산에 대한 의문과 경제적 어려움, 집안에서 종들에게조차 위신이 서지 않는 자신의 처지에 대해 '개똥의 버러지'라는 자조적 표현까지 동원한 한탄이다. 이러한 이씨의 태도를 이해하려면 당시 그녀의 집안 내에서의 위상, 시집 남성들과의 갈등 상황을 이해할 필요가 있다.

일 년에 서른 번이 넘는 제사를 지내야 하고, 수많은 손님을 치러야 하는 종가의 살림 규모를 감안할 때 집안에서 종부인 이씨의 책임과 역할은 막중했을 것이다. 그런데 책임과 역할에 걸맞은 권한이 제대로 주어지지 않았다. 적어도 이씨는 갈등의 원인과 사태의 본질을 그렇게 파악하고 있다. 조선시대 종부의 권한은 강력했다고 하는데, 특히 남편이 후사를 두지 못하고 사망한 경우 종부는 봉제사와 양자 입양 문제에 가장 큰 영향력을 행사할 수 있었다고 한다.[6] 그런데 봉제사와 양자 입양은 재산이 뒷받침될 때 비로소 수행이 가능해진다. 다시 말해 재

---

6   조선시대에는 총부가 남편이 죽은 후 그를 대신해 제사를 지낼 수 있는 권리가 있었으므로 봉사권(祭祀權) 혹은 제주권자(祭主權者)로서 실질적 권리를 행사했다는 점은 다음의 연구들을 통해 밝혀졌다. 한기범, 〈17세기 여성의 종법적 지위〉, 《충남사학》 9, 충남대학교 사학회, 1997. 이순구, 〈조선 중기 총부권과 입후의 강화〉, 《한국고문서연구》 9·10, 한국고문서학회, 1996. 김성숙, 〈이조 초기의 제사상속법리와 총부법〉, 《논문집》 15, 숭실대학교, 1985.(이상은·강혜경, 〈양반 여성 종부의 유교 도덕 실천의 의의-근현대, 영남지역의 종부를 중심으로〉, 《사회와 역사》 78, 한국사회사학회, 2008, 174~177쪽에서 재인용.)

산에 대한 권한이 없다면 종부로서의 권한 행사나 책임 완수에도 차질이 생길 수밖에 없다.

이씨도 비슷한 문제를 겪었던 것으로 보인다. 자신의 권한이 부당하게 제약을 받고 있고, 자신을 재산 문제로 곤경에 빠뜨린 것은 시삼촌들이며, 그 정도가 빚을 지면서도 제물(祭物)을 구할 수 없는 지경에 이른 만큼 도저히 그냥 넘어갈 수 없다고 판단하였다. 이씨가《규한록》을 쓸 당시는 가세가 가장 기운 때라고는 하나 본래 해남 윤씨 종가는 국부라고 불릴 정도로 막대한 재산을 보유하고 있는 집안이었다. 사유림을 소유한 종가에서 시어머니가 편찮을 때조차 종들이 나무가 없어 방을 덥혀 드리지 못했다고 하니, 이씨는 종들의 말을 곧이곧대로 받아들일 수 없었다. 종들조차 집안의 실질적 권력자인 시삼촌들의 편에 서서 행동했던 것이다. 사정이 이러하니 이씨는 당분간 친정에서 지낼 것을 결행한다.《규한록》은 이처럼 이씨가 친정으로 온 이후 자신이 보낸 이전 편지를 시어머니가 불태웠음에도 불구하고 다시금 자신의 심정을 토로하고 억울함을 밝히기 위해 쓴 편지다.

투생(偸生)의 삶에서
투쟁(鬪爭)의 삶으로

편지의 전체적인 내용은 첫째, '길쌈 못하고 바느질 못하는' 데다가 '한 가지도 재능치 못하고 재물도 재간 있게 쓰질 못'하는 자신의 재주 없음에 대한 자책과 '게으르고 둔질하며', '미련투민'하고, '용렬하고 좁은 속'을 지닌 자신의 성정과 자질에 대한 비하 둘째, '벽만 지고 앉아도 명만 지녀 달라'고 자신의 단식을 만류하던 시삼촌들에 대한 고마움과 원망 셋째, 양자 입양의 비난에 대한 해명 넷째, 종들의 노골적인 무시와 불손에 대한 비난과 경제적인 어려움 토로 등으로 구성되어 있다. 이러한 내용이 계속 반복, 중첩되어 서술되는데, 어느 정도 진행한 후에는 편지의 수신자인 시어머니께 편지를 끝까지 읽어 줄 것을 반복해서 당부하는 형식을 취하고 있다.

이씨가 시어머니가 편지를 읽고 알아주었으면 하는 바는 자신의 정당성이다. 이를 달리 표현하자면 자신과 대결하며 곤란한 형세로 몰아붙이는 시삼촌들의 부당함이라 할 수 있다. 그렇다면 시삼촌들과 이씨 갈등의 핵심은 무엇인가. 바로 양자 입양의 권한을 우선적으로 지녔던 이씨가 시삼촌들이 원하지 않는 먼 친척 아이, 11촌 조카 웅철(아명)을 양자로 들였기 때문이다.[7] 이로 인해 이씨와 시삼촌 간의 갈등이 깊어졌고, 점차 집

---

7 박요순은 이에 대해 "막대한 종가 재산과 권한을 둘러싸고 암암리에 입양 운동이 벌어졌던 것은 당연한 현상이었다. 오랫동안 종가 살림을 돌보아 오던 숙부들 사이에선 지친 중에서 종가 후사를 정하려 했고, 이씨는 오히려 먼 곳에 있는 일가 중에서 양자를 고르려 했다. (중략) 이씨는 멀리 충청도에 살고 있던 일가 중 십촌이 넘는 조카를 굳이 데려오고 말았다"고 했다. (박요순, 앞의 논문, 1970, 152쪽.)

안의 재산 문제로 번진 것이다.

사실 열일곱 살의 어린 종부가 남편도, 자식도 없는 상황에서 큰 집안의 살림을 주도적으로 통솔하기는 쉽지 않았을 것이기 때문에 종가에 대한 시집 남성들의 영향력은 자연스럽게 지속되었을 것이다. 게다가 이씨의 시아버지 윤종경은 양자로 입양되어 종손의 역할을 했다. 입양되기 전 윤종경은 22대 종손인 윤지정의 사촌의 아들이었다. 즉 이씨가 혼인하기 이전부터 윤씨 종가의 종통 계승은 불안했고,[8] 그로 인해 종가의 문제에 대한 집안 남성들의 영향력은 큰 편이었을 것으로 추측된다.[9] 게다가 양자로 입양되어 종통을 유지했던 윤종경의 외아들 윤광호가 후사를 두지 못하고 죽었다. 이제 이씨가 자결이라도 하게 되면 종통이 끊기는 셈이니 윤씨 가문은 큰 위기를 맞는 것이다.

이에 시삼촌들은 자결을 결심하고 단식을 감행하는 이씨를 간곡히 만류한다.

두 시삼촌께옵서, "윤씨 12대 종가 명문사당 산소 우마장이 원통하니, 30간 와가 쑥대밭이 아니 되기 자네 없으면 어따 의지하여 부지하실 터이며, 명 짧은 조카 성장하였다면 귀한 집 딸생으로 공연히 죽게 될 리가 없으니 죽으면 원귀 되리라." 말씀 몇 번 하시며 자부 먹으면 잡으시겠노라 옆을 떠나지 않으시고 과도히 하신 말씀이, "우리 형제 명이 자네에게 있으니

위에 어머님 계시고 아래 딸린 이가 있다 생각하여 보라" 하옵
시고 아무쪼록 살라 하시고…

이씨는 시삼촌의 만류에 자신의 역할을 깨닫고 시삼촌들의
'명만 지녀 주면 설움밖에 다른 근심은 없게 하여 주시려노라'
는 말씀을 굳게 믿어 간신히 투생하였음을 회고한다. 그러면서
자신이 구차하게나마 목숨을 부지하도록 해 준 것에 대한 은혜
를 잊은 것은 아니라면서도 "이럴 거였으면 그때 나를 왜 죽지
도 못하게 했느냐"는 원망을 드러낸다. 이는 자신을 살게 한 약
조를 지키라는 요구이기도 하고, 단지 종가를 유지하기 위한
도구적 존재로 취급하면서 자신에게 명실상부한 종부로서의
권한을 주지 않음에 대한 비판이기도 하다. 시삼촌들이 영향력
을 행사하기 힘든 먼 친척에다 지역적으로도 먼 곳인 충청도
서천에서 굳이 양자를 들인다면 갈등이 증폭되리라는 것을 알
면서도 이씨는 자신의 뜻대로 웅철의 입양을 감행한 것은 이러
한 시삼촌들의 태도에 대항하는 일종의 선언인 것이다.

이씨는 양자 입양에 대해 '자부 위한 양자이오니까?'라고 항
변하는가 하면 '양자 준 것이 딸 시집보낸 모양 같사온 듯하오

---

8 이에 대해서는 조혜란, 《규한록》, 어느 억울한 종부의 자기주장〉, 《여/성이론》 16, 도
서출판 여이연, 2007, 155쪽.
9 이씨가 혼인할 당시 시아버지는 부재한 상황이었다. 이러한 집안 사정 역시 시삼촌들
의 영향력을 지속시키는 조건으로 작용했을 것으로 보인다.

며……두 과댁 있는 데다가 자식을 보내고 그 마음 오죽하'겠나고 일곱 살의 어린 아들을 입양 보낸 웅철 부모의 심정을 대변하기도 한다. 또, 어려운 살림으로 '웅철이 의복도 못하여 주오니……자부 먹고 쓰지 아니한 것으로 양모 도리 하려 하오니 성장하도록 어버이 집에 말미 주옵시면 무궁하올 듯 천만 바라옵니다'며 양모로서의 책임감을 애틋하게 호소하기도 한다. 이같은 이씨의 서술은 양자에게 어머니로서 역할을 다하고자 하는 자신의 의지를 표명하는 동시에 양자 입양의 비용을 내주지 않아 자신을 면목 없게 만드는 시삼촌들에 대한 비난을 드러낸다. 또, 결국 '다 재리(財利) 때문'이니 자신이나 웅철이 친정에서 4, 5년 머무는 것이 종가 살림에 도움이 되지 않겠냐며 친정에 머무는 것에 대한 정당성을 확보하고 있다.

이처럼 시삼촌들과 겪는 갈등의 핵심 사안은 양자 입양 문제인데, 이씨는 물러서지 않고 자신의 뜻을 밀고 나갔다. 이는 표면적으로는 양자의 문제에 국한되나 본질적으로는 종가 문제 전반에 대한 권력 투쟁의 양상이라 하겠다. 그리고 자신의 이러한 결정의 정당함과 이에 대한 시삼촌들의 부당한 대응을 시어머니에게 호소하고 있다. 자신에 대한 자책과 양반 여성으로서의 정제된, 상투적인 언술로 시어머니 앞에서 자신을 낮추면서도 자신의 주장을 굽히지 않고 있다. 또, 시집의 비협조적인 태도와 그로 인한 종들의 일탈과 무시 등으로 종부로서 집안을 다스리는 데 많은 어려움이 있음을 토로한다.

'절제' 대신 자신을 과감히
드러냄으로써 얻은 생동하는 삶

편지글은 자기중심적 발화의 속성을 지닌다. 즉 발신자의 언어로만 이루어지기 때문에 일방적인 서술이라 할 수 있다. 따라서 자기 연민이나 자기 변명, 참회나 회고 같은 사적인 감정이나 수신자와 관련된 일상적인 문제들에 대한 생각을 솔직하고 자유롭게 기술한다는 특성이 있다. 또 수신자를 전제로 기술되기 때문에 편지를 수신자에게 보낼지 아닐지 정하지 않은 상태로 작성하는 경우와 수신자에게 반드시 전달하여 읽힐 목적으로 쓰는 경우 그 내용이나 표현의 정도가 달라지게 된다. 이씨의 편지는 후자에 해당한다고 하겠다. 시어머니가 이전 편지를 불태웠지만 다시금 억울함을 호소하고자 하며, 이 편지조차 없앤다면 또 쓰겠다고까지 하면서 자신과 시집 남성들 사이의 권력 다툼에서 자신에게 동조해 주지 않는 시어머니를 계속 설득해 나가겠다는 의지를 보인다.[10]

혼란스러운 구성과 서술자의 모순된 태도에도 불구하고 사실 《규한록》의 주제는 명확해 보인다. 무질서하고 비논리적인

---

10 《규한록》에서는 시삼촌들과의 갈등이 부각될 뿐 시어머니와의 갈등은 직접적으로 드러나지 않는다. 하지만 홀로 남은 시어머니를 봉양해야 할 이씨가 친정행이라는 강한 저항 방식을 취했고, 이후 보낸 편지를 시어머니가 불태웠다는 사실로 미루어 보면 시어머니가 이씨의 입장과 태도를 긍정적으로 이해하고 동조한다고 보기는 어렵다. 특히 재산 문제에 의문을 제기하는 이씨에게 시삼촌들과 마찬가지로 애매하고 비협조적인 태도를 취한 것으로 보아 시집 남성들과 같은 입장이었을 것으로 보인다.

서술 양상의 반복이 작가의 전략적인 선택과 기획의 결과라고 보기는 힘들 것 같다. 왜냐하면 주제의 전달력만을 두고 본다면 내용을 좀 더 다듬고 효과적으로 배열하는 편이 훨씬 유리할 것이기 때문이다. 소설과 가사를 여러 편 직접 필사한 바 있는, 명문 사대부가에서 성장한 이씨가 글을 쓰는 데 익숙하지 않아 이처럼 독특한 서술 방식을 사용할 수밖에 없었다고 보기도 힘들다. 아마도 작가는 매끄럽게 정돈된 언어보다는 자신의 생각과 심정을 날것 그대로 전달할 필요성을 절감했을지 모른다. 거칠더라도 있는 그대로 세세하게, 그리고 솔직하게 전달해야만 '나'를 이해시키고 상대의 공감을 얻을 수 있으리라 판단한 게 아닐까. 때로는 논리보다 감정이 상대를 설득하는 데 주효한 법이다.

결과적으로 이씨의 투쟁은 성공한 것으로 보인다. 이씨가 입양한 25대 종손은 3남 4녀를 두어 이후 가문을 유지했고, 이씨는 후세들에게 "한실(대곡) 할머니"라 불리며 집안에서 존경을 받았다고 한다.[11] 기울어진 가세를 다시 일으키고 종가의 명맥을 이어 갔기 때문일 것이다. 종부라는 자신의 이름에 걸맞은 삶을 살기 위해 당당히 투쟁한 이씨는 억압받는 자, 즉 여성의 글쓰기가 '절제'라는 학습된 방식을 따르기보다 가감 없이 자신을 드러내는 방식을 취할 때 여성들이 생(生)의 힘을 생성해 낼 수 있음을 보여 주었다.

참고문헌

강혜경, 〈양반 여성 종부의 유교 도덕 실천의 의의 - 근현대, 영남지역의 종부를 중심으로〉, 《사회와 역사》 78, 한국사회사학회, 2008.

김보현, 〈《규한록》의 발화지향에 관한 해석의미론적 연구〉, 《한국문학이론과 비평》 76, 한국 문학이론과 비평학회, 2017.

김정경, 〈〈규한록〉의 구조적 특성과 여성 서술자의 기능 고찰〉, 《한국고전연구》 12, 한국고전 연구학회, 2005.

박요순, 〈신발견 규한록 연구〉, 《국어국문학》 49·50, 국어국문학회, 1970.

박혜숙, 〈여성적 정체성과 자기 서사: 《자긔록》과 《규한록》의 경우〉, 《고전문학연구》 20, 한 국고전문학회, 2001.

이씨 부인, 《규한록》, 《문학사상》 3, 문학사상사, 1973.

조혜란, 〈고전 여성 산문의 서술 방식: 《규한록》을 중심으로-〉, 《이화어문논집》 17, 1999.

＿, 〈《규한록》, 어느 억울한 종부의 자기주장〉, 《여/성이론》 16, 도서출판 여이연, 2007.

조선시대에 한문 여행기를 남긴 금원

전진아

금원

(錦園, 1817~?)

조선 후기 강원도 원주 출신의 시인, 기녀. 기명은
금앵(錦鶯). 1830년 14세에 남장하고 금강산 등 명
승지를 유람했다. 김덕희의 부실(副室)이 된 뒤 여
성들의 시모임인 '삼호정시사'의 일원으로 활동
했다. 이 시기에 그동안의 여행 경험을 한문 여행
기《호동서락기》로 남겼다.

조선 후기에, 여성이, 열네 살의 나이로, 자신이 주도하여 여행을 기획하고 실행에 옮겼으며, 그것을 글로 남겼다. 이는 당대에나 현대에나 이례적이다. 조선시대 여성의 유람으로 황진이가 금강산을 유람한 일이나 《동명일기》의 저자 의유당 남씨가 남편의 부임지를 유람한 일 등이 알려져 있지만 여성의 여행은 제약이 극심했다. 더구나 여성이 자신의 여행 경험을 한문으로 기록하고 주위 사람들의 평을 받아 같이 수록한 경우는 아직까지 《호동서락기(湖東西洛記)》가 유일하다.

고전문학사에서 여성작가의 존재는 미미하다. 실제 문학의 현장에서야 남성 못지않은 주체로 활동했겠지만 문학 행위의 주된 수단이 문자로 고착되면서 여성은 기록의 주체가 되지 못한 채 배제되어 왔기 때문이다. 여성작가는 남성작가에 비해 턱없이 적었고 그나마 누구의 처나 어머니로 불렸으며 성이나 호가 아닌 이름이 전해지는 경우는 드물었다. 여기서 소개할 《호동서락기》의 저자 금원(錦園) 또한 그 이름을 알 수 없다.

발랄하고 기개 있는
금원의 일생

금원은 1817년 원주에서 출생했다. 이능화가 《조선해어화사》와 《조선여속고》에서 그녀를 '김금원(金錦園)'으로 칭해서 그동안 그렇게 알려졌으나 '금원'은 그녀의 자호(自號)이고 성씨에 대해서는 고증할 수 있는 자료가 없다.

금원은 양반 가문에서 기생첩의 딸로 태어났고, 병약한 탓에 여자들의 일보다는 글을 익혔다. 그 덕에 인간의 도리나 군자의 길에 대해 알게 되었을 것이다. 하지만 자신이 처한 여자로서의 삶은 글로 읽었던 인간의 도리나 군자의 길과는 어긋나기만 했고, 그러한 현실을 어떻게 받아들여야 하나 고민했을 것이다. 금원이 세상을 이해하는 방식으로 택한 것은 직접 세상을 보는 것이었다. 당시 중국 사람들도 '고려 땅에 태어나 한 번 보는 것이 소원'이라던 금강산은 금원이 유산기(遊山記, 산을 유람한 기록. 당시에 하나의 장르를 이룰 정도로 산을 유람한 여행기가 많이 쓰였다)나 그림을 보며 키워 왔던 오랜 갈망의 대상이었을 것이다. 또 한미한 가문의 여자로 태어난 것은 불행이지만 문명국에 태어난 것은 다행이라는 그녀의 생각은 수도 한양을 직접 보고 싶은 열망으로 이어졌을 것이다.

그녀가 열네 살의 나이에 금강산 유람을 떠난 것은 본격적인 기생의 삶을 앞두고 감행한 것이다. 인간으로서의 본성과 보고 들을 수 있는 사람의 형상을 갖추고 하늘로부터 총명한 재주를 부여받았다는 자의식을 갖춘 금원은 자신 앞에 놓인 기생으로서의 삶을 두고 치열하게 고민했다. 그녀는 성현의 논리를 들어 부모를 설득하고 마침내 허락을 얻어 남장을 하고 유람을 떠난다.

충북 제천의 의림지에서 시작하여 서호 4군(西湖 四郡, 충청도의 경승지로 알려진 제천, 단양, 영춘, 청풍 네 고을을 말한다)을 돌아보고 금강산과 관동팔경을 유람한 뒤 한양을 보고 돌아온다. 그 후 '금앵(錦鶯)'이라는 이름으로 원주 기생으로서의 직역을 수행하다 규당학사 김덕희(金德喜)의 소실이 되고 1845년에 남편을 따라 부임지인 의주로 갔다가 1846년 한양으로 돌아와 용산의 삼호정(三湖亭)에 은거한다.

이 무렵 금원은 운초(雲楚), 경산(瓊山), 죽서(竹西), 경춘(瓊春) 등 처지가 비슷한 여성 문인들과 교류하는데 이 모임이 바로 최초의 여성 시사인 '삼호정시사'이다. 이들 5명은 기생이었는데 시나 문장을 잘한다는 명성을 얻었고 명망 있는 양반의 소실이 되어 이 무렵 한양에 살고 있었다. 이 가운데 경춘은 금원의 동생이고, 죽서는 같은 원주 기생이었으며, 운초와 경산은 소실이 되기 전부터 교류하던 사이이다. 금원은 이 시절에 《호동서락기》를 집필하였는데 서른네 살이 되던 1850년 3월에 탈고해 시사의 동인들에게서 평을 받는다. 이후 죽서와 경산이 남편을 따라 임지로 떠나면서 모임이 해체되고 평소 병약했던 죽서가 명을 달리한다. 금원은 죽서의 남편 서기보(徐箕輔, 1785

~1870)의 재종 서돈보(徐惇輔)가 편집 간행한《죽서시집(竹西詩集)》에 발문을 쓰기도 하고, 1853년 남편 김덕희가 죽자 제문을 쓰기도 했지만 그 뒤 어떻게 살았고 언제 삶을 마쳤는지에 대해서는 알 수 없다.

금원은 시를 잘 짓는 기생으로 명성을 떨쳤으니 많은 시를 썼을 것이지만 문집이나 시집이 전하지 않고 추사 김정희가 극찬했다는 남편을 위한 제문도 전하지 않는다. 사실 운초나 죽서처럼 시집이 남아 있는 것이 오히려 드문 경우이다. 운초는 남편 김이양과 나이 차가 많이 났고 본부인이 죽은 뒤라 본가와의 갈등이 없었기 때문에 그녀의 소생이 없었음에도 불구하고 남편이 죽고 난 뒤에도 후손들이 그녀를 잘 챙겨 주었다고 한다. 그래서 시집이 남아 있고 무덤도 남아 있는 것이다. 그리고 죽서의 경우는 남편보다 먼저 죽었기 때문에 남편이 그녀의 시를 갈무리해 준 것이다. 금원이나 경춘은 기생이었지만 부친이 명문가였을 것으로 추정되고 그 덕에 좋은 가문의 남편을 만날 수 있었지만 소실의 처지라는 것이 남편의 죽음 이후가 보장되지 않기 때문에 자식도 없었던 금원의 경우 김덕희가 죽고 난 뒤의 삶은 남편이 살아 있었을 때와는 많이 달랐을 것이다. 금원이나 경춘, 경산의 경우는 모두 자식이 없었고 남편이 죽고 난 뒤 여기저기 떠도는 영락한 삶을 이어 갔을 가능성이 크다. 그나마 금원은《호동서락기》가 남아 있지만 경춘이나 경산은 작품이나 생애와 관련해 알려진 것이 거의 없다.

자부심 속에 반추하는
빛나는 순간들

《호동서락기》는 회고록 성격이 강한 기행문이다. 기행이 중심이지만 인생을 회고하는 식으로 서술된 것이 특징이다. 전체 1만 9,527자 분량의 한문 기록으로 한시 26년을 포함하고 있다. 제목 '호동서락기'는 금원이 유람했던 지역을 의미하는 한자를 나열한 것으로 제천 지역을 뜻하는 '호(湖)', 금강산을 비롯한 관동 지역을 뜻하는 '동(東)', 관서 지방인 의주를 뜻하는 '서(西)', 한성을 뜻하는 '낙(洛)'을 한데 아우른 것이다. 즉 유람한 곳을 나열하여 제목으로 삼고, 각 지역에 대한 별개의 기행문을 한데 모아 책으로 엮은 것이다.

《호동서락기》는 기행문을 중심으로 전후에 도입부와 종결부가 서술되어 '유람의 동기 → 유람 행적 → 유람의 총평'으로 구성되는 일반적인 형식을 따른 것으로 볼 수 있지만 '유람의 동기'나 '총평' 부분이 비중 있게 서술되고 있는 것이 두드러진 특징이다. 금원이 열네 살의 나이에 금강산 유람을 떠나기까지는 외적으로나 내적으로 많은 갈등을 겪었을 것인데 도입부에 그런 내적 갈등이 잘 드러나 있다. '천하 강산은 크고, 고금 세월은 유구하다(天下之江山大矣 古今之日月久矣)'로 시작하는 도입부는 금원의 인식의 지평이 원대함을 보여 준다. 이런 지평의 기반 위에서 금원은 우주 만물의 천태만상을 인식하고 그중에서 음양오행의 정기를 타고난 인간이 만물의 영장임을 말한다. 그런데 그 인간도 성별, 재기, 식견, 수명, 빈부, 귀천 등이 제각각이다. 여러 역사적 인물을 거론하는 가운데 요순과 공맹이 다르고, 안연과 도척이 다르며, 이윤이나 여망(강태공)과 영자(甯子, 춘추시대 위나라 대부)나 기자가 다르다고 하면서 그 이유를 때가 같지 않기 때문이라고 파악했다. 즉 때를 얻지 못하면 뛰어난 재주를 지녔다고 해도 초목과 같이 썩어 갈 수 있겠지만 그래도 포용력과 식견을 키워야 한다고 말한다. 때를 얻고 얻지 못함은 인간의 소관이 아니기 때문이다.

한편 금원은 남자들은 사방에서 노니는 것을 좋게 여기는 것과 달리 여자들은 규문 밖을 나갈 수 없게 함으로써 총명과 식견을 넓히지 못해 이름을 남기지 못하고 사라져 가는 것이 슬프다고 했다. 남자와 여자가 다르다는 것을 인정하면서도 모든 여자를 똑같이 취급하는 것이 부당하다는 논리다. 여자 가운데서도 글을 배우고 깨달음을 얻어 식견을 넓히고자 하는 이들이 있는데 여자라는 이유로 규방에 가둬 두는 것은 옳지 않다고 했다.

내 뜻은 결정되었다. 아직 머리를 올리지 않은 이때에 강산의 승경을 두루 돌아보며 증점이 기수에서 목욕하고 무우에서 바람을 쐬고 시나 읊조리며 돌아오겠다고 했던 뜻을 본받겠다고 하면 성인도 마땅히 인정해 줄 것이다. 마음이 정해지자 부모님께 거듭 간절히 부탁하여 오래 뒤에 겨우 허락을 받았다.

금원이 부모님을 설득하는 것도 쉬운 일이 아니었겠지만 그 전에 자신의 뜻을 정하는 것이 더 어려웠을 것이다. 금원이 뜻을 정한 근거는 자신이 '아직 머리를 올리지 않은 때'에 있다는 것이다. 즉 태생으로 인한 의무보다는 인간으로서의 본성에 충실할 수 있는 시기이므로 공자의 제자 증점이 했던 것처럼 자연이 주는 즐거움을 누려 보겠다는 것이다.

열네 살 여자아이에게 금강산 유람을 허락해 준 금원의 부모님에 대해서 의아해하는 의견도 많다. 금원도 금원이지만 부모님이 매우 개방적인 사고를 하는 사람들이었다고 보기도 한다. 금원에게 글을 가르치고 금원이 자유로운 사고를 할 수 있는 터를 마련해 준 점에서는 금원의 부모님이 고루한 사람들은 아니었을 것으로 보인다. 그러나 금원이 사대부가의 정실 자식이고 앞으로 기생이 되어야 할 운명이 아니었다면 이러한 여행은 불가능했을 것이다.

어렵게 허락을 받아 여행을 시작하며 금원은 "매가 새장을 벗어나 하늘 높이 날아가고 천리마가 재갈에서 벗어나 천리를 치닫는 것처럼 가슴이 탁 트였다"고 말하고 있다. 왜 그렇지 않겠는가? '시인들이 불원천리하여 구경한다'는 금강산으로 향하는 길에 금원은 먼저 제천 의림지에 들른다. '호동서락' 가운데 '호' 즉 서호 4군의 여정이 시작되는 것이다.

때는 경인년 춘삼월. 나는 그때 열네 살이었다. 남자아이처럼 머리를 땋아 늘이고 가마를 타고 갔는데 가마 주위에는 푸른 실을 둘렀고 앞면의 장막은 열어 두었다. 제천 의림지를 찾았다. 예쁜 꽃들이 웃는 것 같고 향기로운 풀이 자욱하였다. 초록색 나뭇잎들은 막 피어나는데 청산이 사방에 둘러서 있어 마치 수놓은 비단 장막 안으로 들어가는 것 같았다. 가슴이 시원하여 폐부에서 먼지와 때를 씻어 내는 듯했다.

금원은 이렇게 남장을 하고 가마에 올라 여행을 떠난다. 제천 의림지는 지금도 경치가 아름답지만 금원의 첫 탐승지였던 만큼 마음껏 즐기는 들뜬 기분이 잘 드러난다. 여행을 시작하는 첫걸음에서 그동안 갇혀 지내던 갑갑함을 털어 버리는 상쾌함과 보이는 것마다 자신의 감정을 투사하는 발랄한 소녀의 마음을 읽을 수 있다. 의림지를 시작으로 단양의 삼선암, 사인암, 금화굴, 남화굴을 둘러보고, 단발령에서 금강산 전체를 조망하는 것으로 금강산 여정을 시작한다. '호동서락' 가운데 '동' 즉 관동 지역의 여정이다.

유산기의 세 가지 요소로 경(景), 정(情), 의(議)를 꼽는다. 서호 4군 기행문은 상대적으로 '정'의 요소가 승한 것에 비해 금강산 기행문은 이 세 가지 요소가 조화를 이루고 있다. 금원은 단발령에서의 조망을 시작으로 이름난 명소들을 직접 답사하거나 멀리서 조망한다. 금강산의 정경에 대한 사실적인 묘사가 돋보일 뿐 아니라 관련 설화나 역사적 사실 등을 언급하며 자신의 의견을 피력하는 경우도 많다. 백민자는 이러한 금원의 서술 태도에 대해 현학적이라고 했지만 당시 성행하고 있던 금강산 유산기 등에 대한 금원의 독서 경험을 알 수 있는 측면이기도 하다. 다음은 금강산 여정을 마무리하며 구령에 올라 동해를 바라보고 쓴 시이다.

> 모든 물이 동쪽으로 흘러드니 百川東滙盡
>
> 깊고 넓어 아득하기 끝이 없구나 深廣渺無窮
>
> 이제야 알겠네, 천지가 크다 해도 方知天地大
>
> 이 한 품에 품을 수 있다는 것을 容得一胞中

이 시는 금원이 금강산 여행을 통해 인식의 지평을 넓혔음을 함축적으로 보여 준다. 《호동서락기》의 처음 부분에서 '천하 강산은 크고 고금 세월은 유구하다'며 산과 물의 대조를 통해 사물의 천태만상을 말했던 것이 바로 여기에서 비롯됨을 알수 있다. 당대에 귀천을 불문하고 금강산 찾는 일을 두고 천박한 행태라며 혀를 찬 사람도 있다지만 의식 있는 사람들이 명산대천을 찾는 것은 호연지기를 기르기 위해서였다. 금원도 여행을 떠나며 식견과 국량을 넓히고 자연이 주는 즐거움을 느껴보기를 원했다. 그리고 삼라만상을 압축해 놓은 듯한 금강산을 직접 보고 이제 드넓은 바다를 한눈에 보게 되자 세상의 어떤 일도 용납할 수 있을 것 같은 담대한 기개를 갖게 된 것이다. 금원이 지니게 된 이러한 자부심이야말로 이후 금원의 삶을 지탱한 근원적 힘이 아니었겠는가?

금강산에 이어 관동팔경과 설악산을 둘러본 금원은 '산과 바다의 기이한 장관을 두루 보았으니 화려하고 번화한 곳을 보기 위해' 한양으로 향한다. '호동서락' 중 '낙'의 여정에 해당한다. 한양에 들어서는 금원은 대도회지에 대한 시골 사람의 동경과, 도시의 웅장함과 엄숙함에 압도되어 심리적으로 위축된다. 금강산에서 천지를 품겠다고 했던 사람이 맞나 싶을 정도다. 먼저 금원은 남산에 올라 한양을 조망한다. 하늘로 치솟은 누각이 가득한 궁궐과 채색 담장으로 둘러싸인 성 안에 즐비한 기와집과 부귀를 다투며 분주히 오가는 사람들 모습이 보인다. 번화한 거리에서 백마를 타고 삼삼오오 청루 술집을 드나드는 한량들의 모습까지도 태평성대의 기상이라고 말하고 있다.

이러한 금원의 시각에서는 세도정치로 인해 농민으로 대변되는 민초들이 얼마나 수탈당하고 힘겹게 살아가는지에 대한 인식을 찾아볼 수 없다. 상품화폐 경제가 발달하면서 새롭게 대두된 요호부민들(조선 후기에 등장한 부농층)에 의해 활기를 띠고 있는 도시의 외관에만 시선이 가 있다. 이는 아직 역사나 사회에 대한 비판적 시각을 갖지 못한 어린 소녀의 시각이기도 하려니와 금원의 신분과도 무관하지 않을 것이다.

남산에서 내려와 세검정, 탕춘대, 지금은 흥선대원군의 별장으로 알려진 김흥근의 별서를 지나 정릉에 올라갔다 숭례문을 지나 관왕묘를 보고 한양 여정이 끝난다. 이제 긴 여정을 마치고 집으로 돌아가야 할 때가 되었다. 금원은 다음처럼 소회를 밝힌다.

경향을 유람하고 나서 내 행색을 돌아보니 문득 이런 생각이 들었다. '여자가 남장을 하는 것은 평범한 일이 아니다. 하물며 사람의 욕심은 끝이 없으니 말이다. 군자는 만족함을 알아 그칠 수 있기에 절제하여 도에 지나치지 않고 소인은 욕심에 치달려 곧장 나아가기만 하기에 멋대로 흘러 돌이킬 수 없게 된다고 했다. 지금 나는 장관을 다 보아 오래된 바람을 거의 이루었으니 여기서 그만 그치고 다시 본분으로 돌아가 여자가 해야할 일을 하는 것이 또한 옳지 않겠는가?' 그래서 남복을 벗고 예전대로 돌아가니 아직 머리를 올리지 않은 여자일 뿐이었다.

여행 시작 전과 후 금원의 마음은 어떻게 달라졌을까? 여행을 시작할 때는 주로 설렘과 즐거움의 감정이 드러났다면 여행이 끝나갈 때에는 집에 대한 그리움과 뜬구름 같은 인생에 대한 서글픔을 자주 드러냈다. 호기롭게 떠난 여행이지만 종국에는 집으로 돌아가야 하는 것처럼 이제 남복을 벗고 여자로 돌아가야 한다. 뭔가 달라진 것도 없이 원점으로 회귀하고 만 것 같다. 과연 달라진 것이 없을까? 이 여행 후에 금원은 다시 여자로 돌아와 기생의 삶이라는 정해진 길을 갔다. 그녀와 교류했던 문사들의 평에 따르면 금원의 시에서는 강건한 기개가 드러났다고 한다. 기생이 되지 않기 위해 여행을 간 것이 아니라 국량과 식견을 넓히고 자연이 주는 즐거움을 한껏 누리고자 한 여행이었고 여행 후 금원의 삶은 그때 얻은 자부심으로 지탱되었을 것이다.

의주로 가는 여정은 을사년(1845) 초봄에 이루어진다. '호동서락' 중 '서'에 해당하는 여정이다. 의주는 평안북도의 국경 지역이다. 금원은 지금의 무악재인 모화현을 넘어 개성, 평양, 안주, 가산, 정주를 거쳐 의주에 이른다. 유람을 목적으로 떠난 길이 아니라 남편의 부임지로 가는 길에 있는 명소들은 둘러본 것이라 머물러 즐긴다거나 떨어져 있는 명소를 일부러 찾아가거나 하는 여유를 누릴 수는 없었다.

의주에 이르는 길이 서둘러 지나가야 하는 노정이었던 것에 비해 2년 남짓 의주에서 관아의 안주인으로 생활하면서 겪은 경험들은 앞선 유람의 기록과는 결이 다르다. 의주에 들어서면서 보게 된 신관과 구관의 교대식을 비롯해서 신기루와 같은 기상현상이나 신기한 이국의 물산 등 의주에서만 경험할 수 있는 것들을 나열하는 한편 말을 타고 검무를 추는 색다른 기생 문화에 대해서도 자세히 서술하고 있다. 금강산과 한양의 여정에서는 거의 언급되지 않던 기생에 대한 관심이 두드러지게 나타난다. 이 역시 자신이 겪었던 기생 생활에서 비롯된 자연스러운 관심이라 하겠다.

의주에서 한양으로 돌아온 김덕희가 용산의 '삼호정'에 은거할 당시에는 금원도 신분의 고하를 막론하고 시를 통해 문인들과 어울릴 수 있었다. 당시 경치 좋은 한강변의 이름난 정자들은 그런 시회가 자주 열리는 공간이었는데, 운초의 남편 김이양의 '오강루'나 경산의 남편 이정신의 '일벽정'도 그러한 정자들 가운데 하나였다. 삼호정시사의 동인들은 이런 모임에 참석해 남성 문인들과도 교류했던 것으로 보인다.

때때로 시를 지으면 서로 모여서 시를 창수한 사람들이 넷이었다. (중략) 서로 어울리며 노니니 아름다운 시축이 책상에 넘치고 주옥 같은 작품들이 서가를 가득 채웠다. 시를 소리 내어 읽으면 마치 경쇠를 두드리고 옥이 부서지는 것 같았다. 계절마다 자연의 풍경이 달라질지라도 강가의 꽃과 새들은 한결같이 근심을 풀어 주었다. (중략) 다섯 사람이 서로의 마음을 알게 되어 더욱 친해졌다. 또 경승지의 아담한 곳에 살면서 꽃과 새와 구름과 안개, 바람과 비와 눈과 달이 아름답지 않을 때가 없었으니 즐겁지 않은 날이 없었다. 거문고를 뜯으며 음악에 맑은 흥을 실어 보내기도 하고 담소를 나누기도 하다가 천기가 유동하면 시가 되어 나왔으니 맑은 시, 굳센 시, 예스러운 시, 담박하면서도 질탕한 시, 강개한 시들이 있었다. 비록 그 우열을 알 수는 없었지만 성정을 쏟아 내고 유유자적한 것은 모두 같았다.

오강루나 일벽정의 시회가 남성 문인 주도의 모임이었던 것에 비해 삼호정에서의 모임은 여성 문인들이 주도하는 모임이었음을 알 수 있다. 당시의 여성들도 시를 쓰고 모여서 의견도 나누었겠지만 지금으로서는 금원이 남긴 삼호정시회의 모습을 통해 당시 여성들의 시회를 유추해 볼 수밖에 없다. 수사적 표현이라고 해도 책상에서 넘치고 서가에 가득할 정도였던 그녀들의 작품이 제대로 전해지지 않고 있는 것 또한 아쉽다.

삼호정에서의 생활을 끝으로 《호동서락기》의 종결부가 시작된다. 도입부에서 자신이 유람을 하게 된 동기를 말했다면 종결부에서는 《호동서락기》를 저술하게 된 이유를 말한다. 경춘이 《호동서락기》의 수미상관 구성에 대해 지적했듯이 처음 거론했던 '강산은 크고 세월은 유구하다'를 다시 거론한다. 자신의 반평생을 돌아보면 남자들도 하기 어려운 유람을 했으니 만족스럽고 소원도 풀었다고 한다. 넓은 세상과 유구한 역사를 생각하면 백 년도 못 사는 자신이 이 구석진 나라에서 본 것은 크게 본 것도 아니요, 쾌히 즐긴 것도 아닐 수 있지만 한 모퉁이로 천하를 미루어 볼 수 있고 백 년으로 유구한 세월을 미루어 볼 수 있으니 강산의 크고 작음과 세월의 오래됨과 짧음을 문제 삼을 필요는 없다고 한다.

이처럼 자신의 경험에 대한 자부심을 표출하면서 한편으로 지나온 삶이 한바탕 꿈에 지나지 않는다는 생각을 떨치지 못한다. 그래서 자신이 자부하는 "지난 일과 유람한 바를 글로 전하지 않으면 누가 오늘 금원이 있었다는 사실을 알겠는가?"라며 유람의 전말을 기록한다고 하였다.

도입부에서 금원이 극복하고자 하는 한계가 여성으로서의 한계였다면 종결부에서 극복하고자 하는 한계는 인간으로서의 한계다. 금원이 열네 살 소녀로 금강산 기행을 감행한 것은 분명 사방을 주유하며 국량과 식견을 키울 수 있는 남자들의 입지를 의식하여 내린 결단이었다. 그리고 금강산 기행을 끝낸 뒤에는 세상을 한 품에 품는 포부를 밝히기도 하지만 만족함을 알고 여성의 본분으로 돌아가리라고 말한 바 있다.

《호동서락기》를 쓰던 시기의 금원은 자신의 삶에 어느 정도 만족하고 있는 상태에서 여성으로서 한계를 넘어 인간으로서의 한계를 문제 삼았던 것이다. 이러한 의식은 금강산 기행이 끝나갈 때에도 보였던 것으로 금원이 종국에 부딪힌 문제, 즉 인생의 허무감이었다. 《호동서락기》를 집필하는 것도 결국은 꿈속의 꿈에 불과한 일일 수 있지만 금원이 허무의식을 극복하기 위해 할 수 있는 일은 인생을 돌아보면서 장하다고 생각되는 일, 가장 행복하다고 느꼈던 때, 마음을 나누었던 사랑하는 사람들에 대해 글로 남기는 것뿐이었다.

금원의 글이 자신의 반생을 자부심 속에 반추하면서도 계속 부평초 같은 삶에 대한 서글픔을 깔고 있는 것은 앞으로의 삶에 대한 예견 때문이지 않았을까 한다. 정계에서 물러난 남편과의 한적한 삼호정 생활도 그리 오래가지 못할 것이라는 예감, 뜻이 맞는 벗들과 시를 주고받으며 웃음꽃을 피우는 이 행복한 세월 역시 그리 오래 지속되지는 못할 것이라는 예감이 《호동서락기》를 통해 그녀 인생의 가장 빛나는 순간들을 기록하게 한 것이다.

"누가 오늘 금원이 있었다는 사실을 알겠는가?"

금원이 여성의 한계를 의식한 것에 비해 사회나 계층에 대한 비판 의식은 없었다는 지적이 있다. 금원이 여성의 한계에 대한 의식을 사회나 계층의 문제와 연결시켜 극복하는 방향으로 진전시켰다면 어떠했을까? 《호동서락기》 외의 금원의 많은 시, 경산이나 경춘과 같은 다른 많은 여성의 글을 지금 우리가 읽어 볼 수 있지 않았을까? 더 많은 여성의 유람 기록이 《호동서락기》를 뒤이어 쏟아지지는 않았을까? 남성의 경험은 역사가 되지만 여성의 경험은 에피소드로 간주된다는 말이 있다. 금원의 금강산 기행이 하나의 에피소드가 아닌 역사가 되었다면 어떠했을까?

　《호동서락기》는 현재 필사본 2종이 전해지고 있다. 연세대학교 중앙도서관과 이화여자대학교 중앙도서관에 각각 소장되어 있다. 연세대 소장본은 《조선여류시문전집》(1989)과 《한국여성시문선집》(2004), 《한국역대산수유기취편》(1996)에 영인되어 있다.《대동시선(大東詩選)》(1918)을 비롯한 많은 책에 원문이나 번역문이 부분 수록되어 있고,《강원여성시문집》(1998)과《한국고전여성문학의 세계: 산문편》(2003)에 전문이 번역돼 있다.

금원의 아우 경춘이《호동서락기》에 대해 쓴 글에서 후대에 언니의 글을 읽어 줄 사람들이 있을까 걱정했던 것과는 달리《호동서락기》는 구한말 금강산을 여행했던 독일인 신부 베버나 영국의 비숍 여사가 언급했을 정도로 당대에도 꽤나 알려져 있었으며 후대에도 많은 관심을 받았다. 현재《호동서락기》는 여성 한시나 기행문학의 측면에서 다각도로 조명되고 있으며, 함께 실린 삼호정시회 동인들의 글도 비평문으로서 연구되고 있다. 삼호정 시 모임 또한 조선 후기 새로운 문화 현상으로 주목을 받고 있다. 또 많은 연구자가 금원의 생애를 재구하기 위해 노력했다. 이와 같은 학계의 연구 결과를 토대로 청소년을 대상으로 한《오래된 꿈》이나 관련 자료를 풍부하게 찾아서 금원의 일생을 복원한 최선경의《호동서락을 가다》같은 책들이 출판되었으며, 김경미의《여성, 오래전 여행을 꿈꾸다》에서 연세대 소장본의 현대 역본을 접할 수도 있다. 이런 책들은 여느 사람들도 금원이나《호동서락기》에 대해 흥미를 느끼고 깊이 이해할 수 있는 길을 닦아 놓았다.

참고문헌

김경미, 〈외씨버선발로 금강산을 밟은 남장 처녀, 김금원〉, 《조선의 여성들, 부자유한 시대에 너무나 비범했던》, 돌베개, 2004.

＿, 《여성, 오래전 여행을 꿈꾸다》, 나의시간, 2019.

김미란, 〈19세기 전반기 기녀, 서녀 시인들의 문학사적 위치〉, 한국고전문학회 편, 《문학과 사회집단》, 집문당, 1995.

김지용, 〈삼호정시단의 특성과 작품: 최초의 여류시단 형성과 시작 활동〉, 《아세아여성연구》 16, 숙명여대아세아여성연구소, 1977.

백민자, 《《호동서락기》 일고〉, 《국어문학》 50, 국어문학회, 2011.

안난욱, 〈김금원의 《호동서락기》에 관한 연구〉, 성균관대학교 석사 학위 논문, 1999.

안순옥, 〈《호동서락기》의 글쓰기 방식과 제재적 특질〉, 동국대학교 석사 학위 논문, 2010.

이혜순, 〈19세기 여성 비평문학의 출현과 그 의의 - 김경춘의 《호동서락기》 분석을 중심으로〉, 《한국고전여성문학연구》 1, 2000.

이효숙, 〈《호동서락기》의 산수문학적 특징과 금원의 유람관〉, 《한국고전여성문학연구》 20, 한국고전여성문학회, 2007.

최선경, 《호동서락을 가다: 남장 여인 금원의 19세기 조선여행기》, 옥당, 2013.

홍경의, 《오래된 꿈》, 보림, 2011.

외강내유의 삶을 노래한
최송설당

신윤경

최송설당

근대의 작가, 사회사업가, 교육 육영 사업가. 경북 김천에서 화순 최씨 집안의 장녀로 태어났다. 아들이 없는 집안이었다. 비록 여성이었지만 홍경래의 난에 연루된 조상의 억울한 누명을 벗기고 가문을 빛내야 한다는 간절한 소망을 품고 자랐다. 김천에서 상경하여 영친왕 이은의 보모가 되었다. 훗날 고종에게 가문의 신원을 바라는 상소를 올려 허락하는 조칙을 얻는다. 이후 사회사업에 힘쓰고 전 재산을 희사하여 재단법인 송설학원(松雪學園)을 설립, 지금의 김천중고등학교의 전신인 김천고등보통학교를 설립한다. 송설당은 딸로 태어난 것을 한스럽게 여겼으나 이에 매몰되지는 않는다. 가문을 위해 힘쓰는 데 남녀가 따로 있지 않다고 여긴다. 가문을 다시 일으켜 세우려는 강한 의지와 개인적인 섬세한 감정을 문학 작품으로 표현하여 250여 수의 한시와 50여 편의 국문 가사를 지었고, 저서로 《송설당집》 3권이 있다.

근대화와 식민화가 동시에 진행되던 20세기의 문학 공간, 서구 문학 사조의 유입과 범람으로 자유시와 소설이 우리 문단의 전체인 양 보이던 그 시간, 50여 편의 국문 가사와 250여 수의 한시를 남기며 최송설당은 우리 문학사에 들어선다.

조윤제가 《한국시가사강》에서 송설당을 언급[1]한 이후, 심재완은 송설당집의 서지적 연구[2]를 다룬 바 있고 김희곤은 〈최송설당연구〉[3]에서 출생과 김천 생활, 상경과 입궁, 재산 축적과 가문 중흥, 만년 정리 사업과 육영 사업 구상, 김천고보 설립 등의 항목으로 나누어 송설당의 일생을 되짚었고 허철회[4]는 최송

---

1 조윤제, 《韓國詩歌史綱》, 을유문화사, 1954, 434쪽.

2 심재완, 〈崔松雪堂의 歌辭〉, 《국어국문학연구》 3, 청구대학교 국어국문학회, 1959, 101~105쪽(허철회, 〈崔松雪堂의 詩歌研究〉, 《韓國文學研究》 15, 309쪽에서 재인용).

3 김희곤, 《한국근현대사연구》 32, 한국근현대사학회, 2005, 7~39쪽.

4 허철회, 〈崔松雪堂의 詩歌研究〉, 《韓國文學研究》 15, 동국대학교 한국문학연구소, 1992, 309~333쪽.

최송설당   **149**

설당을 개화기로부터 일제 침략기에 이르기까지 살다 간 육영 사업가이며 여류 문인이라고 규정했다.

이들 연구에 의하면 송설당은 전근대에서 근대 사회로 넘어오는 과정을 몸소 겪었고 또한 여성이라는 한계와 몰락 가문 출신이라는 굴레를 극복하면서 민족의 인재 양성에 기여한 인물로 근대 여성사, 교육운동사 연구에서 큰 의미가 있다.[5]

이 같은 기존 연구는 자칫 문학사의 뒤편으로 사라질 수도 있었을 문인으로서 최송설당에 집중하고 그 업적을 수면 위로 끌어올렸다는 점에서 의미 깊다. 하지만 문학 세계에서도 사회 활동가와 민족 교육자로서의 면모만 지나치게 강조되었던 것[6]은 아니었는지 되짚어 봐야 하지 않을까 싶다.

'내 비록 여성이지만
가문을 일으켜 세우리라!'

조선의 마지막 궁중 여류 시인이었던 최송설당은 1855년 지금의 경북 김천시 문당동인 금산군 군내면 문산리에서 화순 최씨 집안의 세 딸 중 장녀로 태어나 1939년까지 살았다. 어린 시절 세상은 불안했다. 그의 증조부 최봉관(崔鳳寬)은 1811년 일어난 홍경래의 난에 부호군(副護軍)으로 반란을 진압하는 자리에 있었으나 그의 외가가 홍경래군에 가담하였다 하여 가문은 거의 멸문지화에 이르고 만다. 최봉관은 옥사하고 맏아들이자 송설당의 조부인 최상문(崔翔文, 1785~1847)은 연좌되어 고부(古阜)로 유배되어 생을 마친다. 이 때문에 송설당의 일생은 역경으로 점철된다.

송설당의 아버지 최창환(崔昌煥, 1827~1886)은 금산(김천)으로 옮겨 살면서 시당 훈장으로 생계를 꾸려 갔다. 늘 선조의 억울한 누명을 벗기고 가문을 빛내야 한다는 부친의 말을 들었던 송설당은 아들이 없는 집안의 장녀로서 가문의 원한을 푸는 일을 할 수만 있다면 어떤 일이라도 하리라는 간절한 소망을 품고 자라났다.[7] 부모는 송설당의 명석함을 칭찬하면서도 남자가 되지 못한 것을 애석해했다. 태몽 때문이었다. 한 노인이 황학을 타고 하늘에서 내려와 한 권의 붉은 화서(畫書)를 주어 품는 꿈이었다고 한다. 부모는 당연히 대를 이을 아들이 태어나리라 기대했다. 그런데 딸이 태어나자 가문의 원한을 풀 길이 없다고 한탄하였다고 한다.

가문의 신원(伸冤) 즉, 그 억울함을 풀고자 하는 송설당의 의지는 〈즈슐〉에서 선명히 드러난다.

---

5 김희곤, 앞의 글, 8쪽, 38~39쪽 요약.

6 백순철, 〈崔松雪堂 歌辭의 문체와 현실인식〉, 《한국시가문화연구》 15, 한국시가문화학회, 2005, 196쪽.

7 김종순, 〈최송설당 시를 통해 본 근대 여성의 가문의식〉, 《고전문학 속의 가족과 여성》, 한국고전여성문학회 제16회 동계학술대회, 2005. 2. 1.

닉아모리녀ᄌ라도　　부모은혜이즐소냐

하물며우리부모　　　처음으로나를낫코

련싱이녀ᄒ신후에　　싱남긔망다시업셔

우리조샹종손으론　　우리집이맛집이오

우리부친소싱으론　　닉가맛쌀명싴이라

엇지감히쇼홀ᄒ리

_〈ᄌ슐〉에서[8]

　송설당은 〈ᄌ슐〉에서 비록 여자로 태어났지만 부모의 은혜는 잊을 수 없는 것인데, 첫딸 이후 연이어 두 딸이 태어나고 다시는 아들을 얻지 못하심을 언급하며 그럼에도 불구하고 가문의 종손으로서, 맏딸로서의 책임을 확인하며 감히 소홀히 할 수 없다고 다짐한다.

　송설당이 이를 갈 무렵 이러한 집안 상황을 듣고는 '내가 남자로 태어나진 않았으나 어버이의 뜻을 완수치 못하랴. 선조의 억울함을 씻는 데 어찌 남녀의 다름이 있으랴. 길이 맹세하여 어버이 뜻을 완수하리라'고 하였다고 한다. 이처럼 송설당의 의식 저변에 깔린 가문에 대한 신원 열망은 이후 송설당 삶의 방향에도 큰 영향을 끼친다. 아버지의 가문에 대한 책임감과 가문을 이을 아들을 낳지 못했다는 한탄은 결국 송설당에게 태생적인 죄의식으로 작용했는지도 모르겠다. 자신의 능력과 상관없는 사회적 성(性) 인식에 짓눌린 송설당의 자의식은 작품 곳

곳에서 발견할 수 있다.

한편, 송설당의 일생에서 무엇보다도 중요했던 것은 고종의 후궁인 엄비(嚴妃, 1854~1911)[9]와의 인연이라고 할 수 있다. 송설당은 엄비의 도움으로 고종이 러시아 공사관에서 1897년 2월에 경운궁으로 옮길 무렵에 입궁을 하고[10] 영친왕의 보모가 된다. 김천에서 상경하여 봉은사에서 신행생활을 하던 중 엄비의 동생을 만나게 되고 엄비의 잉태 소식을 접한 송설당은 득남을 위한 100일 기도를 이어 갔고 출산 후에는 동생을 통해 최고급 산후용품을 바쳐 엄비로부터 총애를 받게 되었다고 전해진다.[11] 영친왕 이은의 보모가 된 지 4년이 지난 1901년, 최송설당은 고종에게 가문의 신원을 바라는 상소를 올려 1901년 11월, 홍경래의 난에 연루되었던 송설당의 증조부 최봉관을 복권한다는 고종의 조칙을 얻기에 이른다. 멸문지화를 당한 지 89년 만이다.

---

8   이후의 작품 인용 및 해석은《松雪堂集Ⅰ》,《松雪堂集Ⅱ》,《송설당의 시와 가사》를 따름.

9   순헌황귀비, 엄귀비, 엄상궁, 엄순빈, 엄선영 등 여러 별칭이 있다. 다섯 살에 입궁해 최고 지위인 상궁(尙宮)이 되었고 명성황후를 모시다가 고종의 승은을 입었다. 1895년 을미사변으로 명성황후가 시해를 당하자 고종은 자신도 암살당할지 모른다는 불안에 휩싸여 자신을 돌봐 줄 엄상궁을 불러들였다고 한다. 엄상궁은 1896년 아관파천에 결정적 역할을 하여 러시아 공사관에서 고종을 보필하였고 1897년 덕수궁으로 환궁 후 황태자 영친왕 이은(李垠)을 낳았다.

10   최은희, 〈잊지 못할 여류명인들 18〉,《한국일보》, 1962. 5. 24. (김희곤, 앞의 글, 12쪽에서 재인용)

11   송지희, 〈김천고 설립자 최송설당〉,《법보신문》, 2003. 5. 27.

10년간의 궁궐 생활을 통해 송설당은 몰락한 가문을 다시 일으켜 세우고 재산을 운용하여 상당한 재물을 모을 수 있었다. 영휘원(엄비의 묘소)을 참배하면서 남긴 다음의 작품에 엄비에 대한 감정이 잘 드러난다. 엄비의 은혜가 하늘과 같아서 다시 태어나 그 은혜를 갚겠다는 의지를 표명하고 있다.

존귀ᄒ신황비뎐하   융즁ᄒ신귀비뎐하
승운샹텬ᄒ신후에   초죵셩복못감쏘와
쥬야쟝시황송터니   류슈갓흔져광음이
어언지간대긔로셰   천리지쳑텱로길노
풍우갓치달녀오니
(중략)
태산갓치놉흔덕틱   히슈갓치깁흔은혜
츠셰앙보못다ᄒ고   린싱으로긔약ᄒ야
가이업시이통ᄒ나   적막황원샌이로다
  _〈감은〉에서

1907년 헤이그 밀사 사건을 계기로 고종이 퇴위하고 순종이 보위에 오르자 일제는 황태자 영친왕을 교육이라는 구실로 일본으로 데려간다. 이에 영친왕 보모 생활을 끝내고 궁을 나온 송설당은 1931년부터 교육자로 변신한다. 사는 집만 남기고 전 재산을 교육 사업에 희사해 현 김천 중고등학교의 전신인 김천고등보통학교를 세웠다. 이때부터 최송설당은 사학 설립 자로서, 대표적인 근대 교육자로 칭송받았다. 정걸재(貞傑齋)에서 만년을 보내던 송설당은 1939년 6월 16일 오전 10시 40분에 만84세[12]로 생을 마감했다.

'남자-대장부' 시선에 갇힌 이중적 문학 세계

> 부인이 태어나 어려서부터 자질이 보통 아이와 다르고 지성스런 효심은 하늘에 뿌리내린 듯하여 부친의 신설(伸雪)하라는 명을 마음에 깊이 새겼다.
>
> _〈송설당서(松雪堂序)〉

남자로 태어나지 못해 가문의 억울함을 풀 길이 막막했던 송설당에게 여자라는 사회적 성별은 자신의 힘으로 어찌해 볼 도리가 없는 숙명이었다. 이러한 체념은 다음의 한시에 분명히 드러난다.

꿈에 금강산 십년이나 보고 夢見金剛已十秋

이제 와 능파루에 오르네 今來得上凌波樓

---

12 김희곤, 앞의 글, 37쪽.

내 눈썹 그림 보고 중은 웃지 마라 看吾眉黛僧休笑

남아였다면 일찍이 장쾌히 유람했으리 寧是男兒始壯遊

_〈표훈사 능파루(表訓寺 凌波樓)〉

태어나길 부녀의 몸 되어 生爲巾幗身

풍상에 절로 분주하고 골몰하였네 風霜自奔汨

밤낮으로 늘 기 펴지 못하고 晝宵常蹩躠

육순을 하루같이 살았다네 六旬如一日

입신양명은 본래 길이 없는 것이니 立揚本無路

사업인들 하물며 기약할 수 있으랴 事業況可必

가문의 형편 쇠퇴해 버렸으니 家道縱零替

선대의 사업 어이 이으랴 先業焉繼述

게다가 한낱 여인으로만 보니 且以匹婦視

오직 일신의 복밖에 없네 猶有一身吉

_〈기몽(記夢)〉에서

'내 눈썹 그림', '태어나길 부녀의 몸 되어'는 송설당이 선택할 수 없는 태생적 한계를 뜻한다. 가문과 관련된 당대의 시대, 사회적 요구가 송설당 입장에서는 불합리가 아닌 불가항력적 조건이 된다. 여자로 태어났기에 겪어야 할 불필요한 시선과 장애에 결국 송설당은 남자 혹은 대장부로서의 면모를 강화했던 것으로 보인다.

송설당을 기억하는 많은 글이 그녀를 '여자'로서가 아닌 '남자-대장부'로 그려 낸다. '대장부', '홍유(鴻儒, 뭇사람의 존경을 받는 이름난 유학자)', '걸사(傑士, 뛰어난 사람)', '장부' 등의 시어는 송설당을 남성으로 인식한 상태에서 내려진 평가들이다.

이 집의 주인은, 뜻과 기개가 깊고도 아득하며 기운과 절개가 영특하고 뛰어나 세세한 일에 얽매이지 않고 늘 큰 지략을 품고 있어 도량이 넓은 대장부의 기상을 지녔다.

(중략)

아마, 당세에 필을 잡은 자로 하여금 이를 듣게 하였더라면 한 사람의 여사(女史)가 동아시아에서 탁월한 절조로 새로 태어났을 것이요, 변함없는 충성은 홍유(鴻儒), 걸사(傑士)의 위에 빼어나서 시종이 명실상부하였으리라.

_〈송설당기(松雪堂記)〉

아, 최씨의 정성스러운 힘은 소나무 같고 눈 같아 당당히도 그 색을 변하지 않았으며 엄숙히도 그 기상을 떨구지 않았으니, 가히 정신상의 장부(丈夫)요 여자 중의 지사(志士)라 일컬을 만하다.

_〈송설당설(松雪堂設)〉

장(壯)하면서도 온순(溫順)하고 엄숙하면서도 굳세며 너그럽고도 넓으며 강개(慷慨)하면서도 엄연한 대장부(大丈夫)의 기상이 있었다. 정정한 기상과 표표한 태도는 또한 송설(松雪)에 비할 만하여 세상 사람이 송설당(松雪堂)이라 부르는 호는 이로 말미암아 성립된 것이다.

_〈송설당전(松雪堂傳)〉

이런 주변의 시선이 송설당을 특정한 위치에 고정시켰으리라 유추해 볼 수 있다. 게다가 위의 평가는 대부분 송설당이 가문의 신원을 위해 일생을 바친 점에 초점이 모아져 있다. 이와 관련하여 송설당이 자신의 문집을 내게 된 것이 가부장제의 중심에 서 있던 당대의 내로라하는 명사들 때문이고, 그 문집의 서와 발 그리고 그 밖의 여러 글 역시 그들에 의해 지어졌음은 눈여겨볼 만하다. 송설당이 스스로 자신의 문집을 계획하고 김윤식에게 서(序)를 부탁한 것은 자신의 대외적 활동을 인정받고 있다는 확신에 바탕을 둔 것이다. 반면 남성들이 송설당 문집에 글을 남긴 이유는 송설당을 유교적 신념에 걸맞은 일을 수행하는 대장부로 인식했기 때문이다.

송설당은 자신을 가문의 수호자 혹은 가문을 회복시키고 이어 가는 남성적 주체자, 즉 외강(外强)의 자아로 여겼다. 여기에 머물지 않고 국가에 충성하는 일 또한 주저하지 않았다. 그런데 송설당에게 충(忠)은 유교에 기반한 일방적인 충은 아닌 듯하다. 송설당은 엄비와 개인적인 친분이 매우 두터웠다. 따라서 추상적 개념으로서의 '충'으로 나라에 충성하기보다는 왕실 사람들과 친밀감과 유대감을 나누는 것이 송설당에겐 실질적인 충이었을 것으로 보인다. 이것은 다음의 글에서 잘 드러난다.

존귀ㅎ신황비뎐하 융즁ㅎ신귀비뎐하

승운샹텬ㅎ신후에 초죵셩복못감쏘와

쥬야장시황송터니 류슈갓흔져광음이

어언지간대긔로셰

(중략)

요됴ㅎ신부귀긔상 다시보기어려워라

태산갓치놉흔덕틱 히슈갓치깁흔은혜

츠셰앙보못다ㅎ고 릭싱으로긔약ㅎ야

가이업시이통ㅎ나 적막황원쑨이로다

(중략)

우리귀비여텬은덕 릭싱앙보밍셰흔일

존귀ㅎ신령탑하에 ᄌ셰ᄌ셰아뢰쥬렴

_〈감은〉

송설당은 1911년 덕수궁 즉조당에서 58세에 갑자기 숨을 거둔 엄비를 위와 같이 추모한다. 정숙하고 부귀로운 기상을 다시 볼 수 없고 태산 같은 은덕과 하해 같은 은혜를 이번 생에서 다 갚지 못하고 다음 생을 기약하게 된 것에 대해 한없이 애

통해하면서 이제 의지할 곳 없이 외로운 자신의 처지를 깨닫는다. 송설당에게 충은 국가에 대한 것이라기보다 자신을 거둬주고 평생의 과업을 이루게 해 준 엄비와 관련 있다고 볼 수 있을 것이다.

출가 후에도 친정 중요시,
시가 중심의 효 개념 확장

충뿐 아니라 송설당에게는 효(孝) 또한 의미가 다르다. 당시에 효라고 하면 보통은 시부모에 대한 효를 말한다. 하지만 송설당은 출가한 이후에도 친정 가문을 위해 해야 할 일을 잊은 적이 없다. 늘 친정어머니를 그리워하고 걱정하며 명승지에 가거나 좋은 음식을 구하면 친정어머니를 먼저 떠올린다. 그리고 출가외인이라는 말이 무색하게 친정을 구심점으로 삼는 친구들과의 만남을 중요하게 여긴다.

무졍ᄒ다가ᄂᆞ셰월   그뉘라셔만회ᄒ리

학발친당비알ᄒ고   안힝데미상봉코져

눈류명화긔약터니   록음방초다지ᄂᆞ고

어언간에게하되여   림우복염심혹ᄒ다

(중략)

뎡거쟝오동그늘   쳥풍고인완연ᄒ다

데민봉우환영ᄒ야 　 악슈담담반겨ᄒ고

빅발친당질기심은 　 태산대ᄒ유경일 듯

　_〈근친〉

불현듯이나ᄂ향ᄉ 　 억졔ᄒ기어렵도다

삼월동풍삼일날에 　 연ᄌᄂ나라드러

격년샹봉깃버하니 　 네비록미물이나

신의를구지직혀 　 녯주인을ᄎ져온다

이ᄂ몸은어이ᄒ야 　 천리향원못가고셔

야야몽혼왕리홀제 　 모당졔졀안강ᄒ고

동싱ᄌ미평안ᄒ가 　 간졀ᄒ이심회가

몽듕에도못너져라.

　_〈츈풍억향원〉에서

〈근친〉에서는 세월이 빠르게 흘러 그 누구도 되돌릴 수 없음을 깨닫고는 이미 흰머리 된 어머니를 뵙고 형제들을 만나고 싶어 한다. 꽃피는 시절을 기약했으나 어느새 녹음방초 우거진 더운 여름이 되었지만 형제자매와 친구가 반갑게 맞아 주고 부모님이 즐거워하시는 모습을 그리고 있다. 〈츈풍억향원〉은 봄이 되니 불현듯 떠오르는 고향의 부모님과 형제들의 안부를, 꿈속에서도 잊을 수 없는 사무치는 그리움으로 표현하고 있다.

결국 송설당은 가부장제에서 비롯된 이중적 모순에 놓인다.

최송설당　　　　　　　　　　　　　　　　　　　　　　　**161**

즉 딸로서의 삶은 그 자체가 친정 가문의 시위을 해결할 수 없는 난관이었고 아들로서의 삶은 친정 가문에는 이로울 수 있으나 시집간 가문에는 소홀할 수밖에 없는 것이기 때문이다. 송설당이 처한 이러한 이중적 모순 상황은 송설당의 의식에도 영향을 미칠 수밖에 없었으리라. 그래서 그의 문학 작품에서 드러나는 의식 세계가 이중적인 것은 당연한 이치일 것이다. 겉으로는 가문 수호자요 육영 사업가로 강해 보이지만, 내면은 계절의 순환과 자연의 변화에 따라 이리저리 흔들리며 한없이 감상적이고 부드럽다.

강하고 단단한 외피 속에 간직한 고독과 자유로운 정서

송설당의 작품을 살피면 공적 영역에서는 강인해 보이던 것과 달리 사적 영역인 글에서는 감성적인 면모를 숨김없이 드러낸다. 이러한 감정의 괴리는 송설당이 처한 단순하지 않은 역할과 책임 때문인 듯싶다. 즉 대외적 존재와 순전한 개인적 존재라는 역할 갈등에서 비롯된 것은 아닐까 생각해 보는 것이다. 구한말이라는 시대의 이중성, 규방과 사회라는 이중성, 여성이면서 남성적인 사회 활동을 지향한 역할의 이중성을 읽어 낼 수 있다.

빙 안이 칠흑 같아 눈은 징님 같아시 室如漆色眼如盲

형용을 분별치 못하고 소리만 알겠구나 不辨形容但辨聲

어찌하면 둥글고 둥근 보름달 맞아 安得團團三五月

저 모든 형상이 스스로 분명해지도록 비추게 될까 照他萬像自分明

_〈칠야음(漆夜吟)〉

이 시에서 칠흑 같은 밤과 화자가 기다리고 있는 보름달은 무엇을 의미하는가. 만약 이 시가 단지 빛을 비추는 보름달 즉 자연물의 신비로움을 노래한 것이라면 '어떻게 해야 보름달을 맞아'라고 뜻을 펴지는 않았을 것이다. 보름달은 매월 15일이 되면 자연의 순리에 따라 별다른 노력 없이도 얻을 수 있는 것이다. 그러나 화자에게 보름달은 분명 어두움을 몰아내고 '모든 형상'을 '분명'히 분간할 수 있게 하는 조력자의 의미가 있다. 하지만 안타깝게도 자연의 순리를 마음대로 조종할 수는 없는 법. 여전히 화자는 장님 같은 존재일 수밖에 없다.

몇 리에 문득 사람 만나면 매양 길 묻더니 數里逢人輒問程

푸른 연기 이는 곳에서 낮닭이 우네 靑煙生處午鷄鳴

쇠잔한 마을 비 지나니 장승은 넘어지고 殘村雨過長栍倒

묵은 묘 바람에 깎여 작은 빗돌 비스듬하네 古墓風磨短碣橫

_〈도중(途中)〉

길을 가다 만나게 되는 허물어져 가는 묘소도 송설당에게는 객관적일 수 없다. 왜냐하면 조상의 억울한 역사가 그녀에게 드리워져 있는 한 이름 모를 이의 묘소도 조상을 떠올리게 하는 매개물이 되기 때문이다. 결국 고향 선산에 석물을 마치고 그 감회를 적은 다음의 한시는 어릴 적부터 머리에 각인되었던 조상의 신원 문제를 바라보는 송설당의 인식을 잘 드러내고 있다. 자신의 가문이 본래는 번창한 가문이었으나 어지러운 때를 만나 억울하게 역적이 되고 조상들은 유배 등으로 인해 멸문지화를 당했음을 서술하고 그 조상들의 신원을 푸는 것은 비단 아들, 남자만의 일이 아니므로 자신은 비록 여자이지만 마땅히 해야 할 일을 완수하고 감격의 눈물을 흘리는 것이다.

옛날 우리 최씨 문중 번창하여 昔我崔門昌

벼슬로 남긴 은택 오래되었네 簪組世澤長

(중략)

오호라 기축년의 억울함이여 嗚呼己丑寃

말하자니 눈물만 쏟아지네 欲語涕泗滂

이곳 덕양산은 維玆德陽山

삼세의 옷과 신발을 갈무리한 곳이네 三世衣履藏

천도는 실로 믿기 어려우니 天道實難諶

화와 복의 이치 무상하다네 禍福理無常

남은 후손이 선대의 업을 떨어뜨려 殘孼墜先業

의지할 데 없어 남쪽 고을에 머물었네 零丁滯南鄉

(중략)

서러운 규중의 이 몸 哀此閨中物

티끌세상에서 여러 해 애를 끊었네 盡劫屢斷腸

(중략)

선조의 영혼 오히려 사라지지 않아 先靈猶不泯

추연히 아름다운 모습 뵈시리 湫然見洋洋

머리 조아려 천만세 축원하오니 頂祝萬千世

남은 자손 재앙 없게 하옵시길 遺孫庶無殃

희비 번갈아 일어남도 깨닫지 못하고 不覺悲懽幷

감격한 눈물 치마 흠씬 적시네 感淚滿沾裳

_〈고양선산석물필역유감이작 삼십일운(高陽先山石物畢役有感而作 三十一韻)〉

'옷과 신발을 갈무리'한다는 것은 세상일을 갈무리한다는 뜻이다. 이 작품에는 두 번의 '눈물'이 등장하는데 그전 '기축년의 억울함'에서 비롯된 눈물은 자기 연민 혹은 개인적 감정의 몰두에서 생기는 눈물이 아니다. 그것은 가문에 덧씌워진 억울함과 그것을 반드시 풀고야 말겠다는 의지의 표명이다. 그러한 가문의 억울함을 송설당이 푼다. 따라서 이후의 눈물은 오히려 자신이 해낸 일에 대한 강한 자부심과 조상 뵐 낯을 세운 자존감에서 비롯된 것이다. 이 눈물은 송설당이 후손으로서 해야 할 일을 마친 후 쏟아 내는 자기 정화 즉, 카타르시스에 다름 아니다.

내적으로 갈등이 끊임없이 일어나는 원인은 여자로 태어났다는 데 있고, 살면서 순간순간 소소하게 일어나는 개인감정도 그 원인이 된다. 즉 외로움, 쓸쓸함, 세월의 덧없음, 늙음에 대한 탄식 같은 것들이다. 이를 좀 더 구체적으로 살펴보면 송설당의 시에서 드러나는 우울함은 모두 친정집의 억울함과 아이를 낳지 못해 일찍 혼자된 자신의 처지와 관련지어 볼 수 있다. 집안의 신원을 위해서는 강렬한 의지를 드러내지만, 집안이 그렇게 된 것에 대한 억울함을 우울하고 외로운 속내로 즉, 유약한 마음속을 시에 드러낸다.

작은 집 문 앞에 흐르는 시냇물 小屋門臨澗水流
흐르는 물과 나의 생각이 모두 끊임없구나 水流儂意共悠悠
한밤중 텅 빈 처마에 비는 끝없이 내리는데 無端半夜虛簷雨
근심 속에 또 근심을 보태는구나 添却愁中一倍愁
_〈야우(夜雨)〉

송설당 앞에 파초를 심어 놓으니 松雪堂前種芭蕉
새로 나온 긴 가지 허리를 두를 만하다 新枝初展長稱腰
사립문에 손님 떠나고 쓸쓸한 가을 柴門客去秋蕭瑟
아마도 그윽한 사람이 고요함을 위로해 주겠지 也傍幽人慰寂廖
_〈파초(芭蕉)〉

근심이 깊어져 꿈도 못 꾸고 愁輿更深夢不成

문 열고 홀로 앉으니 가슴만 조여 온다 開門獨坐少心情

똑똑 호박꽃 이슬 떨어지는 소리 들릴 때 時聞滴滴匏花露

산 비 개는지 산 달 밝아 온다 山雨欲晴山月明

_〈심야독좌(深夜獨坐)〉

짙고 화려한 모습으로 예쁘게 환히 웃으며 濃華低笑艶嬉顔

큰 잎사귀 펼쳐 파란 구슬 소반을 높이 쳐들고 있다 大葉敲擎碧玉盤

해 저문 난간에 기대어 긴 시름하노라니 憑欄日暮悠悠意

이 가을바람 흰 이슬 내리는 서늘한 밤 어이 견디리 奈此秋風白露寒

_〈지하(池荷)〉

〈야우〉는 잠 못 이루고 시름만 이어지는 밤에 비가 내려 그 심회를 깊게 하는 상황이다. '한밤중', '빈 처마' 등의 시어에서 보이듯 이미 화자는 쓸쓸하고 근심에 빠져 있다. 그런데 밤비가 빈 처마를 두드려 그 소리가 울려 퍼지니 처연한 마음이 배가 되고 있는 것이다. 〈파초〉 또한 쓸쓸한 마음을 읊은 시이다. 쓸쓸함을 느끼기 마련인 가을에 손님마저 떠나간 사립문 앞의 파초에게서 고요함을 찾으려는 노력이 잘 드러나 있다. 〈심야독좌〉에서는 잠조차 들지 못하는 외로운 밤, 이슬 굴러떨어지는 소리가 들릴 만큼 적막한 밤에 비까지 내려 심회를 더한다. 〈지하〉에서는 아름답게 피어 있는 화려한 연꽃과 달리 화자는 해질녘 문설주에 기대 서 있다. 이는 누군가를 떠나보낸 후의 외로움 혹은 누군가를 기다리는 모습을 표현한 것일 수도 있으나 을씨년스런 가을을 혼자 보내야 하는 고독감을 내포하고 있음은 분명하다.

이러한 감정의 흔들림은 가사 작품에서도 잘 드러난다.

남창에빗친달이   교교히빗을편제
지닌회포오ᄂᆞᆫ일을   이리싱각져리싱각
싱각다가자못일워   젼젼반측누엇스니
상아리의우ᄂᆞᆫ실솔   너는어이나를미워
츄야쟝긴긴밤이   다진토록긋지안노
_〈실솔〉에서

로장은 무용이라   긔력이졉쇠ᄒᆞ니
로당익쟝허언일셰   마음ᄭᅡ지줄어간다
담비ㅅ딕로벗을삼아   이리져리거닐다가
압뒤쓸을비회ᄒᆞ며   화초슈목덤고ᄒᆞ니
어졔아참피든ᄭᅩᆺ이   금일져녁락화되고
지나간봄싯닙싯가   이가을에황엽이라
화초슈목너의들은   썩가오면회싱ᄒᆞ나

가련하다우리인싱　　　한번가면자최업다

　_〈감회〉

　송설당의 가사에서만 귀뚜라미가 외로움을 드러내는 것으로 쓰인 것은 아니다. 자신의 외로움을 실솔(蟋蟀, 귀뚜라밋과의 곤충)이 가을밤에 우는 상황에 빗대어 표현한 작품은 무수히 많다. 송설당도 가을밤에 우는 귀뚜라미 소리에 슬프고 외로운 마음이 일자 귀뚜라미에게 말을 건넨다. 이는 자기 자신에 대한 발화로도 읽힌다. '가을 밤 긴긴 밤이 다 새도록 그치지 않'고 '나그네에 대한 정과 먼 곳에서 온 손님을 생각하는 마음을 네 임의대로 자아내'며 그것도 부족하여 하필이면 '내 상 아래'에 와서 우는 귀뚜라미를 향해 마지막으로 이렇게 말한다. '네가 비록 미물이지만 내 처지를 안다면 내 상 아래에서 울지는 말아라'고 말이다. 일찍이 혼자되고 자식조차 없었던 송설당의 삶을 생각한다면 가을밤 쓸쓸하게 우는 귀뚜라미에 대한 원망스런 마음을 이해할 수 있다.

　〈감회〉에서도 늙은 장수의 쓸모없음을 들어 우리 인생의 덧없음을 한탄한다. 나무들은 비록 짧은 시간 꽃을 피우고 가을에 잎을 떨구지만 내년 봄을 기약할 수 있다. 그러나 사람의 인생이란 유한하여 젊음도 한번 흐르고 나면 다시 돌이킬 수 없다. '로장(老將)'이라는 시어에 기대어 생각해 보면 이 시를 지은 송설당도 이미 청춘을 다 보낸 늙은 여인이 되어 있는 상태일 것이다. 특히 가문의 억울함을 풀고 육영 사업을 벌이는 등 젊은 시절 수행했던 일들을 회상하며 이제 더는 힘을 실어 할 일이 없음에 대한 아쉬움을 드러내는 것으로 볼 수 있다. 모든 것을 이루었어도 그 이룬 것이 크면 클수록 공허함 역시 깊어지기 마련이다. 송설당도 가문의 수호자, 아들로서 역할은 후회 없이 해냈으나 일신이 고독한 것은 견디기 힘든 경험이 되었고, 내면은 공허했다.

문학 주변부로 밀려난
가사문학의 맥을 잇다

한시와 가사를 통해 살핀 송설당의 의식은 두 가지로 정리할 수 있다. 첫 번째는 외강(外强)이다. 송설당은 딸로 태어난 것을 무척 한스럽게 여겼다. 하지만 한탄에 매몰되지 않고 가문을 위해 힘쓰는 것은 남자와 여자를 구별할 일이 아니라고 생각했고 굳은 의지를 가지고 자신이 해야 할 일을 하나씩 계획하고 이루어 나갔다. 두 번째는 내유(內柔)다. 송설당은 개인적인 감정 변화, 예를 들어 규방에서 홀로 지내야 하는 외로움[13]에 민감하게 반응하고 계절의 순환, 시간의 유한함, 늙음에 대한 탄식 등을 작품에 쏟아 냈다. 송설당은 주변의 시선 혹은 기대를 의식하지 않고 자신의 감정을 문학 작품으로 표현하는 데에는 매우 자유로웠던 것으로 보인다.

최송설당은 여성이라는 한계를 절감하면서도 여성이라는 신분을 벗어 버리려 하지 않고 여성으로서 할 수 있는 모든 일을 하고자 하였다. 후사를 잇지 못하는 자신의 입장을 비관하기도 하였으나 칠거지악이라는 구관습에 얽매이기보다 최씨의 장녀로서 친정의 가계를 보존하려는 의식을 더 강하게 가지고 있었던 것으로 보인다. 결국 송설당은 한 집안의 딸로 태어났으나 아들로서의 역할을 부여받았고 다른 집안으로 시집을 갔으나 여전히 친정 가문의 수호자로 존립해야 했다. 이러한 상황은 송설당에게 굳은 의지를 심어 주기에 충분했고 이러한 의지는 결혼을 한 후에도 약화되지 않았다. 시대 흐름에 휩쓸리지 않고 육영 사업가로서 자신의 포부도 펼쳐 나갔다.

문인으로서 송설당의 업적은 뛰어나다. 당대의 문인, 지식인들과 교류하며 한시 250여 수와 국문 가사 50여 편을 남겼다. 《송설당집》이 발간된 1922년은 《폐허》, 《백조》 등 현대시 동인지들이 유행하던 시기였다. 그런 점에서 송설당이 남긴 한시와 가사는 소중하다. 기존의 규방가사 작가들은 여성으로서 자신의 내면 표출에 집중한 반면 최송설당은 규방에 머물지 않고 사회 활동을 활발히 함으로써 자의식을 확고히 한 작가였다. 당시 고루하다는 이유로 잊히거나 문학의 중심부에서 밀려나고 있던 가사와 한시 창작을 통해 전통문학의 맥이 근대 문학

---

13 이에 근접한 작품으로는 〈춘규원(春閨怨)〉을 들 수 있다.

기까지 이어지도록 일조했다는 점에서 그녀의 작품은 의의가
크다.

참고문헌

김종순, 〈최송설당 문학 연구〉, 한성대학교 박사 학위 논문, 2006.

＿, 〈최송설당 시를 통해 본 근대 여성의 가문의식〉, 《고전문학 속의 가족과 여성》, 한국고전여성문학회 제16회 동계학술대회, 2005.2.1.

김종순·신경숙·정후수 공역, 《조선조의 마지막 궁중 여류 시인 송설당의 시와 가사》, 어진소리, 2004.

김희곤, 〈최송설당(1855~1939) 연구〉, 《한국근현대사연구》 32, 한국근현대사학회, 2005.

백순철, 〈崔松雪堂 歌辭의 문체와 현실인식〉, 《한국시가문화연구》 15, 한국고시가문학회, 2005.

서영숙, 《조선 후기 가사의 동향과 모색》, 역락, 2003.

심재완, 〈崔松雪堂의 歌辭〉, 《국어국문학연구》 3, 청구대학교 국어국문학회, 1959.

정지영, 〈조선 후기의 첩과 가족 질서 - 가부장제와 여성의 위계〉, 《사회와역사》 65, 한국사회학회, 2004.

조윤제, 《韓國詩歌史綱》, 을유문화사, 1954.

최송설당기념사업회 엮음, 《松雪堂集 Ⅰ》, 명상, 2005.

＿, 《松雪堂集 Ⅱ》, 명상, 2005.

허철회, 〈崔松雪堂의 詩歌硏究〉, 《韓國文學硏究》 15, 동국대학교 한국문학연구소, 1992.

2부
담장을 부수려는 시도들

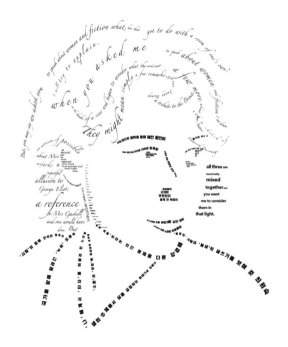

'삶의 역설'이라는 인간 문제를 다룬
강경애

박구비

강경애
(姜敬愛, 1906~1944)

일제 강점기 황해도 출신의 작가. 만주 간도 지방을 중심으로 작품 활동을 펼쳤다. 현실에 발을 딛고 노동 문제와 여성 문제를 핍진하게 묘사하는 자신만의 작품 세계를 만들어 냈다. 특히 식민지 시대 하층민 여성의 목소리를 우리 문학에 들려준 작가이기도 하다. 생전엔 문단의 주목을 크게 받지 못했지만, 성실한 글쓰기로 두 편의 장편소설과 17편의 중·단편소설을 포함한 시, 수필, 평론 등 적잖은 작품을 남겼다. 대표작으로《인간문제》, 〈소금〉, 〈지하촌〉 등이 있다.

오냐, 작가로서의 사명이 뭐냐, 이 현실을 누구보다도 똑똑히 보고 또 해부하여 가지고 작품을 통하여 일반 대중에게 나타내 보이는 데 있는 것이 아니냐. 예술이란 그 자체가 민중의 생활과 분리되는 데 무슨 가치가 있으랴.

_〈어촌점묘(漁村點描)〉

'빈곤'과 '궁핍' 그리고 '여성'. 1930년대 '빈궁 문학'의 작가 강경애[1]를 수식하는 단어들이다. 작가로서의 사명을 현실의 재현에 두고자 했던 강경애의 삶은 세상과의 불화와 모순으로 가득했다. '도토리 소설쟁이'가 꿈꾸던, 삶의 진실을 쓰는 여성작가가 되었을 때, 그의 앞에 놓인 것은 어느 한 해결책으로는 봉합되지 않는 인간의 모순적인 삶이었다.

---

1 이상경 편,《강경애 전집》, 소명출판, 1999, 773쪽. 이 글에서 소설과 수필의 본문 인용은 이 책의 페이지를 따른다.

강경애의 문학은 어느 한 축으로 고정시키려는 순간, 다른 축으로 미끄러져 나간다. 분명한 듯 모호하고, 어느 기준에 맞는 듯 맞지 않는다. 강경애를 따라다니는 '남성적 여성작가'라는 수식어가 그러하다. 여성성의 누락은 강경애를 여느 여성작가들과 구별 지으면서, 강경애 문학에 긍정성과 부정성을 부여한다. 선이 굵은 남성적 문체로 계급 문제를 현실적으로 짚어 낸다는 긍정적 평가와 동시에 여성의 문제가 계급 문제에 눌려 사라지게 했다는 부정적 평가도 받는 것이다.

계급과 여성으로 직조(織造)한 강경애의 작품들은 모순으로 가득한 현실을 전시한다. 그의 작품들은 세상과 불화하는 삶들을 핍진하게 묘사하는 진실의 무대이다. 계급의식을 가지든, 여성 의식을 가지든 '보편'일 수 없는 삶들. 계급과 여성 사이를 교차하며 드러나는 여성인물들의 삶은 늘 힘겹다.《인간문제》의 선비처럼 이데올로기의 호명에 응답하는 주체가 되어도 실패하고, 〈소금〉의 봉염 어머니처럼 가부장적 사회가 요구하는 여성의 삶을 살아도 생존할 수 없다. 〈지하촌〉에 이르면, 산다는 것이 도대체 무엇을 위한 것인가 묻고 싶어진다. 하지만 강경애의 여성인물들이 드러내는 세계와의 불화야말로 무산계급 여성으로서 '산다는 것'의 역설[2]을 보여 준다. 그 산-죽음들은 보편의 폭력이 만든 불일치와 모순의 진실을 폭로하는 장치로 기능한다.

조앤 W. 스콧은 역설적 세계, 즉 '기울어진 운동장'에서 살아가는 약자들은 서로 모순돼 보이는 과업을 동시에 추구할 수밖에 없다고 말한다.[3] 강경애의 운동장은 여러 방향으로 기울어져 있었다. 한쪽에 무게중심을 실으면, 다른 한쪽이 다시 기울어진다. 이런 비정상적 현실에서 살아갈 수밖에 없었던 강경애는 식민시 무산계급으로서 현실의 문제점을 개선하려는 노력과 남성 중심 사회의 여성으로서 현실에 발을 붙이고 생존하려는 노력을 동시에 시도해야 했던 것이다. 이 모순된 과업을 이루고자 하는 그의 인물들은 대부분 실패하는 것으로 보인다. 그러나 강경애는 그 실패를 통해 무엇보다 성공적으로 삶의 역설이라는 진실을 열어 보이는 것은 아닐까.

삶의 닻을 내릴 가정(home)을 꿈꾼 작가

강경애는 1906년 4월 20일 황해도 송화에서 가난한 농민의 딸로 태어났다. 네 살 되던 해 아버지를 여의고, 생계를 위해 개가

---

2 '역설(paradox)'은 논리학적으로 참인 동시에 거짓인 해결 불가능한 명제로 정의된다. 또한 전통에 반기를 든 의견을 의미할 때 글자 그대로 '교리(doxa)'에 항거하기 위한 것으로 가장 빈번히 사용하는 말이 "역설"이다. 역설은 지배적인 것과의 차이를 강조함으로써 지배적인 것과 불화하는 위치를 분명히 한다. (조앤 W. 스콧, 《페미니즘 위대한 역설》, 공임순·이화진·최영석 옮김, 앨피, 2006, 39쪽.)

3 전희경, 〈감염병과 약한 자들의 페미니즘〉, 《코로나 시대의 페미니즘》, 휴머니스트, 2020, 99쪽.

한 어머니를 따라 다섯 살에 장연으로 이주한다. 작가가 어느 수필에서 "날이 갈수록 어머니를 빼놓고 그 집안 식구는 나를 몹시도 미워하는 것 같았"[4]다고 적었을 만큼, 그의 유년 시절은 순탄치 않았다.[5] 의붓아버지는 환갑이 지난 불구자였고, 강경애의 젊은 어머니는 거의 식모와 같은 처지였기 때문에 강경애는 집안의 구박데기나 다름없었다. 뿌리내릴 곳 없는 의붓아버지 집에서 강경애는 의붓형제들과도 자주 싸운 탓에 혼자서는 집에 들어가지 못하고 문밖에서 일 나간 어머니가 돌아오기를 애타게 기다리곤 했다. 강경애의 삶에서 어머니는 최소한의 안전과 생활을 가능하게 해 준 유일한 존재라고 할 수 있을 것이다.

실제로 강경애에게 유일한 버팀목이었을 '어머니'는 소설 속에서 다양하게 형상화된다. 최초의 장편 《어머니와 딸》에서부터 〈소금〉, 후기의 〈지하촌〉, 〈모자(母子)〉, 〈마약〉에 이르기까지 '어머니' 형상은 끊임없이 변주되어 등장한다. 심지어 소설 속에서 모성은 이상화되거나 절대화되면서 모성애를 지닌 여성 인물들이 계급 해방을 이룰 전형적인 인물로 제시되기도 하고,[6] 후기 작품들에서는 맹목적으로 그려지기도 한다.[7] 강경애의 삶에서 어머니가 그러했듯, 자식들을 먹여 살려야 한다는 원초적인 모성적 의지에 기댈 수밖에 없는 현실을 반영한 것이다.

하지만 여성들은 희생적 모성을 강요받으면서도 보통의 삶은커녕, 생존조차 불가능한 현실에 놓여 있기도 하다. 〈마약〉에서 마약쟁이 남편에 의해 팔려 간 보득 어머니는 보득이에 대한 생각 하나로 피투성이가 된 채 탈출한다. 그는 마지막 순간까지도 "아가, 여기 젖 있다, 먹어"라고 부르짖으며, 보득이의 환상을 보지만 결국 죽고 만다. 강경애 빈궁 문학의 정점이라고 일컬어지는 〈지하촌〉에서 가족은 처음부터 파괴되어 있고, 신체들은 불구이거나 병들어 있으며, 아이들은 동냥으로 삶을 영위한다. 큰년네 어머니는 밭에서 아기를 낳지만, 아기는 금방 죽고 만다. 그러나 "살지도 못할 것이 왜 태어나서 어미만 죽을 경을 치게 하것니… 그게 살면 병신이나 되지 뭘 하것니… 아이구 죽기를 잘했지!"라고 말하는 결핍의 삶 속에서 자애롭고 완벽한 어머니는 환상일 뿐이다. 오히려 모성은 여성의 생명과 건강을 위협하는 것이자, 어머니는 자신이 낳은 아이를 죽이는 끔찍한 존재가 되기도 한다.

　강경애는 모성에서 환상의 스크린을 과감히 벗겨 낸다. 모

4　강경애, 수필 〈나의 유년 시절〉, 《강경애 전집》, 734쪽.

5　그가 유년 시절을 보낸 장면이 《인간문제》를 비롯하여 여러 작품에 공간적 배경으로 등장하는 것으로 보아 그 당시의 기억이 강경애에게 중요하게 작용했음을 짐작할 수 있다. 강경애의 작품에 온전한 형태의 가정과 아버지의 모습이 드러나지 않는 것은 불우했던 가정환경의 영향으로 볼 수 있을 것이다.

6　김미현, 〈강경애 소설의 관념성: 후기소설의 변화를 중심으로 한 재론〉, 《한국근대문학연구》 2(2), 한국근대문학회, 2001, 21쪽.

7　이상경은 강경애의 작품에서 절대적인 수준의 모성, 당연한 것으로 간주되는 모성이 나타나는 것은 강경애 자신이 아이를 낳지 못하는 상태였기 때문에 상상 속에서 비현실적으로 더욱 강렬하게 표현된 것으로 추측한다. 이상경, 〈강경애 문학의 국제주의의 원천으로서의 만주 체험〉, 《현대소설연구》 66, 한국현대소설학회, 2017, 375~376쪽.

성은 역설적 장치인 동시에 정치적 문제의식을 드러내는 장치인 것이다. 여성인물들은 '모성노동(motherwork)'이라 불리는 보살핌 활동에 참여함으로써 현실의 문제에 부딪히며 구조적 모순을 파악하게 된다. 이들이 처한 빈궁한 현실은 가부장제가 요구하는 희생적 어머니 되기조차 불가능하게 만들기 때문이다. 어머니들은 살아남기 위해 잔혹한 어머니가 되거나, 정치적 각성에 이르는 등 각자의 방식으로 '변신'한다.

〈소금〉에서 봉염 어머니는 남편과 아들 봉식을 죽게 한 중국인 지주 팡둥의 아이를 낳은 후에는 '전신을 통하여 짜르르 흐르는 모성애'를 느끼면서 그 어느 때보다도 강한 삶의 의지를 갖게 된다. 봉염 어머니는 봉염과 봉희뿐만 아니라, 젖유모를 했던 명수에게까지 모성애를 느끼며 그리워한다. 그러나 아이들을 잃고 나서는 자신을 억압하는 것이 무엇에서 비롯된 것인지를 물으며, 계급적으로도 자각하게 된다. 강경애는 '어머니 되기'를 숭고한 사건으로 그려 내려 하지만, 소설 속 어머니의 형상은 언제나 비체[8]의 이미지로 드러난다. 아무리 노력을 해도 요구된 '이상'에 도달할 수 없는 어머니의 삶을 통해서 여성에게 불가능한 것을 요구하는 폭력적인 현실을 폭로하는 것이다.

장하일과 결혼 후에 강경애는 인천으로 갔다가 장하일이 간도 용정의 동흥중학교에서 교편을 잡으면서 그곳으로 떠난다. 강경애는 자신의 일차적인 정체성을 '가정주부'로 설정할 정도로 '가정'에 큰 의미를 부여했다. "공부하러 뛰어다니기에 전연히 손도 대어 보지 않았"고, "바느질이나 하면 뭘 해요!"라고 말하던 강경애는 장하일과 간도에서 결혼 생활을 하면서부터 가사노동은 여성의 일이라는 통념을 받아들인다. 심지어 남편과 날마다 싸움을 하게 되는 이유를 자신이 가정일에 서투르다는 데에서 찾으며, 가사노동자로서의 정체성을 쉽게 받아들인다.

사회주의 여성 지식인에서 가정주부로의 정체성 변화는 표면적으로는 가부장적 성역할 구도에 순응하는 여성 지식인의 패배로 보일 수 있다. 그러나 간도라는 고립되고 불안한 공간에서 강경애가 선택한 '가사노동자'라는 정체성은 자신의 삶을 보호하는 방식인 동시에 다른 여성들과의 연대를 위한 토대이기도 했다.

'빨래'는 강경애의 작품에서 가장 빈번하게 등장하는 가사노동이다. 수필에서뿐만 아니라[9], 소설 〈번뇌〉와 《인간문제》에

---

8 줄리아 크리스테바는 비체(卑體, abject)란 우리가 혐오하고 거부하고, 거의 폭력적으로 배제하는 것을 의미한다고 말한다. 비체는 지속적으로 우리 자신의 경계들을 침범한다. 그것은 역겹지만 매혹적이기도 하다는 점에서 현실을 폭로하는 힘을 갖는다. 이 몸은 "부적절하거나 건강하지 않은 것이라기보다는 체계나 질서를 교란시키는 것"이기 때문이다. (줄리아 크리스테바, 《공포의 권력》, 서민원 옮김, 동문선, 2001, 21~30쪽 참조.)

9 "이렇게 지내기를 한 일 년이 넘으니 힘들던 빨래질에도 일종의 취미가 붙으며 때로는 예술적 감흥이 생기더이다." "햇볕에 빛나는 저 빨래! 저것은 정성스레 빨래한 저 부인의 순결한 마음을 대표한 듯하였나이다 … 빨래는 희어집니다. 헤우면 헤울수록 희어지는 이 빨래 … 눈이 시어지도록 희어지는 쾌감이야말로 빨래하는 이가 아니고서는 상상도 못할 것입니다." 강경애, 수필 〈표모(漂母)의 마음〉, 《강경애 전집》, 750~751쪽.

서도 빨래를 희게 하는 여성들이 긍정적인 인물로 등장한다. '집 안'에서 이루어지는 다른 가사노동과 달리, 빨래는 여성들이 '집 밖'에서 다른 여성들과 교류할 기회를 만들어 준다.[10] 빨래가 '희어지는' 것을 눈으로 확인하면서 힘든 가사노동의 보람을 느낀다. 빨래터에서 여성들은 비슷한 처지의 다른 여성들을 만나 대화를 나누며 서로 위로하고 위로받기도 한다. 또한 내밀한 집 안의 빨랫감을 공적인 장소에 늘어놓는 빨래는 집 안일이 우렁 각시가 몰래 해 놓고 가는 '그림자 노동'이 아니라 공적인 공간에서 이루어지는 엄연한 '가사노동'임을 일깨워 주는 것이기도 하다. 즉, 빨래는 무산계급 여성들에게 가사노동자로서의 정체성을 심어 주는 일이며, 빨래터는 가사노동이라는 공감대를 형성하게 하고 노동자로서의 연대감을 느끼게 하는 공간이라고 볼 수 있다.

'가정'이라는 사적 공간은 여성들을 고립시켜 '집 안의 천사'로만 존재하게 하는 억압의 공간으로 지적되어 왔다. 그러나 강경애의 삶에서 '가정 밖'의 삶은 생존조차 보장받지 못했기에 안정적인 '가정'을 가지는 것은 언제나 중요한 일이었다. 남성 가장이 부재한 가정에서 살아남기 위해 현실과 타협할 것을 원하는 어머니를 보면서 강경애는 무엇보다도 든든한 '가정'을 원했는지도 모른다. 강경애에게 '어머니'가 있는 '가정'은 사적 공간에 머물지 않는다. '가정'은 사회적 보호망이 없는 무산계급 여성들에게 최소한의 안전을 보장하는 공간이자, 여성들이 주체적으로 개혁을 일으킬 저항의 공간이다. 부르주아 여성들과 달리, 삶의 닻을 내릴 '가정'을 가져 보지 못한 채 부유하는 무산계급 여성들에게 '어머니 되기'와 '가정'은 자신의 정체성을 확인하는 공간이다. 무산계급 여성들에게 모성과 가정은 지배 사회에 맞설 수 있게 하는 최후의 요새가 되어 주기 때문이다.

무산계급 여성들의 목소리 대변, '인간 문제'를 해결하기 위한 '느슨한' 연대

1930년경의 '용정으로의 이주'란 국내에서 국외로의 이주이며, 사회주의 운동과 항일 독립운동이 격렬하게 전개되는 위험한 곳으로의 이동이다. 또한 경제적인 어려움 때문에 먹고살 길을 찾아가지만, 소작농이라는 현실이 기다리고 있는 절망적 이동이기도 하다. 현실의 결핍은 남성보다 여성에게 더욱 가혹하게 작용하여, 그들을 성과 경제적 억압, 계급과 민족적 차별 등의 삼중고로 내몬다. 이러한 간도에서의 생활은 관념적 프로문학과 거리를 둔, 생생한 체험과 구체적 현실이 담긴 강경애만의 문학 세계를 만들어 냈다.

10　배상미, 〈식민지시기 무산계급 여성들의 사적영역과 사회변혁 : 강경애 문학을 중심으로〉, 《상허학보》 44, 상허학회, 2015, 367~368쪽.

강경애는 간도에서 소박하고 '평범한' 가정주부인 동시에 '평범하지 않은' 작가로서의 삶을 영위해 나간다. 대부분 여성 작가가 서울에 살면서 문단 중심으로 활동한 것과 달리, 강경애는 문단의 변두리에서 무산계급 이주자들과 함께 궁핍한 현실을 살아 내며 삶을 써 나갔다. 간도에서 강경애는 식민지 조선의 무산계급 여성들과 함께 부대끼며, 하층민 여성들의 살아 있는 고통을 듣고, 흔적을 남겼다. 그 까닭에 강경애의 문학에는 부르주아 지식인 여성들이 겪는 억압과는 다른 종류의 성차별과 젠더 억압의 현실이 담겨 있다.[11]

강경애는 소설과 수필 곳곳에서 당대 신여성으로 불리는 부르주아 지식인 여성인물에 대한 비판적인 입장을 드러내기도 한다. 이로 인해 여성과 연대하기보다 남성 중심의 이데올로기에 복무하는 '명예 남성' 작가로 평가되면서 여성 해방보다 계급 해방을 우선시했다는 비판을 받기도 했다. 그러나 이는 부르주아 지식인 여성에 대한 경계 짓기라기보다는 "행위 주체"로서 자신의 구체적인 입장을 고려하여, 입장이 다른 집단에 느슨한 연대를 요청하는 것이라고도 볼 수 있다.

《인간문제》에서는 서울에서 여학교를 다니는 부르주아 모던걸인 덕호의 딸 옥점이 등장한다. "빨간 물이 든 입술"과 "물큰 스치는 향수"를 풍기는 옥점은 신철에 대한 애정을 적극적으로 표현하며 신체적 접촉도 서슴지 않는다. 사실 수동적이고 순응적인 선비와 달리 옥점의 태도는 자신이 사랑하는 사람을 주체적으로 선택하여 자신의 욕망을 실현하려는 행위 주체성을 가진다는 측면에서 긍정적으로 읽을 수 있는 여지가 있다.

분명 옥점을 작품 속에서 긍정적인 인물로 묘사하지는 않지만,[12] 강경애는 옥점에 대한 묘사를 신철의 시각을 통해 전달함으로써 직접적인 비판을 피한다. 강경애는 신철의 눈으로 신비와 옥점을 묘사한다는 것에 주목하자. 옥점에 대한 신철의 속물적인 묘사는 여성을 아내감과 애인감으로 나누고, '길 가던 남자라도 단박에 홀릴 만한' 옥점의 육체적 매력에 욕망을 느끼면서도 '데리고 놀 여자'로 폄하하는 지식인 남성의 한계를 보여 주는 것으로 읽을 수 있다.

강경애가 비판하려는 것은 여성의 '욕망' 그 자체가 아니다. 〈원고료 이백원〉에서는 '욕망을 지닌 신여성'이 모습을 드러낸다. 강경애는 이 작품에서 '나'의 욕망을 비판하는 남편을 통해 당시 '작품 없는 여류 문사'나 스캔들로 폄하되었던 1세대 여성작가들을 비판하는 것 같다. 그러나 소설의 전반부에서 "털 외투나 하고, 목도리, 구두, 금니, 금반지, 시계"등에 대한 욕망을 드러낸다는 점, 집을 뛰쳐나와 자신을 속물 취급하며 뺨을

---

11 한우리 외,《교차성×페미니즘》, 여이연, 2019, 44쪽.

12 지식인 여성으로서 강경애가 위험하고 타락한 여성 이미지로서의 모던걸과 '다른' 자신의 정체성을 구성하고자 했던 것은 사실이다. 송인화, 〈'모던 걸'의 공포와 '동지'의 수사학:《인간문제》에 나타난 강경애 사회주의 여성의식 재고〉,《여성문학연구》 47, 한국여성문학학회, 2019 참고.

때린 남편을 원망한다는 점에 주목하면, 이 소설은 이데올로기가 여성의 욕망을 완전히 제거할 수 있을 것인가에 대한 의문을 드러내는 작품으로 읽을 수 있다. 이 소설은 '나'의 독백 속에서 가정이란 여성에게 생존을 위한 공간이라는 것을 드러내고 있다. 집을 뛰쳐나간 뒤 이어지는 '나'의 생각을 그대로 보여줌으로써 가정 밖 여성의 삶이 얼마나 많은 위험에 노출되어 있는가를 고발하는 것이다. 남편의 폭력에도 생존을 위해 다시 집으로 돌아가야 하는 것이 여성이 처한 지난한 현실이라는 것이다.

여성이기 때문에 차별당하거나 착취당하는 것은 고통스럽고 비인간적이다. 그러나 모든 여성이 먹을 것이나 거주지가 없고 온갖 종류의 폭력에 노출되는 것 같은 고통과 비인간적인 차별과 위협을 겪는 건 아니다.[13] 강경애 정체성의 기반이 되는 무산계급 여성들의 현실은 중산층 부르주아 여성의 입장보다는 무산계급 남성의 입장과 더 닮아 있다. 강경애는 '여성'이라는 생물학적 조건을 바탕으로 자매애에 기반한 연대를 요청하기보다 '계급'을 중심으로 무산계급 남성들과 느슨한 연대의 가능성을 타진한다. 무산계급 여성과 남성은 자본가에 의해 삶을 수탈당한 경험을 공유하기 때문이다. 젠더화된 사회에서 각각의 성별은 계급과 연령 등에 따라 다른 방식으로 문제를 경험하기 때문에, 이들의 피해 경험 역시 다를 것이다. 그러나 이들은 계급에 기반한 동질적 착취 경험을 중심으로 구체적이고 현실적인 연대를 이룰 수 있다. 강경애는 이 연대의 가능성을 놓치지 않는다.

《인간문제》는 느슨한 연대의 진정성이 무엇인지 묻는 텍스트로 읽을 수 있다. 선비를 중심으로 하는 관계망에서 선비와 간난이 그리고 선비와 첫째의 관계는 무산계급이라는 동질성으로 인해 '동지'가 될 수 있지만, 선비와 옥점 그리고 선비와 신철의 관계는 그렇지 못하다. 신철은 선비를 '동지'라기보다는 아내감으로 여길 뿐이다. 결국 신철이 사상전환을 하여 감옥에서 나와 첫째와 신철 간의 연대가 불가능해지는 결말은 어찌보면 당연하다. 반면, 덕호에게 성적으로 유린당했던 선비와 간난이의 젠더, 계급적 동질성은 누구보다 서로의 취약성을 이해하여 서로에게 연대 의식을 느끼게 한다. 간난이가 선비를 방적 공장에 데려가고 계급의식을 갖게 해 주듯, 선비 역시 첫째를 만나 계급의식을 전해 주고 싶어 한다. 선비와 첫째의 계급적 동질성 역시 덕호로부터 삶을 수탈당한 경험을 공유하기 때문이다.[14]

물론 구체적인 양상은 다르게 나타나지만, 자본가에 의한

13　벨 훅스, 《페미니즘: 주변에서 중심으로》, 윤은진 옮김, 모티브북, 2010, 109~110쪽.

14　"선비가 확실하게는 모르나 그의 과거생활이 자신의 과거에 비하여 못지 않는 그런 쓰라린 현실에 부대끼었으리라는 것이다. … 선비는 어서 바삐 첫째를 만나서 술 마시고 싸움질이나 하는 개인적 행동에 그치지 말고 좀 더 대중적으로 싸워야 한다는 것을 가르쳐 주고 싶었다." 강경애, 〈인간문제〉, 《강경애 전집》, 398쪽.

수탈의 경험은 그들이 "우리들은 단결하지 않으면 안"된다는, 같은 처지라는 연대 의식을 갖게 한다. 이들과의 조우로 인해 선비는 고립된 존재가 아니라는 사실을 깨닫고, 이전의 자신을 반성하며 계급의식을 가진 주체로 자리매김하게 된다. 강경애는 남성과 여성 사이 관계의 대안으로 평등한 관계의 기표로서 '동지'[15]를 제안한다. 바로 이 '동지'적 관계 속에서 선비의 죽음은 한 사람의 생물학적 죽음에 그치지 않고, 같은 공장 노동자들에게 분노를 불러일으키는 상징적 사건이 된다.

빈곤의 경험, 그중에서도 극심한 '배고픔'이라는 구체적인 감각은 공공적이고 집합적인 실천을 조직해 내는 추동력으로 작동하며[16] 사람들을 하나로 묶어 낸다. 〈소금〉에서 생계를 위해 소금짐을 나르는 봉염 어머니와 소금짐을 함께 운반하는 사내들은 목숨이 오가는 긴장된 상황에서도 서로를 걱정하며 보살핀다. 일행 중 유일한 여성인 봉염 어머니를 배제하는 대신 "부모"와 같은 관계로 여기면서 함께 살아남고자 하는 것이다. 후기 소설들 〈장산곶〉에서는 시무라와 형삼이 노동을 통해서 국경을 넘어서는, 식민-피식민 주체 사이의 연대 가능성을 살피기도 한다. 〈지하촌〉에서는 신체의 결핍을 매개로 칠성이와 낯선 사나이 간에 공감대가 형성되는 모습을, 〈산남〉에서는 '아픈 어머니'라는 매개항을 통해서 전혀 모르는 사나이와 유대하는 모습을 보여 준다. 강경애는 인간의 결핍이나 생래적 취약성으로 인해 "서로에게 내던져진" 현실 속에서 우발적이고 다

앙한 유대 관계를 그러 넘으로써 무산계급 여성만 현실 속에서 소외되는 것이 아니라, 무산계급이자 정상성 '밖'의 인간이라면 누구나 소외된다는 사실을 이야기하고자 한다. 불가능한 삶을 살아 내야 하는 인간 문제의 모순을 여성뿐만 아니라 남성도, 남성뿐만 아니라 여성도 함께 해결해야 한다는 것이다.

사회 구조의 모순을 예리하게 간파
각자도생 대신 서로 돌보는 삶으로

'여성'의 삶을 더 나은 삶으로 만들고자 했지만, 간도의 강경애는 경성의 여성작가들과 처지가 달랐다. '무산계급'의 해방을 꿈꾸었지만, 여성작가인 강경애는 남성 계급문학 작가들과 다른 사회적 위치에 놓여 있었다. 강경애는 자신의 구체적인 삶의 역사와 환경을 토대로 때로는 '여성'이라는 범주에 기대어, 때로는 '계급'이라는 범주에 기대어 자신만의 문학 세계를 만들어 냈다.

후기 작품으로 갈수록, 더 어두워지는 현실 속에서 불가능한 상황을 살아 내야 하는 '여성'들은 절규한다. 다만 용감한 그녀들은 희생자로 남아 있기보다 끊임없이 새로운 삶의 방식

---

15   송인화, 앞의 글.
16   배상미, 앞의 글.

을 만들어 나간다. "우리 조선 여성들이 이 환경을 무시치 못하는 한계 내에서 어떤 동일한 목표를 향하여 가는 이 과정 위에서"[17] 자신의 행위 주체성을 통해, 한정된 기회 속에서 최선을 다해 살아가고자 하는 방식이자 전략을 꾀한다. 여성은 삶의 주체로서 주어진 상황과 대결하며 가능한 한 최고의 선택을 하는 것이며, 강경애는 누구보다 이러한 여성들의 편에서 그들의 고통에 귀 기울여 온 것이다.

강경애를 '남성적 여성', 남성적 질서에 순응한 여성 지식인으로 보는 시각은 그의 일부만 보는 것일지도 모른다. 식민지 시대 최고의 리얼리즘 소설로 평가받기도 한 《인간문제》의 작가이자 '인간의 문제'를 이야기하고자 한 강경애는 구조 속의 모순을 단순히 '여성'의 문제로 축소하는 방식이 아니라, 구조 속에서 배제된 공통의 경험을 가진 '인간'의 문제로 확장한다.[18] 취약한 이들을 구조 속에 고립시키는 대신, 구조 자체가 모순임을 역설적으로 열어 보이고자 하는 것이다.

페미니즘을 구조적인 모순의 한 징후[19]로 본다면, 강경애의 소설들은 분명 페미니즘적이다. 강경애는 생물학적 여성만을 '인간'으로 호명하거나, 주어진 권력 구조에서 남성과 여성의 자리바꿈을 요청하지 않는다. 무산계급과 여성이라는 정체성에 기반을 두되, 본질주의적이고 관념적인 차이가 아니라, 구체적이고 물질적인 현실에 따라 때로는 계급으로, 때로는 여성으로 다른 정체성을 가진 이들과도 연대해야 한다는 것이다.

2020년 모두가 눈에 보이지 않는 위험에 노출된 채, 존재의 취약함을 목도하는 지금, 강경애는 산-죽음의 형상들을 통해 삶의 진실을 묻는다. 작가는 여성들이 스스로의 임파워링(empowering)을 통해 '각자 강해지는 것'을 목표로 할 것이 아니라, 서로의 약함을 놀보고 책임질 필요가 있다는 것을 전하고 싶은 것은 아닐까. 모순투성이 삶과 우발적인 만남들 속에서 인간을 인간답게 만들어 주는 것은 함께할 수 없게 하는 '지금-여기'에서 함께해야 한다는 역설적인 진실이기 때문이다.

17　강경애, 〈조선 여성들의 밟을 길〉,《강경애 전집》, 710쪽.

18　"인간 사회에는 늘 새로운 문제가 생기며 인간은 이 문제를 해결하기 위하여 투쟁함으로써 발전될 것입니다. … 이 시대에 있어서의 인간의 근본적인 문제를 포착하여 이 문제를 해결할 요소와 힘을 구비한 인간이 누구며, 또 그 인간으로서의 갈 바를 지적하려고 노력하였습니다." 강경애, 〈신연재소설《인간문제》의 작자의 말〉,《동아일보》, 1934. 7. 27.

19　조앤 W. 스콧, 앞의 책, 60쪽.

참고문헌

김미현, 〈강경애 소설의 관념성: 후기소설의 변화를 중심으로 한 재론〉,《한국근대문학연구》 2(2), 한국근대문학회, 2001.

김은실 외,《코로나 시대의 페미니즘》, 휴머니스트, 2020.

니라 유발 - 데이비스,《젠더와 민족》, 박혜란 옮김, 그린비, 2012.

배상미, 〈식민지시기 무산계급 여성들의 사적영역과 사회변혁 : 강경애 문학을 중심으로〉, 《상허학보》 44, 상허학회, 2015.

벨 훅스,《페미니즘: 주변에서 중심으로》, 윤은진 옮김, 모티브북, 2010.

송인화, 〈'모던 걸'의 공포와 '동지'의 수사학:《인간문제》에 나타난 강경애 사회주의 여성의식 재고〉,《여성문학연구》 47, 한국여성문학학회, 2019.

이상경 편,《강경애 전집》, 소명출판, 1999.

이상경, 〈강경애 문학의 국제주의의 원천으로서의 만주 체험〉,《현대소설연구》 66, 한국현대 소설학회, 2017.

__, 〈강경애의 삶과 문학〉,《여성과 사회》 1, 한국여성연구소, 1990.

조앤 W. 스콧,《페미니즘 위대한 역설》, 공임순·이화진·최영석 옮김, 앨피, 2006.

줄리아 크리스테바,《공포의 권력》, 서민원 옮김, 동문선, 2001.

최병구, 〈프로문학의 감성과 여성, 공/사 경계 재구축의 구조〉,《구보학보》 23, 구보학회, 2019.

최현희, 〈강경애 문학에 나타난 간도적 글쓰기〉,《현대소설연구》 65, 한국현대소설학회, 2017.

패트리샤 힐 콜린스,《흑인 페미니즘 사상》, 박미선·주해연 옮김, 여이연, 2009.

한우리 외,《교차성×페미니즘》, 여이연, 2019.

국가를 향해 달려간 '누이'
모윤숙

이기성

모윤숙
(毛允淑, 1909~1990)

함경남도 원산 출생. 이화여전 문과를 졸업했고,
1931년《동광》에〈피로 새긴 당신의 얼굴을〉을
선보이면서 문단에 등단했다. 김억, 김동환, 춘원
이광수와 교류했으며 33년 첫 시집《빛나는 지
역》을 출간했다. 노천명과 함께 1930년대 대표
여성 시인으로 활동하였고,《렌의 애가》를 출간
해 주목을 받았다. 41년부터《신시대》,《매일신
보》등에 일본의 대동아공영권과 제국주의를 지
지하는 시와 논설문 등을 발표했다. 해방 이후 시
집《옥비녀》를 발간했고, 49년《문예》를 창간했
다. 이후 시집《풍랑(風浪)》,《정경》,《풍토》,《논
개》등도 출간했다. 54년에는 한국펜클럽 창설에
주도적인 역할을 했으며 69년 여류문인협회 회장
으로 선출되었고, 한국현대시인협회 회장을 역임
했다.

1930년대를 대표하는 여성 시인 모윤숙은 민족혼을 노래한 시인이라는 평가와 센티멘털리즘이 과잉된 미성숙성을 지녔다는 상반된 평가를 받으면서 문단 활동을 시작했다. 숭고한 민족의식을 추구한 시인 혹은 여성적 감수성을 발현하는 시인이라는 양면성은 이후 모윤숙의 시 세계를 규정하는 중요한 요소가 된다. 식민지 말기, 해방과 전쟁 등 역사적 격변기에 쓰인 그녀의 시에는 '순수'에 대한 열망과 국가주의에 대한 열망이 혼재되어 있다.

식민지 말의 친일 행적과 해방기를 거쳐 한국전쟁으로 이어지는 반공주의 구축 과정에서 보인 정치적 행보 때문에 모윤숙은 역사의식과 사회적 책무가 결여된 시인, 주체성이 부재하는 시인이라는 비판을 받아 왔다.

그러나 체제에 협력했다는 사실을 토대로 모윤숙의 시 세계를 단죄하고 추문화하는 것은, 오히려 그녀의 시를 가장 단순한 방식으로 해석하는 결과를 낳는다. 이는 훼손된 과거와 단절하고 시사(詩史)에 남긴 얼룩을 망각의 언어로 덮어 버림으로써 현재를 합리화하는 방식이다. 중요한 것은 이러한 뼈아픈 기억마저도 단순히 망각되고 '청산'되어야 할 대상으로 기각하는 것이 아니라, 벤야민의 지적처럼 미래를 위해 끊임없이 재해석되고 참조되어야 할 모멘트이자 해석 가능한 텍스트로 읽어 내는 일이다.

이런 점에서 '도전적인 여성 시인'이라는 찬사에서부터 '정치 시인'이라는 힐난에 찬 명명에 이르기까지 모윤숙에게 덧붙여진 수사 너머에 자리한 시인의 욕망을 탐색해 볼 필요가 있다. 이 과정을 통해서 식민지 시대, 독립, 전쟁과 분단으로 이어지는 현대사의 격랑 속에서 굴절되어 온 모윤숙 시의 새로운 얼굴을 만나 볼 수 있을 것이다.

'오빠'의 언어들과 결별하지만
다시 '아버지'의 언어에 동일화하는 '누이들'

근대와 더불어 새롭게 탄생한 문화적 주체들은 스스로를 '오빠'의 이미지로 나타낸다. 아버지의 질서로부터 과감하게 이탈한 아들–오빠는 계몽과 자율성에 기반한 새로운 존재 양식을 보여 준다. 주목할 것은 근대의 오빠들이 그 짝패인 누이와의 상관성 속에서 자신의 문학사적 좌표를 구축할 수 있었다는 점이다.

오빠와 함께 출현한 누이들은 계몽의 주체인 오빠들과 때로는 대등한, 때로는 종속된 위치에서 자신의 정체성을 구축해나간다. 그럼에도 불구하고 우리 문학사는 이 누이들의 목소리를 들려주는 데 인색했다. 그녀들은 오빠의 시선 속에서 '누이 콤플렉스'의 대상으로 치환되거나 신여성이라는 방종한 섹슈얼리티의 표상으로 혹은 전근대적 모성의 언어 속에 박제되었다. 모윤숙의 시에서 누이는 근대의 주축인 오빠의 세계에 포획되지 않고, 오빠의 언어와 마주치고 충돌하는 양상을 보여준다는 점에서 흥미롭다.

> 굳세인 오빠 내 등대이던 그 눈에
>
> 어느 누가 아픔을 주었는가 야속도 하이
>
> 물어도 대답 없는 그 슬픔을 뉘라 알까
>
> 오늘은 오빠 눈에 눈물이 가득하오.
>
> _〈오빠의 눈에〉에서

위의 시에서 '굳세인 오빠'는 과거엔 나의 '등대'였으나 지금 슬픔으로 가득한 '눈'의 이미지로만 나타난다. '물어도 대답 없는' 오빠가 '슬픔'과 '침묵'에 갇혀 있는 것이다. 여기서 누이는 '그날 잠', '가엾은 침묵'(〈새벽〉) 속에 놓인 오빠를 푸르고 힘센 존재로 각성시키는 적극적 인물로 드러난다.

주목할 것은 이 시에서 오빠-누이의 계몽적 관계가 역전되고 있다는 점이다. 임화의 시 〈우리 오빠와 화로〉에서 오빠는 계몽의 전달자로 자신의 이념을 위해 싸우다 감옥에 가게 된 투사로 표현된다. 오빠의 영웅적 행위에 감화된 여동생은 혁명에 동참하려는 결의를 통해서 오빠의 빈자리를 메우고자 한다. 여기서 누이는 계몽의 대상으로서 역할을 충실하게 재현하는 존재이다. 이러한 누이의 목소리와 달리 모윤숙 시의 누이는 오빠의 침묵을 깨뜨리고 오빠의 언어를 대신 발화하고 있다. 누이가 오빠의 언어에 포섭되는 것이 아니라, 그것을 깨뜨리고 나와 주체로서의 자기를 선언하고 있는 것이다.

> 임계신 곳을 향하여
> 이 몸이 갑니다.
> 검은 머리 풀어 허리에 매고
> 불꺼진 조선의 제단에
> 횃불을 켜 놓으려 달려갑니다.
> _〈검은 머리 풀어〉

이 짧은 시에서 강렬하게 드러나는 것은 '검은 머리'와 '횃불'의 이미지이다. 관습과 율법의 구속으로부터 벗어나려는 충동은 여성성의 징표인 '머리'를 풀어 놓는 것으로 표현되는데, 이러한 욕망은 '횃불'이 뿜어내는 열기와 결합되어 한층 고조된다. 여기에 '제단'으로 상징되는 죽음의 이미지가 겹쳐지면서

'민족'을 구원하는 희생양으로 자신을 던지고자 하는 열망이 더욱 강렬하게 표출된다. 이렇게 모윤숙의 시에서 누이는 근대적 주체인 오빠의 '누이 콤플렉스'를 전도시키면서 자신의 목소리를 찾아가는 새로운 모습을 보여 준다.

문제는 시인이 오빠의 시선에 의해 구축된 누이의 자리를 벗어나는 순간, 스스로를 권력의 시선과 동일시하는 상황이 펼쳐진다는 점이다.

> 그대 오시려면 해진 옷자락을 싫어말고
> 순진을 유혹하는 부정한 웃음을 버리고
> 충성과 진실로 띠를 띤
> 번개 같은 의지만을 가져오소서
>
> _〈오시렵니까〉에서

이 시에서 '민족'이라는 숭고한 대상을 향해 나아가는 의지는 '충성, 진실, 의지'의 언어로 표현된다. 시인은 누이의 성적 정체성을 삭제하고, 남성적 언어를 내면화한다. 모윤숙의 다수 시편들에서 남성적 페르소나는 여성성을 억압적으로 전유하고 있다. 남성적 주체의 언어를 받아쓰는 것은, 여성의 정체성을 억압하고 지배하는 주체-의사(疑似) 오빠-가 되고자 하는 욕망을 드러내는 것으로 읽을 수 있다.

쪽진 머리 석양에 유난히도 아름다워

하늘가에 한가히 떠도는 그 눈

피어오른 한 개의 장미 같고나

떠오르는 샘 속에 쪽바가지 자주 넣어

날마다 물동이 채워 가나니

온 집안 식구의 목을 축이는

어여쁠사 이 땅의 물 긷는 아낙네여!

_〈물 긷는 아낙네〉

여성을 '장미'로 비유하는 클리셰와 가족을 위해 '희생'하는 모성에 대한 찬미는, 이 시가 남성적 시선에 의해 구축된 전통적 여성성을 그대로 수용하고 있음을 보여 준다. '오빠'의 시선에 포획되기를 거부하던 누이가 이 시에서 보듯, 오빠의 시선을 자신의 것으로 내면화하고 있는 것이다.

그녀의 시에서 '아침의 나라 백두 호반'이라는 국토의 이미지는 여성의 육체로 치환된다. 이렇게 국토와 여성성을 동일화하는 사유는 순결한 여성으로 표상되는 하나의 '기원'을 상정함으로써, 민족의 이미지를 신화화, 신비화한다. 이러한 형상화의 방식은 '조선의 아낙네'로 상징되는 여성성을 신비화함으로써 민족 내부의 동일성을 구축하는 한편 내부의 역사적 갈등을 무화한다는 점에서 문제적이다.

해방 후에 쓰인 〈옥비녀〉에서 '테러'와 '칼', '불길' 등이 환기하는 정치적 혼란과 폭력적 현실에 대응하는 것은 '옥비녀'로 표상되는 미적 이상이다. 이념적 갈등을 대치하는 '혼', '마음'은 정결한 조선 여인의 표상인 '옥비녀'와 결합되어 신비화된다. 이렇게 순수한 여성의 이미지를 '민족의 이상'으로 설정하는 것은 훼손된 현실을 부정하고자 하는 의식의 발로이다.

이러한 사유를 통해서 시인은 현재의 갈등에서 벗어나 이 무구한 기원을 회복하고자 하는 회귀의 플롯을 구성하게 된다. 무구한 과거라는 판타지 위에 구축되는 상실과 회복의 서사는 공동체의 내적 동일성을 보존하려는 기획과 맞닿아 있다. 즉 민족이라는 신화를 구성하는 '순수한 여성'의 이미지는 식민지 누이의 언어를 국가주의 담론 내부로 포획하는 장치이다. 모윤숙의 시에서 오빠의 언어들과 결별한 누이들은 새로운 주체로서 자신을 정립하는 대신, 아버지(국가)의 언어에 동일화되어 그 억압적 발화를 반복하고 있다.

참혹한 현실에 눈감는
전도된 안티고네의 목소리

1930년대 후반 오장환을 비롯한 일군의 시인들에게서 국가와의 결별을 선언하고 장자/아들의 자리를 거부하는 새로운 주체의 모습이 나타난다. 오빠들이 떠나간 자리를 차지하는 것은 '아들'이 되고자 하는 여성 시인의 욕망이다. 오빠를 대신해서 초월적인 아버지(국가)의 '아들'이 되려는 욕망은 남편-아내 혹은 아버지-딸이라는 수직적 계보 속에 주체의 자리를 위치 짓는 것으로 드러난다.

> 아내여 설움을 참고 칼을 채우라
> 어서 이 칼에 입을 맞추고
> 내 몸에 튼튼한 갑옷을 입히라
> 대결 없는 사나이는 비겁한 인간이니라.
> (중략)
> 내 몸은 핏빛 강 위에 떠내려갈지나
> 조국의 빛난 언덕에 내 혼은 두고 가리.
> _〈이별〉에서

이 시에서 화자를 전장으로 내모는 것은 '비겁한 인간'이 되지 않기 위한 결단이다. 그것은 '비겁한 인간'이 되어서는 안 된다는 국가의 명령을 수행하는 과정이기도 하다. 자신의 몸을 희생함으로써 공동체 내부에 귀속되고자 하는 결의는, '조국'의 아들로서 승인을 받고자 하는 시인의 욕망을 보여 준다.

시에서 '몸'의 소멸을 통해 '혼'의 영원성을 추구하는 논리는, '총칼과 갑옷'으로 표상되는 거대한 남근적 상상력과 결합된다. 이 공격적 무기는 공동체 내부를 결속시키는 상징적 이미지이다. 개별 주체들은 '전쟁을 통해 민족을 구원한다'는 희생의 플롯 속에 자신을 투사함으로써 공동체로의 결속을 보장받는다. 이런 방식으로 '민족'이라는 전체를 구원하기 위한 나의 '소멸'이 정당화되는 동시에 이 소멸을 통해 민족의 일원으로 재생한다는 신념이 강화되고 있다.

시인은 개별자의 죽음을 전체(민족)의 보존과 맞바꾸고자 하는 열망을 '죽음'이라는 사건에 초월성의 미(美)를 부여하는 방식으로 실현한다. 주목할 것은 이러한 심미적 초월에 대한 열망 속에서는 민족 혹은 국가 정체성의 차이가 무의미해진다는 점이다.

모윤숙의 시에서 1930년대 초반 '민족'에 대한 열망을 노래한 〈검은 머리 풀어〉와 대표적인 친일시로 지적되는 〈호산나-昭南島〉, 〈동방의 여인들〉의 시적 호흡은 거의 변별되지 않는다. 그리고 대동아전쟁을 독려하기 위해서 쓰인 〈아가야 너는〉, 〈어린 날개〉와 해방 후의 〈등대지기 아가〉가 보여 주는 시 양식과 형상화 방법 역시 유사하다. 태평양전쟁의 언어가 어떠한 갈등도 없이 한국전쟁에 대한 시로 다시 쓰이고 있는 것이다. 이것은 모윤숙 시의 밑바탕에 자리한 숭고에 대한 열망이 국가 담론이라는 상징적 질서의 차원을 넘어서고 있음을 보여 준다.

고운 피에 고운 뼈에

한번 새겨진 나라의 언약

아름다운 이김에 빛나리니

적의 숨을 끊을 때까지

사막이나 열대나

솟아솟아 날아가라

사나운 국경에도

험준한 산협에도

네가 날아가는 곳엔

꽃은 웃으리 잎은 춤추리라.

_〈어린 날개〉에서

대동아전쟁 참여를 독려하기 위해 쓰인 이 시에서 시인은 '국가'에 대한 열망을 가시화하고 있다. '피'와 '뺨'에 새겨진 '나라의 언약'에서 보듯 개인의 몸은 국가의 언어가 새겨진 신체가 된다. 이 신체는 '사막, 열대, 국경, 산협'이라는 현실의 질곡을 뚫고, '꽃이 웃고 잎이 춤추는' 낙원을 향해서 날아간다. 이렇게 개별자의 신체는 국가의 이념을 관철하고 영원성으로 고양되고자 하는 의지를 실현하는 매개로 그려진다.

국가의 이념과 죽음에 대한 기이한 매력이 공존하는 이 시에서 우리는 시체를 둘러싼 공동체와 누이의 대립을 그린 비극 속의 안티고네를 떠올릴 수 있다. 시체의 매장을 금지한 공동체의 명령을 위반하고, 오빠의 시체를 매장한 안티고네의 행위는 국가의 법에 대항하는 저항의 언어로 해석된다. 안티고네는 죽음이 뿌려 놓은 시체의 냄새를 통해서 그 죽음의 실제를 공동체에 현시하는 방법으로 공동체의 균열을 드러낸다. 죽음을 응시함으로써 아버지의 법으로 구축된 국가의 담론을 관통하였던 것이다.

이와 달리 식민지의 누이인 모윤숙은 오빠의 시체로부터 죽음의 냄새를 지워 버림으로써 국가의 언어를 그대로 수용하고 있다. 이 시에서 죽음의 이미지는, 개별자의 죽음을 '국가를 위한 희생'으로 서사화함으로써 시체의 냄새를 덮어 버리고 그 자리에 '불멸'이라는 환상의 베일을 덧씌운다.

> 누런 유니폼 햇빛에 반짝이는 어깨의 표지
> 그대는 자랑스런 대한민국의 소위였구나
> 가슴에선 아직도 더운 피가 뿜어 나온다
> 장미 냄새보다 더 깊은 피의 향기여!
> 엎드려 그 젊은 죽음을 통고하며
> 듣노라! 그대가 주고 간 마지막 말을…
>
> _〈국군은 죽어서 말한다〉에서

'시취(尸臭)'는 죽음의 절대성을 개별자의 것으로 받아들이게 하는 절대적 징표이다. 피할 수 없는 시체의 냄새는 산 자들의 현실 속에 스며든 죽음의 전언으로, 그것은 모든 유한자에게 자신의 죽음이라는 필연성을 상기시켜 준다.

모윤숙

이 시에서 모윤숙은 공포스러운 시체의 냄새를 '장미'의 향기로 치환하고 있다. '장미 냄새보다 더 깊은'이라는 수식은 잇달아 서술되는 '피의 향기'로부터 끔찍한 공포를 거두어 내고 형언할 수 없는 매혹만을 남겨 놓는다. 이러한 환상의 시선이 아니고서 어떻게 공포 없이 시체를 바라보는 것이 가능하겠는가. 모윤숙은 시체(냄새)를 통해 드러난 실재의 공포(피)를 미적 환상(향기)으로 치환함으로써 죽음에서 벗어나고자 하는 것이다.

이것은 시체가 그 물질성이 아니라 '말'로 자신의 존재를 드러낸다는 점과도 깊은 연관이 있다. 말의 출현은 시체로부터 냄새의 물질성을 휘발시키는 한편, 그 죽음을 국가의 담론으로 포획하는 기능을 한다. '조국을 위해 바쳐진 신체'라는 견고한 환상은 죽음을 실존의 한계를 가시화하는 역겨운 냄새가 아니라, 희생이라는 초월성의 세계를 환기하는 미적 가상 속에 붙들어 놓는다. 냄새라는 비천한 물질성(abjection)이 제거된 시체는 절대화된 말(로고스)의 차원으로 승화됨으로써 공동체의 균열을 봉합하는 신성한 봉헌물이 되는 것이다.

아버지의 법을 거부하고 죽음의 언어를 발화하는 안티고네와 달리, 모윤숙은 국가의 명령을 충실하게 자신의 것으로 받아들인다. 그런데 국가에 대한 열망은 대타자(국가)의 욕망을 내면화한 결과라는 점에서 근본적인 자기기만을 내장하고 있다. 국가에 대한 욕망을 자신의 언어로 말하는 누이의 목소리는, 시 〈어머니의 기도〉에서 보듯 국가의 보존을 위해 혈연의 법 '모성'마저 동원하는 협력의 논리 속으로 흡인되어 간다. 이렇게 식민지 말기 모윤숙의 열광적인 친일의 시는 죽음이라는 참혹한 실재에 눈을 감고 그것을 심미화하는, 전도된 안티고네의 윤리로 쓰인다.

유한을 넘어 영원으로, 청춘과 불멸이라는 환상

모윤숙의 시에서 식민지의 누이는 아들-되기라는 상상력을 전유함으로써 공동체의 내부로 귀환한다. 이러한 국가 로망스는 가부장적 질서에 편입함으로써 민족주의적 세계에 안착하는 수준을 넘어선다. 시인의 열망은 국가의 법과 친족의 법을 뛰어넘는 '불멸' 혹은 '영원성'의 세계를 향해서 나간다.

> 님이 살라시면 사오리다
>
> 먹을 것 메말라 창고가 비었어도
>
> 빚더미로 옘집 채찍을 맞으면서도
>
> 님이 살라시면 나는 살아요
>
> 죽음으로 갚을 길이 있다면 죽지요
>
> 빈손으로 님의 앞을 지나다니요
>
> 내 님의 원이라면 이 생명을 아기오리

이 심장의 온 피를 다아 빼어 바치리라.

　_〈이 생명(生命)을〉에서

　이 시에서 '창고가 비고' '채찍을 맞는' 극한 상황에서도 자아를 지탱하는 것은 '님'의 목소리이다. '채찍'이 환기하는 육체적 고통의 심상과 '심장의 피를 빼어 바치겠다'는 격정적 호소는 타자의 호명에 죽음으로써 응답하려는 열망의 표현이다. 이 극한의 사랑을 통해서 모윤숙은 죽음마저 관통하는 존재로 고양되고자 한다. 즉 국가에 대한 사랑을 통해 자기를 정립하고자 하는 의지의 밑바탕에는, 육체의 유한성을 넘어서 영원성에 닿으려는 욕망이 자리하고 있는 것이다.

　　속임으로 빛나는 청춘을 버리고

　　쓰러질 사랑의 가엾은 꿈을 잊지 않으려네

　　내 영혼의 맑은 항구 생명의 삼림 속

　　나의 푸른 침실은 저 하늘에 영원히 젊어 있네

　　_〈푸른 침실〉에서

　이 시에서 '푸른 침실'과 '영원한 젊음'은 육체성을 벗어난 죽음의 세계를 암시한다. '시체가 없는 죽음'이 환기하는 이미지들은 '불멸'을 꿈꾸는 낭만성에 의해 구축된다. 이때 '영원한 젊음'을 꿈꾸는 초월에의 욕망은 '청춘'이라는 시간성을 불러온다. '청춘'이란 현재의 자아에게는 도달 불가능한 이름인데, 왜냐하면 죽은 자만이 '영원한 젊음'으로 머무를 수 있는 까닭이다.

모윤숙은 죽음을 통해 '청춘'이라는 이상에 닿고자 한다. 비극적인 것은 개별자의 죽음이란 일회적 소멸을 의미하는 것이기에 결코 영원성으로 고양될 수 없다는 것이다. 이러한 죽음의 일회성을 넘어서는 길은 국가라는 전체성 속에 자신의 죽음을 의탁하는 것이다. 개인의 죽음은 타자들의 기억 속에 각인됨으로써 영원히 살 수 있다. 공동체에 자신의 죽음을 내맡김으로써 '불멸'의 존재로 나가려는 의지는 모윤숙의 국가 로망스를 지탱하는 무의식이다.

숨지어 넘어진 이 얼굴의 땀방울을
지나가는 미풍이 이처럼 다정하게 씻어 주고
저 푸른 별들이 밤새 내 외롬을 위안해 주지 않는가…

조국이여! 동포여! 내 사랑하는 소녀여!
내가 못 이룬 소원 물리치지 못한 원수
나를 위해 내 청춘을 위해 물리쳐 다오.
_〈국군은 죽어서 말한다〉에서

이 시에서 군인의 시체는 '바람과 별'이라는 자연의 영원성과 합일된다. '폭풍우같이 밀고 나가는' 청년의 의지는 전장의 죽음이라는 사건을 초과하는 열정이다. 이 열정은 '이마의 땀방울을 씻어 주는 미풍'과 '외로움을 위안해 주는 별들'의 영원성 속으로 응집된다.

국가는 군인의 시체 위에 '청춘'이라는 영원성의 이미지를 덧씌움으로써, 그의 죽음에 공동체를 위한 희생이라는 제의적 의미를 부여한다. 이것은 국가의 결속을 위한 제의에 감추어진 모종의 거래를 환기시킨다. 시체는 벌거벗은 사물일 뿐 거기에 어떠한 정치적 의미도 각인되어 있지 않은 '자연'이다. 이 자연-죽음에 모종의 '의미'를 각인하는 것은 정치적 공동체를 존속시키려는 산 자들의 욕망이다.

이 시는 개별자의 죽음이 '언어'를 통해 집단적 기억으로 각인되는 과정을 보여 준다. 언어를 통해서 죽음을 애도함으로써 '죽은 자'를 '산 자'의 기억 속으로 옮겨 놓고 여기에 영원성의 이미지를 덧입힌다. 이러한 기억과 애도의 장치를 거쳐 국가의 언어는 시체의 표면에 새겨지고, 마침내 '시체의 발화'로 치환되는 것이다. '원수를 물리쳐 다오'라는 호소는 그러므로 죽은 자의 바람[願望]이 아니라 산 자들의 욕망의 번역인 셈이다.

이렇게 죽은 자의 침묵이 현실의 담론으로 치환되고, 죽음을 기억하는 산 자-국민은 자신을 위해 희생한 자들의 죽음을 '부채'로 떠안은 채 살아가게 된다. 이것은 아버지의 시체를 먹은 아들들이 죄책감을 내면화하고 아버지를 애도함으로써 스스로를 보존해 가는 것과 유사하다. 이러한 집단적 기억의 장치는 국가 공동체를 봉합하는 국민화의 프로젝트에 내장된 거래를 통해서 실현된다. 일제 말에 모윤숙이 보여 준 친일의 언어는 불멸의 언어 속에서 초월과 재생을 꿈꾸는 주체의 욕망과 그것을 승인하는 타자의 공모 속에서 발화된 것이다.

시체의 언어를 국가의 언어로
발화하는 역사의 복화술사

모윤숙의 시에서 산 자들의 욕망을 죽은 자들의 언어로 치환하기 위해서 시인이 동원하는 것이 '청춘'의 이미지이다. 앞에서 말했듯이 청춘은 삶이 일회적이라는 사실, 즉 존재의 유한성을 가장 극명하게 드러내는 수사이다. 덧없는 삶의 유한성 속에서 유일하게 빛나는 한 순간을 청춘이라 한다면, 이는 유한자의 소멸이 전제되어야 존재할 수 있는 시간이다. 모윤숙의 시에서 '총칼'이라는 폭력적 상징은 '꽃 같은 죽음'의 이미지로 치환되어, '청춘'이라는 불멸의 시간에 고정된다. 문제는 '영원한 청춘'과 '일회적 죽음'의 이미지를 겹쳐 놓는 이러한 시간성의 수사가 국가의 논리 속으로 포획되는 순간에 놓인다.

　이 점을 좀 더 살펴보기 위해서, 불멸을 향한 욕망이 언어(말)에 의해서만 실현된다는 점에 주목해야 한다. 주지하듯 죽은 자(시체)는 말을 할 수 없다. 시체가 말을 하기 위해서는 그의 말을 불멸의 텍스트로 기억할 타자들이 요청된다. 즉 시체는 역사 속에서 기억되고 전승되고 기념됨으로써만 불멸의 텍스트가 될 수 있는 것이다. 산 자는 죽은 자를 통해서 말하고, 죽은 자의 욕망은 산 자의 '말'을 통해서 말해져야 하는 아이러니. 이 기묘한 치환의 순간에 개입하는 것이 바로 국가의 언어이다. 시체의 말이 발화되는 순간 곧바로 국가의 논리에 포획되어 버리는 비극은 여기서 발생한다.

언어가 덧입혀지지 않은 사물로서의 시체는 썩어 가는 냄새(시취)를 통해 소멸의 운명 속으로 인간을 끌어당긴다. 전쟁터에 버려진 잔혹한 시체는 환상의 막을 찢고 국가 담론의 허구성을 증거한다.

그러나 모윤숙은 이 시체 표면에 '누런 유니폼'과 '어깨의 표지'라는 군복의 기호를 각인한다. 이것은 역사의 폐허를 바로 보지 못하고, 죽음 위에 국가의 상징적 언어를 덧입히는 행위이다. 이런 점에서 모윤숙의 대동아전쟁에 관한 시편들에서 한 번도 '시체'가 등장하지 않는다는 점도 주목해 보아야 한다. 그녀의 '친일시'에는 시체 없는 죽음의 언어들이 텅 빈 기표들로 떠돌고 있다. 국가라는 대타자가 텅 빈 형식에 지나지 않는 것처럼. 모윤숙은 죽은 자의 말(침묵)에 산 자의 언어를 새겨 넣는다. 그녀의 시에서 표출되는, '현실의 전장'을 넘어 '영원성'을 향해 달려가고자 하는 군인-시체의 열망은, 국가를 통해서 불멸을 꿈꾸었던 시인의 욕망의 복화술로 읽을 수 있겠다.

이렇게 시체는 시인의 죽음을 상연하는 환상의 무대인 동시에, 국가의 호명에 대한 주체의 응답이 실현되는 텍스트가 된다. 환상은 죽음이라는 사건을 국가라는 숭고한 빛으로 은폐함으로써 그 자아가 어두운 심연과 부딪치는 것을 가로막고 있다. 모윤숙의 시에서 우리가 목도하는 것은, 죽음을 향한 공포와 매혹으로 걸어가지만 결국 그 죽음의 표면에 아버지의 문자로 글을 쓰고 있는 누이의 모습이다.

누이의 길은 여기서 갈라진다. 하나는 오빠의 죽음을 애도함으로써 공동체의 법을 빠져나가 자유의 세계로 이행하는 안티고네의 길이고, 다른 하나는 누이동생으로 잔류함으로써 역사(기록자)의 임무를 충실하게 수행하는 복화술사의 길이다. 일제 말 이후 그녀의 선택은 환상과 현실을 봉합하고, 시체의 언어를 전사하는 복화술사의 길이었다. 1970년대 〈논개〉, 〈황룡사구층탑〉 등 역사적 인물들을 서사화하는 과정은 시체의 언어를 국가의 언어로 발화한 것이다. 민족의 수난과 그 대항의 역사를 맞세움으로써, 그 과정에서 요청되는 죽음을 숭고한 역사의 이름으로 등기시키는 것은 국민화의 기율에 복종하는 길로 귀결된다.

모윤숙은 벌거벗은 시체를 역사의 '폐허'라는 알레고리로 바라보는 대신, 산 자들의 언어로 번역함으로써 폐허 속에서 현시되는 공포-죽음의 얼굴을 피해 가고자 한 것이다. 그녀의 시를 지탱해 온 국가 로맨스는 죽음을 관통함으로써 공동체의 언어에 저항했던 안티고네적 윤리에 눈감음으로써 가능했던 것이다.

국가에 복종하는,
사라진 누이의 목소리(들)

모윤숙의 시는 자아의 내부에서 타오르는 불멸을 향한 열망을 계몽의 언어로 발화하고 있다. 불멸에의 열망은 그녀의 문학적 가치관을 지배한 '순수'에 대한 열망과도 상통한다. 그런데 '순수'란 상징질서 너머 미지의 영토를 가리킨다는 점에서 죽음이라는 불가능성의 다른 이름이기도 하다. 그녀의 '순수'는 이념적 담론의 지평에서 삶의 욕망에 충실함으로써, 국가/역사의 심부에 놓인 죽음을 은폐하고 있다. 이렇게 역사의 폐허를 들여다보지 못함으로써 그녀가 지향하는 순수는 국가라는 시체에 대한 페티시적 욕망과 겹친다. 이때 순수는 역사의 폐허를 응시하지 못하는 자의 알리바이가 되는 것이다.

국가/민족을 향한 사랑의 언어는 '순수'라는 의장을 두른 누이를 나르시시즘적 주체로 머무르게 하는 근본 동인이다. 이런 나르시시즘 속에서 누이의 목소리는 사랑의 판타지로 흘러든다. 그것은 국가의 응시에 복종하는, 실패할 수밖에 없는 사랑 노래다. 엄혹한 시대의 풍랑에서 침몰하는 누이의 목소리들.

참고문헌

권명아, 〈모성신화와 가족주의, 그 파시즘적 형식에 대하여〉, 한국문학연구회, 《한국문학과 민족주의》, 국학자료원, 1999.

__, 〈수난사 이야기로 다시 만들어진 민족이야기〉, 《문학 속의 파시즘》, 삼인, 2001.

김승구, 〈모윤숙 시에 나타난 여성과 민족의 관련 양상 연구〉, 《현대문학의 연구》 30, 한국문학연구학회, 2006.

김윤식, 《임화 연구》, 문학사상사, 1989.

김재용, 《협력과 저항》, 소명, 2004.

김철, 《'국민'이라는 노예》, 삼인, 2005.

김한식, 〈여류 문인 모윤숙과 왜곡된 모성〉, 《겨레어문학》 40, 겨레어문학회, 2008.

모윤숙, 《모윤숙 시전집》, 서문당, 1974.

__, 《영운 모윤숙 전집》, 성한출판사, 1986.

송영순, 《모윤숙 시 연구》, 국학자료원, 1997.

__, 〈모윤숙 시에 나타난 전쟁과 여성의식〉, 《여성문학연구》 10, 한국여성문학회, 2003.

슬라보예 지젝, 《How to Read 라캉》, 박정수 옮김, 웅진지식하우스, 2007.

오오누키 에미코, 《사쿠라가 지다 젊음도 지다》, 이향철 옮김, 모멘토, 2005.

우에노 지즈코, 《내셔널리즘과 젠더》, 이선이 옮김, 박종철출판사, 2000.

이경훈, 《오빠의 탄생》, 문학과지성사, 2003.

정영자, 《한국현대여성문학론》, 지평, 1988.

조현준, 《주디스 버틀러의 젠더 정체성 이론》, 한국학술정보, 2007.

함돈균, 《얼굴 없는 노래》, 문학과지성사, 2009.

허혜정, 〈모윤숙의 초기 시의 출처: 사로지니 나이두의 영향 연구〉, 《현대문학의 연구》 33, 한국문학연구학회, 2008.

황호덕, 《프랑켄 마르크스》, 민음사, 2008.

'소문'과 '무정'에 죽임당한
송계월

진선영

송계월
(宋桂月, 1910~1933)

일제 강점기에 잡지 《신여성》의 기자로 활동한
언론인, 항일운동가, 소설가. 함경남도 북청 출신
으로 15세에 상경해 경성여자상업학교에 입학했
다. 학교의 불법적 행위에 대항하여 동맹휴학을
주도했고 근대 신여성 문화 운동의 전범으로 평
가되는 '서울여학생만세운동'을 주동하여 격렬한
시위를 이끌었다. 1931년 《신여성》의 기자로서
사회 부조리를 날선 목소리로 비판했다. 남녀 불
평등, 계급 문제를 비롯해 신여성 담론 등을 담은
소설 4편, 일기와 수기·서한 7편, 평론 4편, 수필 9
편, 칼럼 등 모두 50여 편의 작품을 남겼다. '붉은
성'을 뜻하는 '적성'이라는 필명처럼 문제의식과
사회 부조리에 대한 저항성이 강한 작품이 많다.

식민지 시대 동반자 작가로 분류되는 유진오의《수난의 기록》
(1938)에는 '애라'라는 여성인물이 등장한다. 애라는《중앙평
론》의 기자이자 소설가로, 외모나 지적 능력이 뛰어나 모든 남
성에게 선망의 대상이 되는 인물이다. '핏기 없는 얼굴'에 '정열
을 이성으로 누르'고 '예의와 위엄으로' 자신을 치장하는 전형
적인 인텔리 여성이다. 애라는 "어떤 전문학교 교수하고 어떻
다는 둥 소설가 누구하고 어떻다는 둥 평론가·잡지기자·사회
운동가 누구누구하고 어떻다는 둥" 몹시 시끄러운 세상 소문의
중심에 있는 인물이다. 여기에 애욕을 주제로 한 그녀의 소설
때문에 항상 문단의 가십거리로 사람들 입에 오르내리는 여성
이다. 결국 애라는 자신을 둘러싼 남성들 간의 다툼에서 정조
를 잃고 폐병으로 요절한다.

유진오는 식민지 시대 천재라 불릴 만큼 사회, 문단에서 영
향력이 큰 인물이었다.《수난의 기록》은 그가 2차 공백기 후 첫
번째 발표한 작품으로 문단의 주목을 받았다. 카프(KAPF)[1] 해체

이후 많은 소설가가 갈 길을 잃었던 터라 카프에 이념적으로 동조했던 유진오의 재등장에 주시하지 않을 수 없었던 것이다. 하지만 김문집의 평가대로 《수난의 기록》은 "송계월이라는 문제의 가인의 모델적 흥미와 그를 이용함으로써 작자 자신의 영웅적 우상성을 재인식"[2]시키는 소설에 지나지 않았다. 이처럼 유진오는 식민지 시대 실존한 여성인물을 사후 소환하여 독자들의 흥미와 호기심을 충족시키고 낭만적으로 재유통시킴으로써 자신의 후기 소설 세계를 출발시키고 있다.

김문집이 언급한 것처럼 소설 속 '애라'와 '유라'[3]는 식민지 시대 여성작가 송계월이다. 송계월은 소설 속 애라와 유라처럼 갖가지 소문에 시달리다 24세의 젊은 나이에 폐병으로 요절했다. 특히 그녀는 사망 후에도 동료 남성작가의 작품 속에서, 문단 재담가들의 후일담에서 낭만적으로 재소환되어 가공되었다. 실제 송계월은 사회주의 운동가, 기자, 문인으로서 삶을 치열하고 열정적으로 살아 냈지만 기생, 이혼녀, 백철의 애인, 처녀 출산 등의 소문에 살아서도 죽어서도 목숨이 붙들린 셈이다.

이 글에서는 '편집'된 소문 속의 송계월이 아니라 적극적이고 투쟁적인 방식으로 식민지 여성의 삶을 살아 낸 송계월의 '실제' 삶을 추적하고자 한다. 송계월은 서울여학생만세운동[4]을 주도했고, 신여성과 관련한 다양한 풍속과 담론을 재현한 잡지 《신여성》에서 기자, 작가, 편집자로서 핵심적인 역할을 수행했다. 또한 소문을 통해 신여성을 길들이러 했던 제도에 맞서 기장 신여성적인 특성으로 자신을 정치화했다. 그러므로 송계월의 삶과 문학을 추적하는 작업은 근대 여성사와 문학사가 교차하는 지점에 놓여 있다. 즉 송계월을 제대로 조명하기 위해서는 사학, 여성학, 언론학, 문학 등 다양한 측면에서 접근해야 한다.

여성의 강인한 생활력, 경제력 그리고 자립성을 상징하는 '함경도'

송계월은 1910년 12월 10일 함경남도 북청군 신창면 신창리 271번지(본적지)에서 태어났다. 출생 연도에 대해서는 1910년, 11년, 13년 세 가지 설이 있었는데 1931년 경성여상 제3회 졸업대장 확인 결과 명치(明治) 43년생 즉 1910년생임을 확인할

---

1 1925년 8월에 박영희, 김기진, 이기영 등 주로 신경향파 작가가 중심이 되어 조직한 문학 단체. 프롤레타리아 문학인의 전위적 단체로, 정치성이 짙은 문학 운동을 조직적으로 전개하다가 일제의 탄압으로 1935년에 해산되었다.

2 김문집, 《수난의 기록》과 《패강랭》, 《동아일보》, 1938. 1. 21.

3 이효석의 단편소설 〈마음의 의장〉, 〈수난〉의 주인공인 '유라'형 인물은 유진오의 소설 《수난의 기록》에 나타난 '애라'와 함께 《개벽》 여기자로 요절한 송계월을 모델로 한 인물로 보인다. (김주리, 《근대소설과 육체》, 한국학술정보, 2009, 246쪽.)

4 1929년 광주에서 일본인 남학생의 조선인 여학생 성추행 사건에 반발해 일어난 광주학생운동의 여파로 발생한 만세운동. 1929년 12월 서울에서 이화여전, 숙명여학교, 배화여전 등의 여학생들이 동맹휴학하려던 것이 사전에 발각돼 실패하자 1930년 1월 근우회의 주도로 대규모 만세시위가 벌어졌다.

수 있었고 경성여상 졸업 연도도 확정할 수 있었다.[5]

송계월이 서울여학생만세운동으로 구속되었을 당시 작성된 신문조서를 보면 북청 고향에는 아버지 송치옥(43세), 어머니 이순희(42세), 오빠와 언니, 여동생이 각 1명, 남동생 2명이 있었다. 전답을 소작을 주고 거기서 발생하는 수입으로 살아가는 중산층 가계였다. 하지만 송계월의 자기 서사[6]나 다른 공문서에 보면 집이 매우 가난했던 것으로 추측된다.

남동생 창옥에게 보낸 서신인 〈어촌 있는 동생에게〉에는 추운 겨울 북극의 매서운 한파를 견디면서 비료공장에서 노동하는 아우에 대한 애달픔이 배어 있고, 죽음을 무릅쓰고 바다에 나가 고기를 잡아 와도 모든 것을 배 주인에게 빼앗기는 아버지에 대한 걱정이 담겨 있다.

송계월은 신창공립보통학교를 졸업했는데 은사 김용식(金龍植)에게서 많은 영향을 받은 것으로 보인다. 김용식은 3·1만세운동 이후 신창시장에서 독립선언서를 낭독함으로써 신창지방 만세운동을 주도한 인물이다. 독립운동의 공을 인정받아 1980년 대통령 표창을 받고, 1991년에는 건국훈장 애국장이 추서된 인물이다. 송계월은 김용식에게서 종교(기독교)와 민족주의적 사상을 영향받게 된다. 김용식은 옥고를 치른 후 사망한다. 그의 아들 김경이 쓴 글을 보면 송계월이 경성에서 북청으로 귀향할 때마다 은사의 집에 찾아와 유족들과 시간을 함께하며 스승을 추억했다고 한다.[7]

송계월의 아버지 송치옥은 가난한 어부였는데, 신창 사회청년구락부 소속이자 북청 노동연맹 집행위원으로 활동했고, 동생 송동익 또한 북청 지방 최초의 반공 의거를 주동했다. 송계월은 아버지의 영향으로 어렸을 때부터 사상 관련 책과 사회과

5   경성여상 졸업대장은 경성여상의 후신인 서울여상의 협조 아래 실물을 확인하였다. 송계월의 출생 연도와 졸업 연도(1930년 설, 1931년 설) 또한 서울여학생만세운동으로 인한 검거, 감옥 생활 때문에 확실치 않았는데 1931년 졸업하였음을 확인할 수 있었다. 1931년 제3회 49명의 졸업생 중 송계월의 이름은 맨 마지막 110번째(졸업생 누계)에 기재되어 있다. 서울여상에서는 졸업대장 외의 다른 서류들은 한국전쟁 때 모두 소실됐다고 했다.

6   자기 서사란 화자가 자신에 관해 쓴 글로 자서전, 자전적 소설, 편지, 일기, 수필 등의 형식으로 서술된다. (박혜숙, 〈여성과 자기 서사〉, 《한국 여성문학 연구의 현황과 전망》, 소명출판, 2008, 217~240쪽.)

7   김경이 쓴 책에는 '개벽사 기자 송계월'이라는 시가 있다. 송계월의 전기를 보충하는 데 중요한 자료로 판단되어 전문을 싣는다. (김경, 《디오게네스의 연인들》, 한국기독교연구원, 1992, 188쪽; 김경, 《한국 기독교 건국 공로자 열전》, 고려인쇄출판사, 2001, 217쪽.)

푸른 꿈이 늘실거리는/동해바다 신창(新昌)
명사와 해금강이 어우러져/파도치는 저 바다에서/젊음을 불태운 그대
신흥학교에서 배우고/서울여상에서 인생을 닦은 지 얼마던가/행복의 꿈 무르익을 때
저 남쪽 땅 광주학생사건에/피가 끓어/만세 만세 만만세/배달의 얼/가슴에 메아리쳤네
조국독립과 여권신장/사람의 몫을 찾으려고/피나는 싸움판 앞장에 서서/횃불 높이 들었던 송계월!
여름방학이면/세상 떠난 옛 스승 찾아/그 어린 아들인 나에게/머리를 쓰다듬어 주던 손길/아직도 눈에 아롱거리네
그 아름다운 모습/쇠사슬에 묶여/서대문 감옥신세 처절하여라
할퀴고 찢어진/꽃봉우리/가슴앓이 멍든 채/새 삶을 찾아 개벽사 기자가 된/의젓한 신여성 송계월
옥살이서 얻은 병 감당치 못해/피를 토하고 고향 내려와 신음하더니/아까워라 그 나이 24세/그 지성/그 투지/그 미모/모두 모두 버리고 떠나갔네
서울에서 백철 내려와 울고/동네방네 어른 아이 모두 다 통곡했네
꽃상여 들러 메고/"나는 간다 나는 간다/이제 가면 언제 오랴
이팔청춘 다 버리고/부모형제 다 버리고/나는 간다 나는 간다/이제 가면 언제 오랴"
장진 공동묘지/명사십리 해당화 꽃동산에/한 많은 가슴 묻혀
님도 울고/이웃도 울고/바다도 울고/나도 우네/우네 우네 지금도 모두들 울고 있네.

학 서적을 탐독했고 자신의 신념을 관철하려는 성향 역시 강했다.

송계월이 경성여상 시절 학내 부조리에 강하게 반발하거나 맹휴를 주도하는 등의 실천을 한 것도 이러한 유년 시절에 있다고 해도 과언이 아니다. 현재까지 확인된 송계월의 작품은 50여 편이다. 소설 4편, 일기·수기·서한 7편, 평론 4편, 수필 9편, 칼럼 5편, 방문기·참관기 9편, 인터뷰 3편, 좌담회 5편 등이다. 이 중 15편에서 고향 북청 혹은 함경도를 노래하고 있다는 사실은 주목할 만하다. 기존의 논의에서는 송계월의 경성행이 '1925년 보수적인 가정환경에 반발하여 가출한 것이라거나 북청에서 기생을 하다 야반도주한 것'으로 되어 있으나 송계월의 고향 관련 자기 서사에서는 그러한 기록이나 감정을 전혀 찾아볼 수 없다.

잡지 《삼천리》에서 여류 문인을 대상으로 '가장 가고 싶은 곳', '가장 보고 싶은 사람'을 설문하는 자리에서 송계월은 서슴지 않고 '고향 북청'과 '어머니'를 꼽는다. 또한 〈그리운 내 고향〉이라는 특집 기사에서도, 〈진정한 새해 새날은 오리니〉라는 수필에서도 고향은 언제나 그리움의 대상이었고, 행복했던 유년 시절의 향수를 불러일으키는 공간이다.

송계월의 고향이자 요양지(폐병으로 인한 여러 번의 귀향)였던 북청은 동해를 끼고 산으로 둘러싸여 있는 작은 어촌 마을이다. 불모의 땅이라는 척박한 이미지를 갖고 있고 그로 인해 그

땅에서 살이기는 함경도인의 강인한 생명력도 상징한다.

송계월의 강인한 기질도 이런 지역의 영향을 받았을 것이다. 송계월은 식민지 여성의 유토피아적인 지향으로 '함경도 여성'의 강인한 생활력과 경제력, 이를 통한 여성의 주체적인 자립을 꼽았고, 함경도적 '기질'을 식민지에서 벗어날 수 있는 '탈식민'의 유효한 가치로 역설했다.

> 그러나 내가 특별이 여기에 있어 일천만 여성 동무들에게 자랑 삼아 소개들일 것이 있으니 함경남북도 여성으로는 가장 자랑하지 아니하여서는 안 될 경제적 독립 그것이다. 첫째로 이 부인들의 머리는 깨끗하게 청산하여 오히려 온 우주라도 혼자 정복하리라는 이러한 위대한 포부를 가졌다는 것을 말하여 두려한다. 더욱 이것을 구체적으로 들어 이야기할 것은 어린애 네다섯 더 많이 일곱 여덟 둔 부인들이 집안일 다 보아 가면서 구루마 끌고 다리를 넓적다리까지 옷을 걷고 팔은 소매 없는 양복 모양으로 걷고 머리에는 머릿수건 쓰고는 온 시가를 함박이고 구루마 끌고 다니는 것은 아마 이곳이 아니고는 보지도 듣지도 못할 형상일 것이다.
>
> (…) 그 다음 어떤 부인은 자식 공부시키기 위하여 또한 먹을 것 못 먹고 입을 것 못 입고 여름이나 겨울이나 이러한 무수한 고생을 하여 나가 좋은 인물 많이 내는 예가 여간 많은 것이 아닙니다.

〈북청의 점묘〉

향리에서 보통학교를 졸업한 송계월은 1926년 15세에 서울에 대한 동경심과 향학열로 경성행 열차에 오르고 이듬해 경성여자상업학교에 입학한다. 경성에 대한 15세 소녀의 마음은 타고난 담대한 기질대로 두려움보다는 설렘과 희망으로 가득 차 있었다.

경성여상 동맹휴학, 서울여학생만세운동 주도
민족의식과 여성의식에 기반한 투쟁

송계월이 경성에 도착해 경성여상에 입학까지의 1년 남짓한 시간은 송계월의 함경도 시절(15세 이전) 만큼 알려진 바가 없다. 신문조서 작성시 송계월은 종교를 묻는 질문에 기독교를 신봉하고 있다고 답한다. 은사 김용식의 영향이었을 것으로 보인다. 그는 YMCA의 회원으로 활동한 바 있다.

함경도에서 상경한 후 그녀의 행적이 첫 번째로 확인되는 곳은 경성여상 맹휴의 현장이다. 맹휴는 여상 2학년 때 한국인 교사 신상철이 별다른 이유 없이 파면된 것에 항의하면서 시작되었다. 맹휴 가담자들이 수업 중인 2학년 교실에 침입해 수업을 방해(5월 2일)하는 바람에 맹휴 반대 학생들과 충돌하기도 했다. 가담자 중 33명은 훈계 방면된 데 반해 적극 가담자인 송계

월 외 4명은 폭행 및 수업 방해 혐의로 검사국에 송치(5월 12일)
되고 서대문 형무소에서 9일간 구류되었다가 5월 19일 기소유
예 처분으로 석방(5월 19일)되었다.

이후 송계월은 경찰의 요시찰 대상이 되는데 이에 개의치
않고 지속적으로 학교의 불법 행위(교장의 친인척을 교사로 채용, 교
사의 부당 해임, 학교 설비 미비)에 강경하게 저항한다. 그러나 학교
당국은 개선의 노력을 전혀 보여 주지 않는다. 송계월은 재학
시절 3번의 맹휴를 주도했고 이 때문에 서대문형무소에 2번이
나 구류된다.

식민지 시대 동맹휴학은 학원 내의 작은 문제를 시작으로
일제의 노예교육에 대한 규탄, 나아가 총독부 정책에 대한 비
판으로 확대하고 결국 민족 독립을 부르짖는 민족운동으로 발
전해 갔다. 송계월이 주도한 경성여상의 맹휴 또한 독립정신이
강한 한국인 교사 파면에 반발한 것으로, 1920년대 여학생들이
본격적으로 항일운동에 투신했음을 보여 주었다는 점에서 의
의가 있다.

송계월은 학교를 졸업한 후 잡지《개벽》기자로 일했는데
이 시절에도 경성여상의 동맹휴학에 가담한 사실이 있다. 1931
년 5월 27일 경성여상 2학년생들은 부정 교사의 복직 문제로
동맹휴학을 선언하고 다음 날 전체 맹휴에 돌입한다. 이에 경
성여상 졸업생들은 모교의 장래를 위해 가만히 있을 수 없어
동창회를 열고 송계월을 대표로 선출한다. 송계월이 동창회 대

표로 교장을 찾아가 항의문을 전달하지만 교장은 이를 묵살한다. 송계월은 글을 써 이 문제를 사회에 알렸는데 이것이 빌미가 되어 동맹휴학 선동자로 잡지사에서 현장 검거된다.

이처럼 송계월의 학생운동은 "그저 붉은 삐라를 뿌리면 되는 줄 알고 남에게 지지 않게 소리 높여 노래를 부르면 좋은 줄 아는" 여학생 기분이나 치기로 한 것이 아니라 사회의 불합리와 부조리에 대한 문제의식을 적극적이고 투쟁적인 방식으로 실천한 것이었다. 그리고 송계월은 두려움 없는 강인한 성격과 의지로 밀고 나갔다. 이런 그녀의 정신은 자연스럽게 서울여학생만세운동으로 이어진다. 1930년에 일어난 서울여학생만세운동은 1929년 광주학생운동을 잇는 성격을 지닌다. 이 운동은 당시 여학생들이 민족 문제와 여성 문제를 자각하고 사회를 바꾸려 한 중요한 사건으로 근대 신여성문화운동의 전범이 되었다.

이미 투사로 이름이 높았던 송계월은 여학생만세운동에서 핵심 역할을 맡게 된다. 1930년 1월 14일 자신의 하숙집(종로구 가회동 48번지)을 만세운동을 도모하기 위한 회합의 장소로 제공(송계월의 하숙집 터는 현재 서울시 독립운동의 역사 현장으로 보존되어 있다)하고, 대표자 회의를 통해 광주학생운동을 잇는 제2차 여학생만세운동을 계획하고 그 다음 날(1월 15일) 바로 실행한다. 하지만 경성여상은 함께하기로 한 중동학교 학생들이 오지 않아 만세를 부르지 못했고, 그 다음 날인 1월 16일 일제히 학교에서 만세를 부른다.

이 사건으로 송계월은 1930년 1월 31일 보안법 위반으로 검사국에 송치되고 사상전문 이등(伊藤) 검사의 담임으로 취조를 받고 서대문 형무소에 수감된다. 2월 11일 여학생만세운동으로 구속된 30여 명 중 8명만 보안법 위반으로 기소되고 나머지는 전부 석방된다. 3월 18, 19일 양일간 여학생만세운동 1, 2회 공판이 이루어졌고 3월 22일 판결이 언도된다. 허정숙 징역 1년, 최복순 징역 8개월, 이순옥 징역 7개월 집행유예 4년, 김진현·최윤숙·임경애·박계월·송계월 징역 6개월 집행유예 3년이었다. 판결 언도 당시 공소권을 포기하고 당일로 출옥할 예정이었으나 공소권 포기 수속(피고들이 미성년자여서 미성년 피고의 법정대리인 또는 부형들의 동의가 필요)이 제대로 이루어지지 않아 출옥이 연기되어 결국 3월 26일 8명 중 6명(이순옥, 김진현, 최윤숙, 임경애, 박계월, 송계월)만 출감한다.

송계월은 이 사건으로 약 2개월 동안 감옥 생활을 하게 되는데 당시의 체험이 일기로 남아 있다. 감옥에서 맞는 봄은 서럽기 그지없다. 함께 입감된 동무들로 위안을 얻지만 계절이 주는 "센티멘털에게 헤게모니를 전취"당한다. 우울하게 하루하루를 보내던 중 은사가 보낸 편지를 받는다. 계절과 일상의 유혹에 흔들리지 말고 후일을 위해 마음을 더욱 굳건히 하라는 은사의 질타는 매너리즘에 빠져 있던 그녀에게 큰 충격을 준다. 이후 감상에 젖는 것은 사치임을 반성하고 아름다운 미래를 위해 투쟁할 것을 다시 다짐한다. 그러자 감옥은 산지옥이 아니라 사상의 단련소요 마음의 안식처가 된다.

〈봄과 감옥여성〉은 자전적 체험을 바탕으로 한 옥중 수기의 형식을 띠는데 여성의 옥중 생활을 묘사하는 가운데 감옥 생활의 노고로 흔들리는 여성 내면을 서사화하여 여성적 글쓰기의 한 양상을 보여 준다. 하지만 오히려 감옥 생활의 경험이 사상성을 약화하거나 새로운 삶을 모색(사상 전환)하게 하는 것이 아니라 센티멘털을 비판하고 헤게모니의 강화로 이어진다는 점에서 송계월 수기를 독특하게 만든다. 그러므로 송계월의 일기와 수기는 제국주의 만행을 증언하는 문학으로서의 가치를 지닌다.

동맹휴학과 서울여학생만세운동은 송계월의 민족의식과 여성의식에 기반한 투쟁의 결과이다. 그 투쟁의 시기는 송계월 스스로 밝히듯 자신의 삶을 사회를 위해 바칠 수 있었던 뜻있고 행복한 시간이었고, 그 시기의 경험은 이후 기자와 문인으로서 살아가는 데 중요한 사상적 지침이 된다.

백화점에서 '데파트 걸'로 근무
'여성'과 여성 '노동자'로서 자각

송계월 삶의 이력 중 가장 독특한 지점은 여상 졸업 후 정자옥
(일제 때 조지아 백화점 → 해방 후 미도파 백화점 → 현재의 롯데 백화점)

에서 데파트 걸(백화점 매장에서 안내, 매대 관리 등을 맡는 여직원들을 통틀어 부르던 말)로 일할 때다. 《개벽》 기자가 되기(1931년 4월) 전 한두 달 정도의 짧은 기간인데, 직장 생활을 하면서 송계월은 여성 중등 교육과 직업 간의 괴리, 여성 직업의 사회적 취약성 등 여성 직업에 대해 문제의식을 갖게 된다.

어느 인터뷰에서 송계월은 학교에서 배운 것 중 가장 요긴하게 쓰이는 것이 무엇이냐는 질문에 대해 '별로 없다'고 답한다. 그러면서 주입식 교육이 아니라 좀 더 사회생활과 관련 있는 지식과 예법을 가르칠 필요가 있다고 덧붙인다. 사회생활을 먼저 경험한 여성으로서의 고충이 배어든 말이라 할 수 있다.

당시 여상 졸업생들이 가장 가고 싶어 한 직장은 은행이다. 하지만 피식민지인인 데다 여성이라는 이중 차별로 인해 실제로 은행원이 되는 수는 극히 적었다. 대부분은 상점이나 백화점에서 근무했다. 송계월도 그중 하나였다.

근대 자본주의 소비문화를 상징하는 백화점에서 일하는 '데파트 걸'은 최고의 상품을 다루는 화려한 직업으로서의 이미지를 갖고 있으나, 평균 노동시간이 10시간에서 14시간이고 임금은 20~30원 수준으로 그리 높지 않았다. 수많은 고객에게 하루 종일 웃음을 띠며 친절하게 응대하지만 돌아오는 것은 모욕뿐이다. '상품과 애교'를 함께 팔아야 한다는 그들의 자조에서도 짐작할 수 있듯이 그들은 자주 고객들의 성희롱에 노출되어 있었다.

학교에서 사회를 바라볼 때는 몰랐었지만 사회에 나와서 보니까 사회는 너무나 험악한 것을 알게 되었습니다. 그래서 처음으로 사회에 나와서는 마음이 여러 갈래로 방황하게 됩니다. 그럼으로 사회에 처음 나올 때는 마음의 무장이 필요하다고 생각합니다. 각 방면에 대한 수난이 퍽 많습니다. 여성들에게 쓸데없는 호기심을 가지고 대하는 남성들이 많기 때문에 자기 자신에게 불리한 점이 많습디다. 이런 때에 잘못하면 타락되기 쉽습니다. 그런고로 이런 점을 잘 주의하여야 될 것이라고 생각합니다.

_〈직업여성의 좌담회〉,《매일신보》

학창 시절에는 그야말로 자기만 분투하면 무엇이든지 성공하리라고 생각했지만 실제 직업 전선에 나와 보니 사회는 여성에게 너무나 험(險)했다. 중등학교 시절 자신의 이상을 유감없이 실행하고 관철시켰던 송계월은 일터가 경제생활의 독립을 보장하고 자기 발전을 실험하는 현장이 될 것이라고 크게 기대했을 것이다. 하지만 '데파트 걸'은 오히려 여성의 젠더적 취약성을 더욱 실감하게 만든 직업이었다. 짧은 데파트 걸 체험은 송계월이 여성 문제에 대해 더 깊이 생각하고 아울러 여성 '노동자'로서 계급도 자각하는 계기가 되었다.

이런 깨달음을 바탕으로 송계월은 "시간적 여유", "활동 범위의 광역성", "나 개인의 향상"[8]을 위해 이직을 결심하고 잡지

《신여성》에서 기자로 일하게 된다. 자신의 이상을 사회에서 실험할 수 있는 기회를 맞게 된다.

'붉은 성'이란 필명으로
세상을 계급의 관점에서 분석

《신여성》은 근대 잡지사에서 상업 여성지의 출발을 알리는 것으로 신여성과 관련한 다양한 풍속을 알리고 담론도 형성했다. 개벽사에서는 1931년 《신여성》을 복간한 뒤 잡지의 재건과 흥행을 위해 송계월을 전략적으로 영입한다. 송계월은 개벽사에서 발간하는 4개 《혜성》, 《별건곤》, 《신여성》, 《어린이》의 잡지를 넘나들며 글쓰기를 수행했다. 특히 《신여성》에서는 기자이자 작가, 편집자로 주도적인 역할을 했다. 그로 인해 송계월 입사 후 이전보다 여성주의적 기사나 문예가 훨씬 더 강화된 양상을 보여 준다.

개벽사 입사 후 포부와 앞으로의 지향을 적확히 드러낸 것이 그녀의 필명(筆名)이다. '적성(赤城)', 즉 '붉은 성'이라는 필명은 자신의 입론을 사회주의 혹은 계급주의[赤]적 여성에 두고 전투적으로 현실의 문제점을 서사화하겠다는 당찬 레테르이다. 이는 개벽사에 입사 후 기자로서 쓴 첫 번째 글이자 '적성'

8   송계월, 〈직업전선에 나선 여성들(五)〉, 《매일신보》, 1931. 11. 8.

이라 필명으로 쓴 유일한 칼럼인 〈내가 신여성이기 때문에〉에 잘 드러나 있다.

　이 글에서 신여성이란 이름은 과거와 비교하면 색다른 명사이다. 이때의 '색채 다름'은 근대 문화의 향유자이거나 학력 수준이 높은 여학생을 뜻하는 것이 아니라 과거 여성과는 다른 여성적 '책임감'을 갖고 있는 여성을 뜻한다. 신진 여성, 신진 선구자, 책임감 많은 소수부대의 선구자로도 풀이되는데 가정, 사회적 폭력과 압제 속에 놓인 후진여성들의 해방을 위해 투쟁해야 할 책임을 진 새로운 여성임을 강조한다. 신여성이 오롯이 이 책임을 짊어질 때 신여성과 후진여성은 동지가 될 수 있으며 투쟁의 강도 또한 높아질 수 있음을 역설한다. 이처럼 송계월은 그녀의 첫 번째 칼럼에서부터 '책임감 있는' 신여성과, 신진과 후진의 여성 연대를 강조한다. 이는 글쓰기 출발점이 사회주의, 여성주의 시각임을 말해 준다.

　송계월은 당대의 여성 문제를 개인의 성격, 즉 개인적 '하자'라기보다 사회 구조의 문제와 결부하여 제시한다. 가난한 여성이 아이를 업둥이 시키는 것에 대한 세간의 비난에 대해 "가난한 어머니가 자식을 왜 부잣집 대문간에서 몇 시간을 떨게 하지 않아서는 안 될 원인의 그 끝은 사회 제도의 불합리로 생긴 죄"라고 지적하고, 여성이 가정과 사회에서 노예로 전락할 수밖에 없음은 봉건적 관습으로 인한 폐해라고 선언한다.

　앞선 논의를 바탕으로 송계월의 여성주의는 좀 더 세밀한 읽기를 요하는데 당대 여성과 관련한 문제제기에서 송계월은 여성의 문제에 계급적 이해를 우선시하고 있다. '가난한' 어머니가 '부잣집' 대문간에 아이를 버리거나 '약혼 중 애인에게 정조를 허락'하는 선행 조건은 그 대상이 부르주아냐 프롤레타리아냐에 따라 다르다. 즉 이런 현실은 남녀 문제라기보다는 자본주의 사회의 도래로 인한 부르주아, 프롤레타리아 등 계급 문제가 원인이라는 것이다. 그러므로 "진정한 여성 해방은 노동자, 농민 해방이 있는 데서 되어질 것이라는 것"이며 계급 해방을 위해 강력한 투쟁과 집단적 연대를 주장한다. "사회적 임무를 어깨에 메고 집단, 조직적 행동을 통해 착취와 계급이 없는 새 사회"를 만들어야 하는 것이다.

송계월은 평론이나 칼럼을 통해 이런 계급주의적 사고를 드러냈고, 소설이나 수필에서는 사회주의 노선에 동조하는 이데올로기를 드러냈다. 소설 4편은 모두 사회주의 리얼리즘을 바탕으로 하고 있으며 강력한 계급의식과 투쟁의식을 보여 준다. 이전엔 작품 수준이 미흡하다며 그 가치를 인정받지 못했지만 직설적인 목소리로 투철한 계급의식을 드러냄으로써 여성을 대변하는 작가로서의 면모를 유감없이 발휘한다. 송계월은 사회 구조의 모순이나 노동자의 계급투쟁에 거시적으로 접근하기보다 노동자의 일상에서 벌어지는 작은 일화들을 통해 짧은 분량의 소설로 메시지를 전했다.

송계월을 이해하는 데 소설만큼 중요한 것이 수필이다. 일제 강점기에 수필은 여성이 목소리를 낼 수 있는 주요한 통로였다. 1930년대에 신문과 잡지에 수필이 고정적으로 게재되면서 수필의 발표량이 급증했다. 수필은 '무형식의 형식', '자기 고백적 표현' 등이 특징이었다. 잡지사들에서는 여성 문인들에게 수필을 대거 의뢰했다. 신변잡기나 사적인 일상사, 가십거리를 필요로 한 저널리즘의 욕망이 여성 문인과 수필을 한 끈으로 묶어 버린 것이다. 실제 당시 여성작가들의 연보를 보면 시나 소설에 비해 수필을 유달리 많이 발표한 것으로도 알 수 있다. 이는 송계월 서사 목록에서도 확인할 수 있다.

송계월 수필의 독특한 점은 소설과 내용이 유사하며 수필이 소설의 보조적 기능을 수행하고 있다는 사실이다. 1930년대엔 매체가 수필을 실을지 말지 결정했기 때문에 글의 주제가 미리 정해져 있거나 편집자의 기획 아래에 묶이곤 했다. 이로 인해 수필의 다양한 함의 가운데 논리성, 철학성, 비판성 등은 탈각되고 필자의 개성과 서정에 중점을 둔 감상류, 신변잡기류가 범람하는 경향이 두드러졌다.

하지만 송계월의 수필은 자기 고백적이며 감상적인 제재를 다룰 때도 뚜렷한 목적의식과 비판성, 지향의식을 드러낸다. 더불어 소설에서 다룬 주제를 수필에서 연작의 형태로 이어 쓴 경우도 많다. 이러한 형태의 수필은 '르포르타주(reportage)' 형태를 취하는데 노동 현장에서 발생하는 폭력을 다루거나, 노동자에 대한 사회적 억압을 묘파(描破)하거나, 함경도 여성들의 강인한 생활력을 점묘하는 가운데 제국에 저항하는 여성적 지향을 제시하기도 한다.

르포는 어떤 사회 현상이나 사건을 보고자가 자신의 식견을 바탕으로 심층 취재하고, 그 현상이나 사건에 관한 뉴스 등을 포함시켜 종합적인 기사로 완성한 데서 비롯되었다. 르포는 신문의 보도 기사와 기록문학의 영역을 오가는 장르다. 송계월은 기자이자 문인이어서 르포 같은 수필을 선보일 수 있었다.

계절 수필 중 '봄'이 주제인 〈봄과 추위〉에서는 일시의 안정기(봄)에 안주하지 말고 "무섭고 험악한 폭풍", "곤란과 위험의 과정"을 염두에 두고 모든 준비를 갖추어야 함을 주장한다. 〈우리 가을은 내일 아침에〉에서는 '가을'을 풍요, 여유, 아름다운 단풍잎으로 묘사되는 "부잣집 정원"과 "가을이 온 줄도 모르고 땀과 추위에 잠겨 일하는 노동자, 농민"의 우울한 삶을 대조하면서 보여 준다. 같은 계절이라도 계급에 따라 맞이하는 심상이 다르듯 "우리 사는 세상은 이렇게 같은 사람으로서 틀린 생활을 하고 있다"는 것이다.

고향이 주제인 수필에서는 과거의 고향과 현재의 고향이 대조된다. "사공의 딸이나 지주의 딸이나 시기, 질투, 암투 없이 평탄하던 옛날 고향의 설날 정경"은 이제 "명문가 집의 손녀가 인육 시장에 팔려 가고, 처녀들이 정어리 공장에서 임금 인상 투쟁을 하는 수라장"으로 변했다. 옛날 평화와 행복을 노래하던 고향 어부들의 뱃노래는 지금 통곡과 비탄의 소리로 변했다. 〈난파선〉에서는 폭풍우가 휘몰아치고 함박눈이 퍼붓는 날에도 배주인의 압력으로 바다에 나갈 수밖에 없는 영세 어민들, 배가 엎어져 죽어 가는 그들과 그들을 부두에서 바라보는 가족들의 애끓는 심정을 생생하게 묘사하고 있다. 이 글은 벽소설[9] 〈신창 바닷가〉와 함께 고향 북청 어민들의 생생한 삶의 현장을 구현해 낸다. 송계월의 수필은 현실을 계급주의 시각으로 진단하고 묘파하는 데서 그치지 않고 "새 힘"을 충전하자거나 "열과 피에 가득 찬 손을 합하여" 프롤레타리아의 힘을 결속하자며 투쟁의식을 고취하는 것으로 끝난다.

송계월은 르포적 수필을 통해 실제 삶의 현장을 핍진히 묘사하고 이에 대한 자신의 감상과 의견을 비판적으로 개진함으로써 수필 장르의 미학인 철학성과 비판성을 성취했다. 당대의 수필과는 확연히 다른, 독창적인 방식과 내용을 갖추었다.

당대 사회를 가장 잘 이해한 신여성, '가난'과 '무정'에 '살해'되다

열정적으로 글을 써 대던 송계월은 몸을 돌보지 않고 원고지를 들고 동분서주하다가 건강을 크게 해친다. 폐결핵 진단을 받는다. 수감 중 감옥에서 얻은 위병에 폐렴까지 겹쳐 발병한 것이다. 여동생과 친구들은 고향으로 내려가 공기 좋은 곳에서 요양을 하고 돌아오라고 등을 떠밀었지만 계월은 끝끝내 고집을 피웠다. 그러다 건강을 회복할 적정한 시기를 훨씬 넘긴 1932년 2월에야 고향으로 떠난다. 처음 고향에 내려갔을 때에는 고열과 심한 기침, 각혈, 위통, 신경통 등의 증상을 보이며 몸을 움직이지 못할 만큼 위독했다. 잠깐씩 쪽잠을 이어 갈 뿐이었다. 그 와중에도 송계월은 "결코 죽을 수 없다"는 잠꼬대를 연발했다고 한다. 가족들은 밤잠을 설쳐 가면서 정성을 다해 송계월을 간호했다.

가족들의 헌신과 노력으로 병이 호전되던 중 송계월은 자신에 관한 좋지 못한 소문을 듣게 된다. S라는 사람이 출판회에서 "송계월이 아이를 출산하러 고향에 내려갔다"는 비열한 소문을 퍼뜨린 것이다. 송계월은 극도로 흥분하며 당장 서울로 쫓아 올라갈 기세였는데 의사와 가족들이 간신히 말렸다. 송계월은 넉 달 가까이 요양한 후 1932년 9월에 다시 상경한다.

송계월의 일상은 이전보다 더욱 고달팠다. 몸이 충분히 회복되지 않은 상태에서 개벽사에 복귀했는데, 과중한 업무에 시달리다 보니 몸이 다시 안 좋아진 데다 여러 곳에서 자신에 관한 추문도 듣게 된다. 자신의 소문에 대해 〈데마에 항(抗)하야〉, 〈역선전에 대한 일언〉 두 편의 평론을 통해 적극 대항했지만 "S모 양이 옥동자를 안고 청량리역에 내렸다"는 새로운 소문이

---

9 벽소설(壁小說). 벽에다 써 붙이는 소설이란 뜻으로, 선동적이거나 호소적인 내용을 담은 짧막한 소설을 이르는 말.

더해져 호사가들의 입에 오르내렸다.

몸이 아픈 데다 정신적 고통까지 더해져 송계월은 각혈과 혼절을 반복했다. 하지만 병원과 잡지사를 오가는 와중에도 소설과 수필을 계속 발표했고 참된 창작을 위해 "어떤 그룹의 멤버로서 조직을 통하여 연구하고 창작"하기를 희망했다. 하지만 강렬한 정신을 육체가 견디어 내지 못했다. 송계월은 다시 일어설 수 없겠다는 의사의 선고를 듣고, 고향에서 올라온 여동생 손에 의지해 다시 함경선 열차에 몸을 싣는다.

당대에 송계월에 관해선 그녀의 강한 면모만이 부각되곤 했다. 여성적인 면모나 섬세한 성격은 잘 드러나지 않았다. 그런데 많은 지인이 증언한 바에 따르면 송계월은 스포츠와 영화 관람, 음악 듣기를 취미로 가지고 있었다고 한다. 그런데 그런 취미가 오히려 "입으로는 푸로를 말하지만 그 사생활은 몹시도 호화로운 허영의 여성", "이중인격자"라며 비판받는 원인이 되었다. 하지만 실상 송계월은 지독히 가난했다.

송계월의 가장 절친한 친구인 윤성상의 평가처럼 그녀는 매우 '냉정하고 이지적인 인간'이었고 '침착한 판단력과 과단'을 가졌으며 '이 사회 현실을 가장 잘 이해한' 신여성이었다. 맨 앞 자리에서 여성과 무산자 계급을 위해 목소리를 높였고, 글과 행동으로 자신의 의지를 실천했다. 그렇기에 송계월은 자신을 향한 터무니없는 비난에 '피를 토하듯' 저항한 것이다.

이 때문에 윤성상은 결국 송계월을 죽인 것은 "가난"과 "무징"이라고 진단했다.

송계월은 1933년 3월 귀향 후 70여 일을 한 걸음도 떼지 못할 정도로 위중한 상태로 지낸다. 그러다 끝내 궂은비 내리는 5월 31일 오후 1시 5분 자택에서 스물넷의 나이로 세상을 떠난다. 공식적인 사망 원인은 장결핵이었다. 장진 공동묘지에 묻혔다. 송계월 사후 여러 잡지사에서 특집 기획을 통해 그녀의 요절을 애도하였다.

여성사, 문학사, 사상사 측면에서 송계월을 다시 평가해야 할 때

송계월은 '애라'나 '유라'가 아니다. 송계월은 '송계월'이다. 이것이 이 글의 출발점이다. 송계월에 관한 기본적인 사실조차 제대로 밝혀지지 않았을 뿐 아니라 그나마 소개된 내용도 왜곡된 것이 꽤 많다. 이에 이 글에서는 송계월의 서사를 연대기적으로 구성하여 송계월이라는 신여성이 식민지 현실을 통해 계급주의를 자각하는 과정과 그 형상화된 결과물인 문학 텍스트(문학 서사)를 분석하였다.

송계월의 삶은 당대 신여성들의 여러 모습을 압축해 놓은 전형이다. 신학문과 새로운 문물에 대한 동경, 식민지 조선 현실에 대한 고민, 민족주의 운동에 대한 관심, 여성으로서 사회에 진출할 때의 고민, 여성이 자기표현으로서의 창작 행위를 할 때의 고민 등이 고스란히 그녀의 삶과 작품에 녹아들어 있다. 그러므로 송계월의 '겹'서사는 식민지 과도기를 살아 낸 한 신여성의 미시사가 아니다. 송계월은 신여성이라는 존재론, 사회적 근거를 바탕으로 현실을 냉철하게 인식하고, 당대와 맞서 싸웠다. 이런 삶이 굵직한 식민지 역사와 겹쳐질 때 송계월의 삶은 식민지 여성사가 될 수 있는 것이다. 그런 점에서 이 글이 송계월의 서사를 여성사, 문학사, 사상사 측면에서 정당하게 평가할 계기가 되길 빈다.

참고문헌

김경, 《디오게네스의 연인들》, 한국기독교연구원, 1992.

__, 《한국 기독교 건국 공로자 열전》, 고려인쇄출판사, 2001.

김문집, 〈《수난의 기록》과 《패강랭》〉, 《동아일보》, 1938.1.21.

김주리, 《근대소설과 육체》, 한국학술정보, 2009.

《매일신보》의 기사 〈직업여성의 좌담회〉 (1933.1.1~1.5.)

박정애, 〈어느 신여성의 경험이 말하는 것 - 여기자 송계월〉, 《여성과 사회》 14, 2002.

송계월, 〈내가 신여성이기 때문에〉, 《신여성》 5(4), 1931.4.

__, 〈어촌 있는 동생에게 - 비료회사에서 노동하는 동생에게〉, 《어린이》, 1931.12.

__, 〈공장소식〉, 《신여성》 5(11), 1931.12.

__, 〈북청의 점묘〉, 《삼천리》 3(12), 1931.12.

__, 〈직업여성의 술회 학원시대와 실제생활 - 잡지기자 송계월 양〉, 《신동아》, 1932.3.

__, 〈가두연락의 첫날〉, 《삼천리》 4(3), 1932.3.

__, 〈봄과 감옥여성〉, 《신여성》 6(4), 1932.4.

__, 〈신창 바닷가〉, 《신여성》 6(11), 1932.11.

__, 〈데마에 항(抗)하야〉, 《신여성》 6(11), 1932.11.

__, 〈난파선〉, 《별건곤》 8(2), 1933.2.

이상경, 〈1930년대 사회주의 여성에 관한 연구〉, 《성평등연구》 10, 2006.

진선영, 《송계월 전집》, 역락, 2013.

'나'에게서 '타자'로 이르려 한
노천명

김진희

노천명

(盧天命, 1911~1957)

시인. 1930년 이화여전 영문과에 입학해 변영로,
김상용, 정지용 등에게서 직접 가르침을 받았다.
38년에 대표작인 〈사슴〉 등이 실린 첫 시집 《산호
림》을 출판했다. 이화여전 은사들의 주선으로 출
판기념회도 열었는데, 여기서 '한국의 마리 로랑
생'이라는 칭송을 들었다. 《조선중앙일보》 기자로
일했고 《조선일보》의 월간지 《여성》 편집도 담당
했다. 47년에 유학을 목적으로 일본으로 밀항했
으나 가족의 반대로 1년 후 귀국했다. 이 무렵 평
소 아끼던 큰조카 용자(用子)가 죽어 시 〈장미는
꺾이다〉를 써서 애도했다. 50년 한국전쟁 때 미처
피난하지 못해 서울에 남았다. 이 시기에 조선문
학가동맹에 가입해 우익 문인들을 체포하는 일을
도왔다. 이로 인해 9·28 수복 직후 반역 문화인으
로 지목돼 '부역자 처벌 특별법'에 의해 20년 형
을 받고 수감되었다. 이때의 경험들은 시에 반영
되었다. 55년 서라벌예술대학 등에 강사로 출강
하는 한편 모교인 이화여대출판부에서 활동하여
56년에 이화여대 70년간의 요람집인 《이화 70년
사》를 집필, 간행했다. 대표작으로 수필집 《산딸
기》와 창작시집 《산호림》, 《창변(窓邊)》, 《별을 쳐
다보며》, 《사슴의 노래》 등이 있다.

1930년 이화여전에 입학한 노천명은 31년부터 《이화(梨花)》의 주요 필자로 활동했으며 《신가정》, 《신동아》, 《삼천리》, 《시원》 등의 잡지나 월간지에도 작품을 발표했다. 38년 첫 시집 《산호림(珊瑚林)》을 출간하자 문단의 주목을 크게 받는다. 무엇보다 여성스런 외모에 섬세한 성격 그리고 단정하고 내면적인 시 경향 등이 선배 모윤숙과 대비되었기 때문이다. 노천명에게 문단은 신비로운 소녀풍의 상징인 '마리 로랑생(Marie Laurencin)'의 이미지를 부여했고, 특히 감정 절제의 언어를 높이 평가하며 '앨리스 메이넬(Alice Meynell)'과 닮은 시인이라는 수식어도 붙였다.[1]

그런데 여기서 '감정의 절제'란 무슨 의미일까. 잠시 생각해

---

1 마리 로랑생(Marie Laurencin)은 초현실주의 작가 아폴리네르의 연인으로도 유명했던 프랑스 여성 화가이자 시인이다. 로랑생은 1930년대 한국 예술계에 유려하면서도 몽환적인 소녀풍의 여성 그림을 통해 알려졌다. 앨리스 메이넬(Alice Meynell)은 주로 사랑, 자연, 신앙 등의 주제를 섬세한 여성적 감수성으로 시화한 영국 시인이다.

볼 필요가 있다. 노천명이 활동하던 1930년대 후반 문단은 언어와 감정의 균형과 조화를 추구하는 현대시학이 주도했다. 이런 상황에서 여성의 글쓰기는 긍정적인 평가이든, 부정적인 평가이든 '센티멘털리즘'이라는 관점으로부터 자유롭지 못했다. 이는 여성 시인들의 작품이 현대시학의 관점에서 제대로 평가받지 못했음을 뜻한다. 이 때문에 여성 시인들은 '센티멘털리즘'을 극복하기 위해 '감정의 절제'를 염두에 두면서 작품을 쓰지 않을 수 없었다. 노천명 역시 그중 하나였다. 이것은 문학사에서 노천명 작품의 위상을 재고해야 함을 뜻한다. 이런 문제의식에 근거해서 이 글은 현대시학적 관점에서 노천명의 위상과 의의를 다시 짚어 보려 한다. 이를 통해 노천명 시학의 풍부한 실상을 재인식할 기회를 마련해 볼 것이다.

다양한 페르소나를 통해 '나'를 탐구하다

현대적인 의미에서 서정시의 핵심은 시인이 자신의 감정을 드러내는 것으로 서정시는 시인의 주관성이나 내면성과 연관된다. 1930년대 시단에서 주목했던 것 역시 진정한 근대적 시인이란 자기를 위해 쓰는 것이었다. 즉 자기 탐구라는 주제는 1930년대 한국시를 그 이전과 아주 다른 것으로 전환시킨 것이라 할 수 있다. 노천명 역시 자신을 탐구하는 많은 작품을 썼다. 특히 첫 시집인《산호림》에는 자신을 시적 대상으로 삼은 〈자화상(自畵像)〉을 비롯해 〈사슴〉, 〈고독〉, 〈반려〉 등 다수의 작품이 실려 있다.

오 척 일 촌 오 푼 키에 이 촌이 부족한 불만이 있다. 부얼부얼한 맛은 전혀 잊어 버린 얼굴이다 몹시 차 보여서 좀체로 가까이하기 어려워한다.
그린 듯 숱한 눈썹도 큼직한 눈에는 어울리는 듯도 싶다마는……
전시대 같으면 환영을 받았을 삼단 같은 머리는 클림지한 손에 예술품답지 않게 얹혀져 가냘픈 몸에 무게를 준다. 조그만 거리낌에도 밤잠을 못 자고 괴로워하는 성격은 살이 머물지 못하게 학대를 했을 게다.
꼭 다문 입은 괴로움을 내뿜기보다 흔히는 혼자 삼켜 버리는 서글픈 버릇이 있다 세 온스의 '살'만 더 있어도 무척 생색나게 내 얼굴에 쓸데가 있는 것을 잘 알 것만 무디지 못한 성격과는 타협하기가 어렵다.
처신을 하는 데는 산도야지처럼 대담하지 못하고 조그만 유언비어에도 비겁하게 삼간다 대(竹)처럼 꺾어는 질망정
구리(銅)처럼 휘어지며 구부러지기가 어려운 성격은 가끔 자신을 괴롭힌다.
_〈자화상〉

이런 작품은 작가가 자신을 인식하고 언어화한다는 점에서 고백적이고 자전적인 것으로 해석되곤 하지만, 자화상을 그리는 작업은 그 자신을 대상화하고 언어를 통해 자신의 내면을 객관화하는 작업이기도 하다. 그런데 노천명의 〈자화상〉 주인공은 페르소나가 아니라 시인 자신으로 자주 논의되어 왔다. 서정시가 고백적이고, 내면적인 장르이며 '자화상'이 자신에 관한 이야기를 의미한다 하더라도 시적 장치를 매개로 한 허구적인 창작물임은 주지의 사실이다. 만약 그렇게 인식하지 않는다면 시인의 고백은 일기와 같은 수준에서 이해될 수밖에 없을 것이다. 이런 문제의식은 창작자로서 여성작가의 전문성을 강조하는 일이기도 하다. 위의 작품에는 '나'라고 하는, 즉 그려지는 인물과 그 인물을 바라보는 화가로서의 인물이 숨어 있다. 즉 자화상의 주인공에 관해 진술하는 나와 대상이 되는 나가 있다는 점에서 이 시는 두 개의 시적 자아가 존재하는 셈이다. 대상의 외모를 진술하는 시적 자아는 대상에 대해 객관적으로 보려 노력하고 있다. 그리고 독자로서 우리는 〈자화상〉의 언어를 통해 창조되는 예민하고, 고독하고, 순수한 시인의 초상을 만난다.

노천명은 내면성의 표출이라는 서정시의 정통적인 본질에 충실하면서, 이를 정서와 대상 간의 균형을 통해 새로운 언어와 감각으로 전환시키고 있음을 알 수 있다. 그리고 이를 통해 자기에 대한 탐구가 시언어 창조의 주요한 원동력임을 보여 준다. 내면의 직접 표출이 아니라 사물을 통한 균형 감각의 획득이 현대시의 중요한 특성임을 고려한다면 노천명은 사물에 자신의 내면을 섬세하게 투사하는 미덕을 지니고 있었다. 시인의 내면 성찰은 내면의 발견을 동반하고 내면의 발견은 이를 이해하고 표현하는 언어 탐구, 발견과 연관된다. 노천명은 다양한 페르소나(당나귀, 귀뚜라미, 손풍금 등)를 통해 내면의 다양한 지층을 드러내 주는데 이때 〈고독〉의 과정은 내면적 깊이를 확보하는 데 중요한 역할을 한다.

그는 고요한 사색의 호숫가로
나를 달래 데리고 가
내 이지러진 얼굴을 비추어 줍니다.

고독은 오히려 사랑스러운 것
함부로 친할 수도 없는 것—
아무나 가까이하기도 어려운 것인가 봐요
_〈고독〉에서

모가지가 길어서 슬픈 짐승이여
언제나 점잖은 편 말이 없구나
관이 향기로운 너는
무척 높은 족속이었나 보다

물속의 제 그림자를 들여다보고

잃었던 전설을 생각해 내고는

어찌할 수 없는 향수에

슬픈 모가지를 하고 먼 데 산을 쳐다본다

_〈사슴〉

〈고독〉에서 시인이 홀로 자신의 내면을 응시하는 고독의 시간은 시적 자아가 자신의 '이지러진' 내면을 인식하고 진정한 자아를 찾는 시간이다. 울고, 화내고, 번잡한 '나'를 고요하고 평정한 사색으로 이끌어 줌으로써 이지러진 내면과 조우하게 만드는 것은 바로 '고독'이라고 하는 사랑스럽지만 쉽게 친할 수 없는 존재이다. 이런 의미에서 고독은 노천명이라는 여성 개인의 체험을 넘어 시인으로서 내면을 응시하고 존재를 고양하는 데 필수적인 것이다. 노천명은 이처럼 고독한 자의식을 '사슴'에 투사시켜 새로운 존재를 탄생시키고 있다. 이것은 시인 자신의 자화상이 아니라 시인의 치열한 내면 의식이 만들어 낸 전혀 새로운 언어이다.

'사슴'은 1950년대 후기 시에서도 자주 등장함으로써 작가의 내면을 이해하는 중요한 핵심어임을 시사한다. 앞서 인용한 〈자화상〉이나 〈고독〉 등을 통해 알 수 있듯이 노천명에게는 자신에 관한 실존적 고민이 내면 의식의 핵심으로 보인다. '사슴'은 현실을 넘어서려는 우아함과 고고함, 향수와 그리움 등을 투사시킨 주요한 시적 대상이다. 〈자회상〉과 대비시켜 보면 조그만 거리낌에도 밤잠을 못 자는, 남과 다른 자신의 특성을 가진 시적 자아는 속세를 넘어서는 '모가지가 긴' 고고한 존재로 전이되며, 꼭 다문 입으로 혼자 삼켜 버리는 자아 중심성과 고집을 가진 주인공은 현실과 타협하지 않는 높은 족속의 초월성으로 그려진다. 그러면서 한편 현실에 안주하지 못하는 결핍의식을 이상향에 대한 '향수'로 대체시키고 있다.

이처럼 노천명은 자신의 내면 의식을 다양한 시적 대상을 통해 드러내고자 했는데, 가장 강렬한 이미지를 환기하는 투사 대상이 바로 '남사당'이다.

나는 얼굴에 분을 하고
삼단 같이 머리를 따 내리는 사나이

초립에 패자를 걸친 조라치들이
날라리를 부는 저녁이면
다홍치마를 두르고 나는 향단이가 된다

이리하여 장터 어느 넓은 마당을 빌려
램프 불을 돋은 포장 속에선
내 남성(男聲)이 십분 굴욕되다

산 넘어 지나오 저 촌에

은반지를 사 주고 싶은

고운 처녀도 있었건만

다음 날이면 떠남을 짓는

처녀야!

나는 집시의 피었다

내일은 또 어느 동리로 들어간다냐

_〈남사당〉에서

이 작품은 노천명의 어린 시절과 관련 있다고 논의돼 왔다. 노천명 아버지는 강압적으로 노천명에게 남장을 시켰고 이 때문에 어린 노천명은 굴욕감을 느낀다. 이런 노천명의 개인적 경험과 연관 지어 〈남사당〉의 여장 남자라는 이색적 소재의 기원을 설명할 수 있겠지만, 이 작품의 의미를 더 역동적으로 이해하는 방법은 이 작품 역시 노천명의 자기 탐구의 한 비유로 읽는 것이다. 당나귀나 귀뚜라미 등이 다소 수동적이고 정체된 느낌이 드는 페르소나들이라면 '남사당'은 도발적이고 역동적인 이미지를 환기시킨다. 우선 이 시는 여성 시인이 남성 화자를 설정하고 있다는 점과 그 남성 화자가 여성을 연기한다는 복잡한 이중성을 지니고 있다.[2] 그리고 이런 특성은 인물의 떠남과 머묾, 희열과 굴욕감 등이 공존하는 현실과 맞닿아 있다.

'슬픔과 기쁨'이 섞여 피어나는 이 새로운 생성의 시간을 경험하는 남사당인 '나'는 생래적으로 '집시의 피'를 가진 존재이다. 이들은 정주보다는 방랑을 그리워하고, 현실보다는 미지의 공간을 꿈꾸는 바로 시인의 원형이요, 노천명 시 세계의 지향점이기도 하다.

현실 너머를 꿈꾸며 방랑하는 고독한 시인

> 내 마음은 늘 타고 있소
>
> 무엇을 향해선가
>
> 아득한 곳에 손을 휘저어 보오
>
> 발과 손이 메어 있음도 잊고
>
> 나는 숨 가빠 허덕여 보오
>
> 일찍이 그는 피리를 불었소
>
> 피리 소리가 어디서 나는지 나는 몰라
>
> 예서 난다지……제서 난다지……
>
> 어디멘지 내가 갈 수 있는 곳인지도 몰라

---

2   김현자, 〈노천명 시의 양가성과 미적 거리〉, 《한국시학연구》 2호, 한국시학회, 1999.

허나 아득한 저곳에

무엇이 있는 것만 같애

내 마음은 그칠 줄 모르고 타고 또 타오

_〈동경〉

〈사슴〉에서 보았듯이 노천명 시의 시적 자아는 늘 현실의 너머를 꿈꾼다. 그런 태도는 현실보다는 이상 세계를 꿈꾸게 하면서 그것을 찾기 위해 끊임없이 방랑하게 한다. 여기서 고독과 소외라는 정서가 생긴다. 위의 작품 역시 이런 흐름을 잘 반영한다. 아득한 곳에서 들려오는 피리 소리는 '나'를 아득한 그곳으로 유혹하지만, 손발이 묶인 나는 그곳으로 갈 수 없을 뿐만 아니라 '어디멘지' 알 수도 없다. 그럼에도 '나'는 '지향 없는 마음'으로 깃발을 꿈꾸거나(〈교정(校庭)〉) 아득한 바다의 '떠가는 구름'으로 마음을 달랜다.(〈바다에의 향수〉)

1945년에 간행한 시집 《창변(窓邊)》의 표제시 〈창변(窓邊)〉은 현실의 결핍과 부재의식을 아름다운 풍경으로 시화한 작품이다.

서리 내린

지붕지붕엔 밤이 앉고

그 안엔 꽃다운 꿈이 뒹굴고

늬 집인가 창이 불빛을 한 입 물었다[솝]

눈 비탈이
하늘 가는 길처럼 밝구나

그 속에 숱한 얘기들을 줍고 있으면
어려서 잊어버린 '집'이 살아났다

창으로 불빛이 나오는 집은 다정해
볼수록 정다워

저 안엔 엄마가 있고
아버지도 살고
그리하여 형제들은 다행(多幸)하고―

마음이 가난한 이는 눈을 모아
고운 정경을 한참 마시다―

아늑한 '집'이 왼갖 시간에 벌어졌다

친정엘 간다는 새댁과 마주앉은
급행열차 밤찻간에서도

중년 신사는 나비넥타이를 찾고

유복한 부인은 물건을 왼종일 고르고

백화점 소녀는 피곤이 밀린 잡담 속에서도

또 어느 조그만 집 명절 떡치는 소리를

들으면서도

기댈 데 없는 외로움이 박쥐처럼 퍼덕이면

눈감고

가다가

슬프면 하늘을 본다

_〈창변(窓邊)〉

위의 작품은 기차 안과 밖의 풍경을 스산한 시인의 내면 의
식과 정다운 불빛을 머금은 인가(人家)의 풍경으로 대비하며 묘
사하고 있다. 서리와 눈 비탈을 달리며, 기댈 데 없는 박쥐같이
외롭고 슬픈 화자의 처지와 아늑한 불빛 속에서 식구들이 살아
가는 창밖 풍경들의 대비를 통해 쓸쓸한 화자의 내면 의식이
강조되는 한편 불빛을 머금은 삶의 인정(人情) 역시 다가온다.
노천명은 달리는 차를 타고 유랑하는 화자와 정주하는 집의 가
족들, 어두운 박쥐와 따뜻한 불빛을 머금은 집 등을 대비적 이
미지로 재구성하여 표현함으로써 외로움과 그리움의 정서를

효과적으로 전달하고 있다.

여성적 감수성으로
전통도 새롭게 표현

노천명 특유의 여성적 감수성과 감각적 언어의 표현을 잘 드러내 주는 작품들이 토속적 일상의 세계를 시화한 것이라는 점은 주목할 필요가 있다. 노천명은 토속적 일상에 지속적으로 관심을 가졌고 여성만이 경험할 수 있는 정서들을 다루고 있다. 이로 인해 전통을 계승하면서도 여성적이고 현대적인 시법을 통해 전통을 새로운 감각으로 언어화하고 있다.

　　대추밤을 돈사야 추석을 차렸다

　　이십리를 걸어 열하룻장을 보러 떠나는 새벽

　　막내딸 이쁜이는 대추를 안준다고 울었다

　　절편 같은 반달이 싸리문 위에 돋고

　　건너편 성황당 사시나무 그림자가 무시무시한 저녁

　　나귀 방울에 지껄이는 소리가 고개를 넘어 가차와지면

　　이쁜이보다 찹쌀개가 먼저 마중을 나갔다

　　_〈장날〉

　시의 전반부에서는 추석상을 차리려고 '이십리길 열하룻장'

을 가는 아버지와 대추를 먹고 싶다고 보채는 막내딸 이쁜이
가 주인공으로 등장해 명절을 앞둔 일상의 풍경을 그리고 있
다. 그런데 재밌는 것은 시의 후반부에서 주인공이 이쁜이에서
삽살개로 바뀐다는 것이다. 이런 장면은 현실적인 상황이지만,
시의 문맥에서는 전반부를 토대로 이루어진 독자의 기대를 전
환시키는 위트로 읽힌다. 이런 특성은 노천명의 재기발랄한 언
어 감각을 드러낸 것인데, 아래의 시들도 그런 장점을 잘 보여
준다.

한 고방 재어놨던 석탄이 쿵하니 나간 자리
숨었던 봄이 드러났다

얼래 시골은 지금 밤 나왔갔네

남쪽 계집아이는 제 집이 생각났고
나는 고양이처럼 노곤하다
_〈춘분〉

'어디를 가십니까'
노타이 청년의 평범한 인사에도
포도주처럼 흥분함은
무슨 까닭입니까

머지않아 아가씨 가슴에도

누가 산도야지를 놓겠구려

_〈소녀〉

기차가 허리띠만한 강에 걸친 다리를 넘는다

여기서부터는 내 땅이 아니란다

아이들의 세간 놀음보다 더 싱겁구나

_〈황마차〉에서

　본격적으로 따스한 봄이 시작되는 '춘분'을 감각적으로 표현하기 위해 시인은 겨울을 나기 위해 사용했던 석탄이 나간 '자리'에서 숨어 있는 봄을 보았다고 진술한다. 즉 시간의 변화가 공간적 감각을 통해 표현된다. 그리고 이어지는 사투리, 구어체의 문장은 봄의 이미지를 생동하게 만든다. 또 이와 함께 따스한 봄기운은 계집아이의 시각적 영상을 노곤하게 누운 고양이와 겹치게 한다. 〈소녀〉에서는 사랑을 시작할 소녀의 마음을 산돼지에 비유함으로써 격정적으로 요동치는 처녀의 마음을 감각적으로 전달하고, 〈황마차〉에서는 일본의 만주 침략에 의해 다리의 앞뒤 주인이 다른, 일종의 난센스한 현실과 그 안에 내재한 권력의 야만성을 마치 철모르는 아이들 놀이보다 더 저급하다며 냉소한다. 이외에도 〈생가〉, 〈저녁〉, 〈수수깡부기〉 등에서 가난하지만 인정 어린 농촌의 생활 감각을 표현함으로써 궁핍함 속에서 삶의 의미와 따스함을 발견하고자 한다.

자신의 내면에서 이웃의 삶으로
시각을 확장한 시인

노천명의 시사에서 후기 시는 이전의 성과를 무너뜨릴 정도로 작품성이 떨어진다는 혹평을 주로 받았다. 1953년에 출간한 《별을 쳐다보며》에 한국전쟁 시기 감옥 체험과 자유에의 갈망 등이 직접적으로 표현된 작품이 다수 들어 있기 때문이다. 그러나 후기 시의 작품들을 자세히 읽어 보면 당시 노천명의 삶과 시 의식이 어디로 향해 있는지 읽을 수 있다. 특히 가난한 사람들, 바느질하는 할머니, 종이봉투를 붙이는 아저씨 등의 평범한 인물이 등장하는데, 시인의 따뜻한 인정을 느낄 수 있을 뿐 아니라 시인의 내면 의식이 이웃의 삶으로 확장되는 것이 느껴진다.

　한편 노천명은 어떻게 하면 시적 고독과 사색을 통해 시적 사유를 성숙시킬 수 있을 것인가에 집중한 것으로 보인다. 그 방법은 인파가 몰려 있는 도시 생활에서 '파라솔을 접듯이 마음을 안으로 접고, 얼음 같은 고독을 들여오는 것이'(〈유월의 언덕〉)든가 혹은 쉽게 표현하지 않는 것이다. 같은 시에서 "장미가 말을 배우지 않는 이유를/알겠다/사슴이 말을 안 하는 연유도/알아듣겠다"는 깨달음은 부산하게 돌아가는 이웃의 삶이나 혹은 내게로 불어오는 생의 에너지 등을 시적으로 사유하지 않는다면 열정과 아름다움을 간직한 언어도 혹은 세속적 현실을 가로지르는 시도 얻을 수 없으리라는 인식과 맞닿아 있다.

> 너불어 누구와 얘기할 것인가
> 거리에서 나는 사슴모양 어색하다
>
> 나더러 어떻게 노래를 하라느냐
> 시인은 카나리아가 아니다
>
> 제멋대로 내버려두어 다오
> 노래를 잊어버렸다고 할 것이냐
>
> 밤이면 우는 나는 두견!
> 내 가슴속에도 들장미를 피워 다오
> _〈내 가슴에 장미를〉

숲에 있어야 할, 가냘프고도 고고한 인상의 사슴은 현재 시적 자아인 나를 비유하고 있다. 인파로 들끓는 거리에서 말도 통하지 않은 사슴의 존재는 2연의 시인과 연결된다. 시인의 언어는 대중의 언어가 아니기에 시인의 노래로는 누구와도 얘기할 수 없다. 그럼에도 노래를 하라고 한다면 시인은 누군가 강요하는 그 노래를 따라 부를 수밖에 없다. 그러나 시인은 카나리아가 아니기에 자유롭게 두어야 한다. 마지막에서 '나'는 두견으로 비유되는데, 한을 간직한 소리로 우는 두견의 가슴속에 들장미를 피워 달라고 한다. 두견은 어둠 속에서 아름다우면서도 애절한 소리로 내면 깊숙한 슬픔을 표출한다. 들장미는 두견의 한을 자유로운 열정과 에너지로 바꾸고, 어둠을 화려하고 생동감 있는 이미지로 채색하면서 시에 대한 노천명의 열망을 구체화한다.

노천명은 1930년대 등단 이후 세상을 떠날 때까지 내면 의식의 탐구와 새로운 언어 감각의 발견에 노력을 아끼지 않았던 시인이다. 내면을 드러내는 다양한 언어, 대상과 감정을 조율하는 균형적 언어 감각의 실천은 1930년대 시단의 현대시학적 발전 덕분이다. 노천명은 현대시학의 관점에서 여성시의 감수성과 감각, 그리고 언어 미학을 선도했고, 한국 여성시의 풍부한 세계를 제시했다고 평가할 수 있다.[3]

---

3   이 글은 필자의 논문 〈낭만주의적 시 의식과 내면 탐구-1930년대 후반 문단과 노천명의 초기 시〉,《현대문학이론연구》 45, 2011을 수정, 보완한 것이다.

참고문헌

김용직, 〈두 여류 시인 - 모윤숙과 노천명〉, 《한국현대시인연구(하)》, 서울대출판부, 2002.

김현자, 〈노천명 시의 양가성과 미적 거리〉, 《한국시학연구》 2, 한국시학회, 1999.

노천명, 《사슴 - 노천명 전집 1(시)》, 솔 출판사, 1997.

___, 《나비 - 노천명 전집 2(산문)》, 솔 출판사, 1997.

이어령, 〈노천명〉, 《(새 자료를 통해 본) 한국작가전기연구(상)》, 동화출판공사, 1975.

최재서, 〈《산호림》을 읽고〉, 《동아일보》, 1938.1.7.

생의 주체로서 삶을 긍정하는 이야기꾼
김끝녀

한유진

김끝녀
(金末女, 1913~)

경북 예천군 보문면에 거주하는 화자로, 1984년
《한국구비문학대계》 현지 조사 때 발굴된 이야기
꾼이다. 김끝녀는 혼인 후 길쌈으로 시집을 일으
켜 세웠다. 이에 대한 자부심이 매우 강하며, 일찍
이 상처한 시부를 위해 부부간 동침을 피할 정도
로 성에 대한 남다른 윤리 의식도 가졌다. 김끝녀
는 구연 현장에서 이야기판을 장악하고 주도하면
서 유능한 이야기꾼으로서 면모를 보였다. 설화 9
편과 민요 3편을 구연했다.

김끝녀는 1984년《한국구비문학대계》현지 조사 시 발굴된 이야기꾼으로,[1] 당시 경북 예천군 보문면에 거주한 72세의 여성 화자이다. 당시 김끝녀의 구연은 조사자들이 남성 화자 집단에서 이야기를 조사하던 중 그녀가 중간에 합류하여 이루어졌다. 이는 대부분 동성 집단으로 구성되는 이야기판에서 흔치 않은 상황으로, 더욱이 남성 이야기판에서 여성 화자의 개입은 더욱 특기할 만하다고 할 수 있다. 특히 김끝녀는 '좌중의 할아버지들을 조카 다루듯' 하며 이야기판을 주도했는데, 이는 이야기판 구성원들 사이에서 '항렬이 높아서'이기도 하지만[2] 무엇보다 이야기 마디마디마다 '좌중의 관심을 사로잡으며'[3] '할아버

---

1 당시 김끝녀 화자에 대한 조사는 1984년 4월 14일 경북 예천군 산성동에 위치한 학교 숙직실에서 임재해, 김교일, 김국진, 서승대, 우병도, 조병제에 의해 이루어졌다. (임재해, 《한국구비문학대계》 7-17, 한국정신문화연구원, 1988, 292쪽 참고.)

2 위의 책, 293쪽.

3 위의 책, 334쪽.

지들의 공감을 크게 얻을'⁴ 정도로 유능한 이야기꾼이었기 때문이다.

김끝녀는 조사 당시 설화 9편, 민요 3편, 모두 12편의 작품을 구연했다.⁵ 12편의 작품은《한국구비문학대계》7-17(경상북도 예천군 편 1)에 수록되어 있으며, 그 목록을 제시하면 다음과 같다.

김끝녀 화자의 구연 작품

작품 번호	쪽수	작품 제목
〈1〉	325~334	억센 시어머니를 길들인 며느리
〈2〉	334~340	삼과부와 삼정승 난 못자리
〈3〉	340~344	한잔하는 딸과 사위 (1)
〈4〉	344~345	안사돈을 탐낸 바깥사돈
〈5〉	345~348	정승의 딸을 아내로 삼은 머슴의 재주
〈6〉	348~355	내 덕에 먹고산다는 딸의 성취
〈7〉	355~357	두꺼비를 도와주고 죽음을 면한 새댁
〈8〉	357~360	동서간의 마음 쓰기에 달린 삼형제의 우애
〈9〉	407~411	한잔하는 딸과 사위 (2)
〈10〉	421~422	삼삼기 노래
〈11〉	422~423	베틀 노래
〈12〉	425~426	물레 노래

위 목록을 살펴보면, 김끝녀의 작품 세계를 짐작할 수 있다. 설화에 해당하는 〈1〉, 〈2〉, 〈3〉, 〈4〉, 〈5〉, 〈6〉, 〈7〉, 〈8〉, 〈9〉까지는 김끝녀가 혼인 후 시아버지에게 들은 이야기가 근간이고, 〈10〉, 〈11〉, 〈12〉까지의 민요는 시집 와서 농사, 길쌈을 하면서

부른 노동요이다. 결국 김끝녀의 작품은 모두 시집 온 후 형성된 것이다. 이런 배경이 김끝녀만의 독보적인 작품 세계를 이루게 하는 주요한 요인이 되었다.

김끝녀가 구연한 9편의 설화는 모두 가족 간 관계를 이야기하는 가족설화 유형인데,[6] 딸의 처지를 이야기한 작품 〈5〉를 제외하고는 모두 기혼 여성인 '며느리'가 주인공인 서사이다. 이는 1913년에 태어난 김끝녀가 21세에 시집을 와서 50년 이상 기혼 여성으로 살아온 삶이 반영된 결과로 볼 수 있다. 또한 김끝녀가 모든 이야기의 주인공을 여성으로 설정한 것 역시 눈여겨볼 일이지만, 이보다 더 주목해야 하는 것은 그녀가 서사를 변형시켜 작품 속 여성인물들을 모두 주체성이 강한 존재로 변

---

4   위의 책, 357쪽.

5   김끝녀의 작품 수는《한국구비문학대계》에서 가장 많은 이야기(62편)를 구연한 또 다른 여성 화자 이선재와 비교하면 현저히 적은 것이지만, 이는 조사 상황의 한계에서 비롯된 것으로 보인다. 즉 조사를 위해 인위적으로 형성된 이야기판의 참여자들이 오후 5시가 넘자 자연스레 귀가하면서, 김끝녀가 민요 〈12〉를 부를 때 이야기판은 이미 와해되고 있었다. 이에 민요 〈12〉는 김끝녀의 마지막 구연이 될 수밖에 없었고, 그 후 이 마을을 대상으로 더는 추가 조사를 하지 않음으로써 김끝녀의 연행 목록은 12편에 그치게 된 것이다. 하지만 조사 상황만 마련되었다면 더 많은 작품을 산출할 수 있는 이야기꾼이라는 사실은 12편의 작품 구연 계기를 통해서도 드러난다. 이는 뒤에서 구체적으로 논의하기로 한다.

6   《한국구비문학대계》를 대상으로 여성 화자의 구연 특성을 통계적으로 정리한 김대숙은 "여성 화자의 가족설화 구연 비율은 23.5%로 10가지 유형 중 가장 높은데, 이는 여성들이 가족과 관련된 이야기를 가장 많이 기억하고 즐겨 구연하"기 때문이라고 분석한다. (김대숙,〈한국구비문학대계 여성제보자 구연설화에 관한 통계적 연구〉,《한국고전연구》9, 한국고전연구학회, 2003, 238쪽 참고.) 이처럼 가족설화를 주로 구연하는 것은 여성 화자의 공통된 특징이기도 하지만, 김끝녀의 경우는 더욱 압도적이라고 할 만하다.

모시키고 있다는 사실이다. 이는 김끝녀가 시집와서 길쌈으로 밭 1천 평을 샀을 정도로 집안의 부를 쌓는 데 주도적 역할을 한 경험에서 비롯된 것으로, 이런 내용은 작품 안에 특정 레퍼토리로 녹아들어 있다.

한편 김끝녀가 시집왔을 때 시어머니는 이미 돌아가신 상태였다. 시아버지는 자식을 위해 일생 재혼하지 않았다. 김끝녀는 이런 시아버지를 위해 부부간 동침도 삼갈 정도로 성에 대한 윤리 인식이 남다른 인물이었다. 이런 윤리 의식 역시 김끝녀의 작품 세계관 저변에서 작용한다.

책략과 기지로 집안을 일으킨 여성인물 창조
길쌈으로 집안의 부를 쌓은 자신의 경험 투영

김끝녀가 자신의 생애사를 언술할 때 가장 중요한 가치를 부여하는 부분은 시집의 부를 이룩한 치산(治産)의 경험이다. 김끝녀는 민요 〈10〉인 '삼삼기 노래'를 연행할 때도 '시집와서 아기를 안고 조용하게 젖을 물려볼 여유 없이 부지런히 수행한 길쌈노동 덕에 땅 다섯 마지기(1000평) 산 것'[7]을 조사자들에게 반복적으로 자랑하며 강조할 정도로, 이에 대한 자긍심이 매우 컸다. 이 경험은 김끝녀가 자신의 삶을 긍정하게 하였고, 그녀의 작품 속 여성인물들을 통해 재현(再現)된다.

김끝녀 작품은 전반적으로 여성인물을 서사의 주체로 내세운 것이 특징인데, 그중 부를 이룩한 한 여성인물의 에피소드가 이야기의 중심을 차지한다. 이는 김끝녀 작품만의 독보적인 특이성으로 〈6〉, 〈1〉에서 특히 드러난다.

작품 〈6〉은 '내 복에 산다' 설화 유형으로, 이 유형의 공통 서사는 '아버지 복에 살지 않고 내 복에 산다'고 했던 셋째 딸이 쫓겨난 후 숯을 굽는 총각을 만나 가정을 이룬 후 부유하게 산다는 이야기이다. 여기서 부는, 총각은 오랫동안 알아보지 못한 숯을 굽는 이맛돌이 '금덩이'인 것을 셋째 딸이 알아보고 이를 팔면서 성취된다. 이 작품은 주체적인 여성인물을 보여 주는 이야기이다. 이 작품에서 여성인물은 아버지 덕에 산다고 했던 두 언니와 달리 아버지에게 당당하게 '내' 덕에 산다고 밝히고, 남성인물은 알아보지 못한 이맛돌의 가치를 알아낸다. 치산의 경험을 중시한 김끝녀가 이 유형의 설화를 구연한 것은 필연적으로 보인다. 김끝녀는 작품 〈6〉에서 '내 복에 산다'의 기본 서사 구조는 취하되, 여성인물이 '부를 성취하는 과정'은 대폭 변형시킨다. 즉 그녀는 여성인물의 '부를 이룩하는 능력'을 부각하는데, 다음이 그 핵심 부분이다.

"인지는, 당신도 인지는 숯껑을 꿉지 마라꼬, 수껑을 안꾸도 우리가 먹고 이래―, 우리 셋 식구가 할무이 편안하게 하고 살 챔

---

7   임재해, 앞의 책, 421쪽.

이, 숯을 굽지 마고 내 시키는 대로만 하만 산다."는 게래, 그래그래 그 부엌 돍을 지고 와 가주고 남편을 지게 와서 따듬는다. 이쁘게 따듬어서 지금 탑 우에다 갖다 인제 묘지를 얹을라고. 따듬어서 놓고, 고 깨진 거는 다 썰어 담네, 다 썰어 담아 그건 팔아 밀라고. 그래 그— 아랫마(마을에) 어떤 양반이 노인이 보이께네 '[큰 소리로] 아 그 집에는 새사람이 왔다 그는데 어째 마다아 서기가 뻗치?' (…) 그래 혼인을 다 이룬 뒤에는, [큰 소리로] 와서 그 탑을 파라 그네. (…) "애이구 우리 새 애기가 알아요. 새 애이가 마음 나쁘까 봐 우리는 그런 소리 아하니데이." (…) 천석을 줄라 그그덩. (…) 나중에 집꺼짐 줄라 그러. (…) "할아버지가 뭐라도 기약금으로 쳐라도 주셔야 안 됩니까? 그래 그이께네, "아 드리지요. 우리는 우선에 비(벼)가 없습니다. 비를 좀 주시오." 그 노적가리 헐어가 주고 수지를 니라(내려)놓는다. 수지를 니라놓이께네, 먹고 탑 뜯을 때는 또 이분도 이래 돍을 이래. "할아버지도 저 우에 가마이 니랐으니(내려놓았으니) 우리도 우에꺼 니라 놓고 뜯어 가지오." 말 못하지?

[청중 : 말 못하지, 우에노.] 금덩거리 니라부이께네 [웃음] 금덩거리 니라부이께네 '하하! 저걸 조야 되는데.' 싶어. 그래 뭐 하는 대로 보지. 내가 잘못했는걸.

_⟨내 덕에 먹고산다는 딸의 성취⟩

작품 ⟨6⟩에서 셋째 딸은 집에서 쫓겨난 후 남장(男裝)을 한 채 숯구이 총각 집에 기거한다. 그러다 우연히 숯을 굽는 데에 사용한 이맛돌이 금덩이인 것을 알아차리고 그제서야 자신이 여성임을 밝히고 혼인을 요청한다. 그리고 곤궁하게 살았던 총각과 그의 모친에게 '내가 시키는 대로만 하면 산다'고 선언한 다음 집 안에 돌로 탑을 쌓고, 금덩이인 이맛돌을 다듬어 탑 맨 위에 얹게 한다. 이 유형 설화의 다른 각편에서는 셋째 딸이 금덩이를 통째로 팔아 실질적인 가산으로 교환하였지만, 작품 〈6〉에서는 금덩이를 다듬는 과정에서 나온 조각들만 파는 것으로 나온다. 셋째 딸은 일단 궁핍을 면할 정도로만 살림을 마련한 후, 정작 부는 책략을 써서 쌓는데 이 부분이 작품 〈6〉의 핵심 서사이다.

숯구이 총각 집에 '새사람이 온 후 날마다 서기(瑞氣)가 뻗친다'고 인식한 아랫마을 양반은 그 원인을 그 집에 새로이 생긴 '탑'으로 판단하고, 총각의 모친을 찾아가 탑을 팔 것을 요구한다. 하지만 모친은 집안의 모든 일을 주관하는 것은 '새 애기(셋째 딸)'이며, '새 애기가 마음이 나쁠까 봐 그런 소리를 하지 않는다'며 그의 제안을 거절한다. 이는 집안에서 며느리(셋째 딸)의 위치를 드러내는 발언으로, 혼인한 지 얼마 되지 않아 가정의 주도권을 장악한 여성인물의 모습을 보여 준다. 결국 아랫마을 양반은 셋째 딸에게 직접 거래를 제안할 수밖에 없었고, '천석의 재산'뿐 아니라 자신의 '집까지 준다'는 약속을 하고 나서야 탑을 살 수 있게 된다.

셋째 딸은 아랫마을 양반과 거래가 성사되자 탑을 팔기 전 우선 '계약금으로 벼를 줄 것'을 요구한다. 그러자 양반은 '노적 가리(곡식더미)에서 수지'를 덜어 놓고 준다. 여기서 '수지'는 보통 가장 먼저 수확한 곡식을 일컫는 것으로, 신에게 바치는 제물(祭物) 등으로 사용되는 신성한 쌀이다.[8] 바로 이 지점이 셋째 딸 책략의 핵심이다. 즉 셋째 딸은 이를 빌미로 양반에게 탑을 가져갈 때 '위에 것은 내려놓고 뜯어 가라'고 하며 양반의 행위를 역으로 이용한다. 결국 양반은 탑 맨 위에 놓인 '금덩이'만 제하고 아래 쌓여진 돌들만을 취하게 되는 것이다. 아랫마을 양반은 셋째 딸과의 거래를 통해 전 재산을 잃게 된다. 하지만 셋째 딸의 행위가 이전의 자기 행위와 동일한 것이기에 '자신의 잘못'을 인정하고 결과에 승복한다. 이처럼 김끝녀의 작품에서는 셋째 딸이 금덩이 전부를 판 이전 설화들과 달리, 본래 기본 재산인 '금덩이'를 잃지 않으면서도 부를 쌓는 것으로 나온다. 즉 셋째 딸의 기지로 부를 축적하는 과정이 담긴 레퍼토리를 삽입함으로써, 경제적 안목을 갖춘 협상가로서 우위를 점하는 여성인물을 형상화한다.

여성인물이 책략을 통해 부를 성취하는 또 다른 작품은 〈1〉이다. 작품 〈1〉은 '시어머니 길들인 며느리' 유형 설화이다. 이 설화는 고된 시집살이로 며느리를 쫓아낸 집에 며느리가 자진해서 들어가 시어머니를 제압하고 주도권을 차지하는 이야기로, 가정 살림을 주관하는 '안주인' 자리를 놓고 벌이는 시어머니와 며느리의 주도권 대결이 중심 서사이다. 이 설화의 귀결은 며느리의 승리다. 소위 '곳간 열쇠'로 대변되는 집안의 살림을 며느리가 넘겨받아 집안을 잘 운영하는 것으로 마무리된다. 김끝녀는 이 설화의 기본 구조에서 고부간 대결은 약화하고,[9] 며느리의 치산 능력이 드러나는 특정 에피소드를 삽입함으로써 자신만의 독특한 작품 세계를 펼쳐 보인다.

　김끝녀가 고부간 갈등에 초점을 맞추지 않은 것은 그녀의 삶의 경험과 무관하지 않은 것으로 보인다. 시집갔을 당시 이미 시어머니는 돌아가신 상태여서 시집살이를 경험하지는 않았기 때문이다. 즉 이 유형 설화가 시집살이로 인해 고통받았던 여성들의 내재된 욕망이 발현된 서사라는 점에서,[10] 고부간 갈등이 거의 드러나지 않은 작품 〈1〉은 시모의 부재와 '시아버지에게 진실로 사랑받은' '화목한 가정에서'[11] 며느리로 살아온

8　한국민속대백과사전 '수지' 항목.

9　작품 〈1〉에서 며느리는 시어머니를 길들이고자 '밥에 모래를 섞는 행위'를 하는데, 이는 이 유형 설화에서 며느리가 시어머니를 제압하기 위한 행위 가운데 하나이다. 이 유형의 다른 많은 각편들에서 며느리가 시어머니에게 패륜적 방법으로 위해를 가하는 데까지 나아간 것을 생각하면, 이 방식은 그 강도가 매우 약한 편이다. 특히 시부모에 대한 며느리의 기선 제압은 '시집온 첫날 시부모와 함께 술 마시기', '시부모 앞에서 고기 씹기' 등 며느리 개인의 강한 기질적인 면모를 시부모 앞에서 이미 의도적으로 드러냈기 때문에, '모래 넣은 밥을 그냥 먹는' 시모의 행위는 기선 제압의 결과를 보여 준 것으로 두 인물의 대결 상황은 아닌 것이다.

10　박현숙, 〈〈시어머니 길들인 며느리〉 설화에 반영된 현실과 극복의 문제〉, 《구비문학연구》 31, 한국구비문학회, 2010, 422쪽.

11　임재해, 앞의 책, 293쪽.

김끝녀 삶의 경험이 작용한 것이다. 그리고 김끝녀는 자기 삶에서 가장 큰 가치를 차지하는, 주체적으로 부를 이룩한 경험을 가장 공들여 구연한다. 다음은 작품 〈1〉에서 부를 획득하는 며느리의 기지를 보여 주는 부분이다.

"저 비를 좀 몇 섬 주소. 뭐 딴 거는 아, 말을 아 해도 안주 뭐 임시에 뭐뭐 자을(장을) 가도 되고 하이." 그래 나락을 몇 섬 준다. (…) 그래 새이래는(생일은) 삼월쯤 됐다 그래. 그러이 뱀이 있자네? [청중 : 나올 때가 됐지.] 뱀을 잘(자루)에다 사다 넣어 놨다. 사다 넣고 나락 가마이 일꾼들이 져 나른다. 져 나르이, 고마 남이 안 본 새(안 본 사이에) 나락 가마이 속에 푹! 파고 묻어 뿌렛다. 문골랑 일꾼들 보고 말내라꼬. 조―쯤 오는 듯하이, 고마 처마갈(처마 자락) 확 싸매서 고마 들고 드간다. (…) 큰일 났그든. 이 영감도 고마 생각흐이 이 질부한테 넘었다, 넘어. 그 [큰 소리로] 자꾸 그 이 사람들은 또 용들었다 그네. [본래 소리로] '이눔우 요을(용을) 잃어뿌마 우리가 못 사는데' 용을 찾아야 된단 말이래. 그 찾을라이 찾을 도리가 있나. (…) "[낮으막하게] 그 섬을 나를 다고 나를 주먼, 내가 우리 살림을 내가 너를 반을 논가 줄 것이, 반을 다고." (…) "아이고 몰시더 그마! 큰아뱀 그꾸(그렇게) 걱저을(걱정을) 하시이 저는 뭐 할 말이 없니더." 또 아, 거 반을 준다 그이, 슬긋해, 천석꾼 살림을 반 준다 그이, 술 긋(솔깃)하거든. (…) 거 큰 사람은 맹 큰일을 해요. 이래 들어 보면요.

_〈억센 시어머니를 길들인 며느리〉

곤궁한 집안 살림을 꾸리던 며느리는 시아버지의 회갑 잔치를 위해 백부에게 거듭 '벼 몇 섬'을 요청해 겨우 얻는다. 그런데 며느리는 그 이전에 남편을 통해 사 온 '구렁이를 벼 가마니에 넣어 놓은' 상태인데, 구렁이가 든 그 쌀가마니를 백부 집 일꾼들이 보게 일부러 들고 나온다. 이후 그 가마니에 '용이 들었다'는 소문이 나고, 백부는 이를 되찾기 위해 자신의 '천석 살림의 반을 준다'고 하며 되돌려 줄 것을 며느리에게 사정한다. 며느리는 백부 재산의 반을 받고 쌀가마니를 돌려주는데, 이미 가마니 속에서 죽은 구렁이가 용이 될 수는 없는 일이다.

위 인용문은 백부 재산을 얻어 가계를 일으킨 며느리 책략의 핵심만 간략히 제시한 것이지만, 작품 〈1〉에서 이 부분은 매우 길게 구연되고 있다. 그로 인해 작품 〈1〉은 시어머니를 제압하는 며느리 서사가 중심이 아니라, 백부의 재산을 사이에 둔 며느리와 백부의 대결로 서사의 초점이 이동한다. 며느리는 묘수를 써서 땅문서를 내놓아도 돈을 빌려 주지 않았던 백부의 마음을 움직여, 백부 스스로 재산을 내놓게 함으로써 시집의 부를 이룬다. 김끝녀는 구연 마지막에 '큰 사람은 매번 큰일을 한다'며 며느리의 행위를 긍정적으로 평가하며, 여성인물의 능력을 다시 한 번 강조한다.

여성인물들에 반영된
남다른 성 윤리 의식

김끝녀는 9편의 설화 중 4편(⟨3⟩, ⟨4⟩, ⟨5⟩, ⟨9⟩)에서 성을 소재로 하는 이야기를 구연했다. 이 가운데 성에 대한 김끝녀의 윤리적 인식이 가장 잘 드러난 작품이 ⟨4⟩이다. 작품 ⟨4⟩는 '사돈간 동침'이 모티프인 이야기 유형으로, 며느리의 모친과 동침하고자 하는 욕망을 드러내는 시부의 이야기이다. 김끝녀는 조사자가 이야기를 끌어내고자 다른 지역(경주 월성군)에서 구연한 다른 화자(임희순)의 이야기를 들려주자, '이야기를 잘못했다'고 하면서 그 내용을 '교정'하기 위해 작품 ⟨4⟩를 구연했다. 특히 김끝녀가 변형시킨 서사는 이야기의 후반부인 '사돈간 동침 성사'에 대한 부분이다. 비교를 위해 두 이야기의 후반부를 제시하면 다음과 같다.

(1) 임희순(남) 화자본 : "머 한다고 여기서러 이래 [청중 : 관을 씨고?] 이래 군불을 옇는기요(넣는기요)?" 이카이, "너그 어머이 그 온 저녁에 여 좀 델고 자자." "어어 그런 벱이 있는기요?" 이라이, "어 자식의 어미는 델고 살아도 괘안타며?" [일동 폭소] "며느리 자석도 반자석인데 머 너거 어머이 델고 살아도 안 되나?"

_⟨선비가 생각한 촌수⟩

(2) 김끝녀 화자본 : "아야 오늘 저녁에 내가 사돈하고 오늘 저녁에 하룻밤 자야 될다." "아이고 아부님! 그게 무슨 말씀이래요?" 고마 어마이한테 코치를 여부렜다(넣어 버렸다). 코치를 여부이, [빠르게] 고마 이눔의 어마이 어마이 저녁을 푸는 거 보고 달아뺐나. 고마 천방시축하고 어마이 들어뺐어요. [본래 소리로] 그 들어빼이, 저녁상을 들고 가이, "야, 사돈상은 왜 안 들놓고야야?" "어무이 가싰어요." "[큰 소리로] 햐햐! [무릎을 치면서] 들온 씹을 놓쳤구나! [일동 : 폭소] [웃으면서] 바래치도 않은, 들온 씹을 놓쳤구나!" 그래 고마 딸이 어마이를 쫓쳐 보내 부렜어.

_⟨안사돈을 탐낸 바깥사돈⟩

(1)은 임희순 화자 이야기[12]의 후반부로, 이 이야기는 며느리의 모친인 안사돈과 동침하기 위한 시부의 욕망이 강하게 드러난 서사이다. (1)은 시부가, 종숙모와 동침한 조카가 세간에 비난받은 사건을 들어 자신은 그보다 더 촌수가 가까운 어머니(시모)와 함께 살았으므로 더욱 비난받을 일이라고 며느리에게 말한 데에서 시작한다. 이를 들은 며느리는 '자식의 어미는 데리고 살아도 괜찮다'고 말하는데, 이후 시부는 안사돈이 집에 찾아오자 '너희 어머니를 데리고 잘 것'을 당당히 며느리에게 밝힌다. 이때 시부의 동침 명분은 '며느리도 반자식'이기에 '그

---

12 조동일·임재해,《한국구비문학대계》7-2, 한국정신문화연구원, 1980, 352쪽.

어머니를 데리고 살아도 괜찮다'는 것으로, 며느리가 했던 말을 그대로 되돌려 주며 안사돈과의 동침 욕망을 노골적으로 표출하는 것에서 끝맺는다. 이 이야기의 핵심은 바로 이처럼 안사돈에 대한 흑심이 '말장난'으로 무마되어 웃음을 유발하는 데에 있는데, 이러한 이유로 이 유형 설화가 육담으로 향유되는 것이다. 하지만 김끝녀는 이 부분을 바로잡는다.

김끝녀는 (2)와 같이 시부의 욕망을 알아차린 며느리가 모친에게 이 사실을 언질하여 '쫓아 보내'는 것으로 서사를 변형시킨다. 김끝녀 역시 이 작품 구연을 통해 향유자들을 '웃게' 하지만, 그 웃음의 지점은 (1)과 다르다. 즉 안사돈이 피신하여 시부가 욕망을 이룰 수 없게 됨으로써 시부가 '들어온 쌉을 놓쳤구나'라며 강한 아쉬움을 표출하는 부분에서 향유자들은 '폭소'한다. 이때 향유자들의 '웃음'은 비윤리적인 시부의 욕망 실패에 대한 '통쾌함'이다. 이처럼 김끝녀는 육담으로서 장르적 위상은 유지하면서, 그녀만의 윤리적 의식에 의거하여 용납될 수 없는 시부의 동침 시도는 실패하고 안사돈의 위기 상황은 해결하는 것으로 작품을 마무리한다. 이는 일찍이 상처한 시부를 위해 부부간 동침을 피할 정도로 성에 대해 남다른 윤리 의식을 가진 김끝녀 생각이 반영된 것이다.

청중들도 반한,
당당하고 자부심 넘치는 이야기꾼

김끝녀의 작품은 12편이지만, 이보다 훨씬 많은 이야기를 보유한 화자일 것이라는 정황은 작품 구연 상황을 통해 드러난다. 그녀는 12편의 작품을 구연할 때 조사자가 청한 이야기를 곧바로 거침없이 구연하거나(⟨6⟩, ⟨8⟩, ⟨10⟩), 조사자가 들려준 이야기를 정정하며 새롭게 구연하기도 했으며(⟨3⟩, ⟨4⟩, ⟨5⟩), 조사자가 요청하지 않은 이야기를 자발적으로 구연하기도 했다(⟨1⟩, ⟨2⟩). 즉 김끝녀는 조사자가 요청한 이야기를 단 한 번의 거절 없이 구연해 냈을 뿐 아니라, 이야기판에서 이야기할 화자가 없을 때 자발적으로 나서서 이야기함으로써 이야기판을 이끌었다. 더불어, 조사자 요청에 그 어떠한 머뭇거림 없이 즉석에서 다양한 레퍼토리로 구성된 긴 서사를 구연할 만큼 이야기꾼으로서 유능함을 보였다.

청중들이 '할머니가 웬 이야기를 그렇게 잘하냐며 부러워'[13] 할 정도로 김끝녀의 구연 능력은 뛰어났다. 김끝녀 역시 '내 이야기에 오줌 싸지 마라'[14]고 호언할 만큼 자신의 구연 능력에 대한 자부를 가지고 있었다. 이는 이야기를 요청하는 '조사자의 이야기를 먼저 듣고 하겠다'[15]며 일방적으로 조사 대상이 되는

---

13 위의 책, 340쪽.

14 위의 책, 407쪽.

것을 거부하고, 조사자와 화자 간 긴장감을 생성하여 이야기판을 더욱 역동적으로 만드는 역할을 주도한 데에서도 알 수 있다. 또한 구연 중간에 그 내용에 대한 '비판적 참견에 대해서는 이를 적당히 묵살하면서'[16] 이야기의 구연을 지속한 것 역시 자신의 이야기에 대한 자신감에서 전제된 행동일 것이다. 이처럼 김끝녀는 구연 내내 이야기판을 장악하고 주도하면서 유능한 이야기꾼으로 활약했다.

15   위의 책, 345쪽. 이는 작품 〈5〉의 구연 상황이다. 김끝녀의 요청에 의해 조사자가 이야기하자, 김끝녀는 그 이야기가 아니라며 자신만의 이야기를 구연했다.

16   위의 책, 407쪽.

참고문헌

김대숙, 〈한국구비문학대계 여성제보자 구연설화에 관한 통계적 연구〉, 《한국고전연구》 9, 한국고전연구학회, 2003.

박현숙, 〈〈시어머니 길들인 며느리〉 설화에 반영된 현실과 극복의 문제〉, 《구비문학연구》 31, 한국구비문학회, 2010.

임재해, 《한국구비문학대계》 7-17, 한국정신문화연구원, 1988.

조동일·임재해, 《한국구비문학대계》 7-2, 한국정신문화연구원, 1980.

한국민속대백과사전

'사랑'의 힘에 천착한
임옥인

권혜린

임옥인

(林玉仁, 1911~1995)

/

소설가. 1939년 《문장》에 〈봉선화〉를 발표하면
서 작품 활동을 시작했다. 《월남전후》, 《젊은 설계
도》, 《힘의 서정》, 《일상의 모험》 등의 장편소설
을 썼고 《지하수》, 《나의 이력서》 등의 수필집도
냈다. 해방 후 혜산진에 대오천가정여학교를 세워
농촌부녀계몽운동을 벌였고, 월남 후에는 건국대
교수를 역임했다. 자유문학상, 대한민국예술원상
문학공로상, 대한민국 보관문화훈장을 받았고 한
국여류문학인회 회장도 역임했다.

임옥인의 삶과 문학을 소환하기 위한 두 가지 키워드는 다음과 같다. 하나는 월남 체험을 바탕으로 '월남 모티프'[1]를 취한 작품을 쓴 월남 작가 또는 월남 여성작가[2]이고, 다른 하나는 기독교적인 윤리 의식을 강하게 드러낸 작가라는 것이다. 월남과 기독교라는 키워드는 자전적인 글인 《나의 이력서》에서도 찾아볼 수 있다. 그러나 남북 관계라는 사회정치적인 상황과 기독교라는 거시적인 배경에 집중하다 보면 임옥인의 소설 자체는 잘 들여다보지 않는 함정에 빠지게 된다.

이는 임옥인의 작품들을 다양하게 조명하지 못하고 문학사에서도 소외시키는 원인이 되기도 한다. 임옥인은 1939년《문

---

1   조남현,《한국현대소설사 3》, 문학과지성사, 2016.

2   《월남전후》에 나타난 월남은 당대 지식인 남성작가와 다른 목소리로 한국전쟁을 이야기하는 형식을 보인다. 30대의 나이로 홀로 월남한 여성작가의 탈출, 이주, 정처 과정이 여실하게 드러나 있는 것이다. (곽승숙,〈전후 여성작가의 월남 체험과 그 서사〉,《한국문학과 실향·귀향·탈향의 서사》, 푸른사상, 2016, 301쪽.)

장》에 〈봉선화〉가 추천되면서 작품 활동을 시작하였으며 해방 전에는 〈봉선화〉를 비롯하여 소설 5편을 발표했다. 해방 이후에는 장편소설 13편, 단편소설 90편, 수필집 10여 권을 창작하는 등 활발히 활동하였다. 그러나 문학사에서 임옥인에 관한 평가는 《월남전후》에 한정되어 있으며 대부분 작가의 이름과 작품 제목만 언급될 뿐, 세부적인 작품론이나 작가론은 부족한 실정이다.

그러니 임옥인에 관한 평가를 우회하기보다는 정면으로 다룸으로써 다시-보기를 할 필요가 있다. 이를 위해 임옥인의 소설을 월남 체험으로 보는 입장과 기독교적 윤리로 보는 입장에서 사랑이라는 교집합을 찾을 수 있다. 임옥인의 소설에 나타난 사랑을 '절대적인 선험적 가치'로서 '진정성' 개념으로 보는 경우[3]도 있는데, 이때의 사랑을 현미경으로 볼 필요가 있다. 기독교적인 사랑이나 진정한 사랑은 초월성을 전제로 하기에 움직이지 않는 고정된 사랑이기 때문이다.

이때 고정된 사랑을 임옥인의 삶에서는 굳건한 신념으로 치환할 수 있을 것이다. 임옥인은 육체적, 상황적인 한계를 신념으로 극복한 삶을 살았다. 어렸을 때부터 병치레가 잦아 각종 수술을 열한 번이나 받고 가족사도 불행했으나, 학구열과 교육열을 잃지 않았다. 아홉 살 때 학교에 가니 찾지 말라는 편지를 남기고는 집을 나와 선생님들의 집에 머무르면서 공부하였으며 일본 나라여자고등사범학교로 유학을 다녀왔다. 여자는 보석같이 숨어 살아야 하는 법이라는 증조부의 뜻에 따라 이름을 '은옥(隱玉)'으로 지었으나 호적에는 '옥인(玉仁)'으로 잘못 올라갔다. 하지만 후자가 스스로를 숨기지 않고 마음껏 드러냈던 임옥인의 삶에 걸맞다.

임옥인은 유(儒)학을 다녀온 뒤에는 함흥영생여자고보와 루씨여고에서 교사로 일했고, 산골에 대오천가정여학교를 세워 여성문맹퇴치운동을 하였으며, 월남한 뒤에는 《부인경향》 편집장, 미국공보원 번역관, 건국대 교수 등으로 일하면서 남북한에서 여성을 교육하는 데 힘썼다.

그러나 임옥인이 신념을 실천하는 삶을 살았으며, 그러한 신념이 작품에 반영되었다는 것에서 그친다면 임옥인의 삶과 문학이 조응하는 역동성을 단순화해 버리는 것일지도 모른다. 임옥인은 초월적인 사랑으로 삶의 고통을 극복했을 뿐만 아니라 사랑 자체를 살아 내고 썼다. 반공주의라는 평가[4]를 받기도 하였으나 《월남전후》에서 나타내듯 피상적[5]이면서도 비인간적인 이념의 한계를 자각하고 대안을 찾아 월남[6]한 것이다. 《월남전후》는 '남성 중심적인 권력 때문에 여성이 수난을 겪는 상황

---

3 김복순, 〈분단 초기 여성작가의 진정성 추구양상-임옥인론〉, 《페미니즘과 소설비평 : 현대편》, 한국문학연구회, 한길사, 1997, 29쪽.

4 《한국현대소설사》에서는 《월남전후》를 '반공소설의 새 모델'로 제시하면서 김영인이 죽을 각오로 반공이념을 토했다는 것을 서두에서부터 암시했으며, '전쟁윤리'라는 명분 아래 소련군이 저지른 만행을 비중 있게 제시하였다고 서술하였다. (조남현, 앞의 책, 543~548쪽.)

에서 주체적으로 월남한 이야기'⁷이기도 하다. 정치적인 신념을 우선시하는 이들이 가정여학교 학생들의 등교를 막거나 임옥인이 일본 패잔병에게 밥을 준 것에 화를 내자 이를 이유로 월남을 결심했다는 점에서 임옥인에게 월남은 인간다운 삶을 위한 선택이며 사랑 없는 이념의 무의미함을 인식한 결과이기도 하다. 즉 월남의 동력은 거시적인 데 있지 않고 일상 속에서의 사랑이라는 미시적인 데 있는 것이다.

이는 《나의 이력서》에서도 엿볼 수 있다.

> 〈따스하고 간절한 일상의 사랑〉이 내 작품에 흐르는 일관된 빛깔이라고 지적해 주는 평론가들이 많다. … 이런 말을 들을 때마다, 어려서부터 칠십이 된 지금까지 응석받이 어린아이처럼 늘 사랑의 세계에서 보호만 받아온 내 일생을 돌이켜 보게 된다.

위의 인용에서 임옥인은 자신이 사랑의 세계에서 보호만 받았다고 하였지만, 실제로는 동반자인 열두 살 연하 방기환에게 넘치는 사랑을 주었으며 고학생이나 고아들을 돌보기도 하고 무기수와 10년 가까이 800여 통의 편지를 주고받는 등 사랑을 실천한 작가였다. 그 과정에서 끊임없이 창작에 몰두하였고 1960년대에는 《힘의 서정》, 《사랑 있는 거리》, 《일상의 모험》 등 많은 장편을 연재하면서 사랑의 여러 모양을 그렸다. 이처럼 임옥인의 삶과 문학은 사랑이라는 말로 요약할 수 있다.

〈전처기〉 〈후처기〉 등으로 여성의 경계 해체
가부장제 비판하면서 독자적인 여성의 삶 제시

해방 이전의 단편들인 〈봉선화〉, 〈전처기〉, 〈후처기〉[8]는 사랑하는 과정에서 겪는 '일상의 모험'들을 드러낸다. 이를 통해 물리적인 장소가 확장되는 외부에서의 모험뿐만 아니라 가정 안에서 이루어지는 내면의 모험도 치열하다는 것과 더불어 당대의 여성들에게 주어진 한계를 내파하는 모습을 보여 준다. "여성 주인공의 섬세한 내면 심리가 돋보인다"[9]는 것과 "강한 생활력과 주체성을 가진 개성적 인물일 뿐만 아니라 분열적인 양상으로 가부장제의 모순을 드러내고 있"[10]다는 평가처럼, 임옥인은

---

5   '나'와 적대적인 인물인 올민은 '나'가 〈봉선화〉 같은 소설을 쓰는 것을 염오하며 자본주의의 부패상을 여실히 보여 주는 이태준류의 소설을 좋은 소설이라고 거론할 만큼 피상적인 이데올로기를 지녔다. (전혜자, 〈모성적 이데올로기로의 회귀-임옥인의 《월남전후》론〉, 《김동인과 오스커리즘》, 국학자료원, 2003, 136~137쪽.)

6   《나의 이력서》에서도 '혈육도 모르고 인정도 모르고 법도 모르는 공산당'과 함께 살 수는 없다는 절망감을 느껴 떠난다고 하였다. (임옥인, 《나의 이력서》, 정우사, 1985, 91쪽.)

7   오태영, 〈냉전-분단 체제와 월남서사의 이동 문법-황순원의 《카인의 후예》와 임옥인의 《월남전후》를 중심으로〉, 《현대소설연구》 77, 한국현대소설학회, 2020, 422쪽.

8   정재림 엮음, 《임옥인 단편 선집》, 현대문학, 2010.

9   정재림, 〈임옥인의 삶과 문학〉, 위의 책, 451쪽.

10   위의 글, 453~454쪽.

상대방의 영향력 아래에서 수동적인 여성이 아니라 확고하거나 분열적인 사랑을 인식하고 행동하는 인물을 그려 낸다.

〈봉선화〉는 애인이 돌아오기를 기다리는 혜경의 붉은 마음을 봉선화와 동일시하면서 떨림, 기쁨, 흥분, 부끄러움, 명랑 등 시시각각으로 변화하는 사랑의 감정을 잘 그려 낸 작품이다. "세상에 제일 좋은 빛"인 봉선화 빛은 애인을 생각하면서 "얼굴이 후끈 달아 빨개"지거나 "두 뺨이 화끈"해지는 일이 자주 생기게 하고, 가슴이 울렁거리고 숨이 가빠지는 것과 맞물린다. 이처럼 통제되지 않고, 통제할 수도 없는 감정의 흐름을 따라가는 혜경은 자신에게 주어진 일과 함께 욕망에도 충실한 모습을 보인다. 혜경에게는 "맑은 가슴에 타는 듯한 정열을 깃들인 것"이 큰 자랑이며 "웅식을 행복하게 하려는" 마음과 그로 인해 "자연히 불덩어리같이 열렬"한 열정이 있다. 이런 마음 상태는 애인에게 쓰는 편지로 이어져 창작에의 열정으로 전이되고, 스스로를 갈고닦는 것이 주위 사람들을 행복하게 한다고 이야기하기까지 한다. 이는 남성의 태도나 행동에 이끌리는 것이 아니라 스스로의 감정에 충실하면서 적극적으로 표현하는 여성의 모습을 보여 준다. 현재 진행되는 사랑에 몰입하고 이를 솔직하게 표현하는 것이다.

〈후처기〉는 의사의 후처로 들어간 '나'의 분투기를 실감 나게 그린다. 쓸쓸함과 불안이라는 부정적인 감정을 지닌 채 시작한 결혼 생활을 지탱하는 힘은 생활력이다. 여학교 교원이자

전문학교를 나온 '나'는 의사에게서 버림받은 일을 계기로 "반동적"이 되어 피아노를 갖춘 '신가정(新家庭)'을 욕망하고 이를 이루게 된다. 후처로 들어갔고 남편과의 관계에서 사랑이 거세되어 있기에 반쪽짜리 스위트홈이라고 할 수 있다. '나'는 "기쁨 때문에는 행복할 수가 없었지만, 투쟁심 때문에는 충분히 즐거울 수" 있는 "인텔리 주부"가 되어 전처의 아이들을 착실하게 돌보고 전처와 달리 살림도 알뜰하게 꾸려 나간다.

그러면서도 시부모에게 특별히 공손하지 않고 전처의 어머니에게도 당당하게 맞선다. 전처를 가끔 질투하기도 하지만, 애초에 남편과의 결혼이 반동적으로 했던 모험이었기에 타인에게 기대지 않고 스스로 극복하고자 한다. "자기 주관과 자기 고집으로 살아가는 이지적인 인간"으로서 "적극적이고 자신의 삶에 대해서 매우 긍정적"[11]인 태도를 보이는 것이다.

또한 자신에게 남편의 전처 이야기를 하였던 덕순을 포함하여 외부와의 교류를 끊고 자발적으로 고립하는데, 새로운 생명이 있어 기쁨을 느낀다. "내 주위는 점점 제한되어 가나 그러나 내 마음은 무한적으로 확대되어 가는 것 같"다고 느끼는 것이다. 겉으로는 살림과 육아에만 몰두하는 것 같지만 '나'의 내면은 사랑의 상실을 안정으로 메운 대가를 치르기 위한 분투로 차 있으며, 물질과 더불어 새로운 생명으로 보상받고자 하

11　김이석 외,《韓國短篇文學 5》, 금성출판사, 1994, 588쪽.

는 마음은 남편에게 정신적/감정적으로 의지하지 않고 결정한 결과이다. 이처럼 타인에게 전가되지 않는 감정은 자기 파괴 대신 끊임없이 다짐하면서 스스로를 바로 세우는 것으로 나아간다.

〈전처기〉는 아이를 낳지 못해 후처에게 자리를 빼앗긴 본처가 전남편에게 편지를 보내는 서간문 형식의 작품이다. 아이를 낳지 못해 결혼 생활을 종결하는 것은 유교 사상의 잔재로서 이를 수용하는 '나'를 수동적이라고 생각할 수 있지만, 이 작품에서는 '나'가 남편을 떠나고 자신의 생활을 개척하는 자기 결정권을 드러내고 있다는 점에서 주목할 만하다.

> 당신은 생명을 걸고 이룬 결혼도 아들을 얻기 위해 짓밟아 버리셨습니다. 그처럼 귀한 아들을 얻으셨으니 그밖의 불만은 참으시는 것이 옳으리라 생각합니다.
>
> (중략)
>
> 목숨을 걸고 이룬 사랑의 성공이 아니었습니까? 자식이란 그다지도 필요한 것이었습니까? 당신의 늙으신 부모님의 종족번식욕에 그다지 사로잡히잖으면 안 되었습니까? 아내란 자식을 낳는 도구여야 한다는 윤리는 어디서 배웠습니까? 그리고 당신을 남에게 주어 버리고 당신의 아내란 간판만을 지킴으로 견디어 나갈 수 있는 저로 아셨습니까?
>
> _〈전처기〉

이처럼 '나'는 봉건사상에 얽매인 "종족번식욕" 때문에 목숨을 걸고 이룬 모험 같은 사랑을 거세하고 아내를 출산의 도구로 만든 남편을 비판한다. 또한 이 작품에서는 앞선 두 작품과 달리 모험이 외부로 확장되는 장면까지 등장한다. 본처라는 허울뿐인 간판을 버리고 집을 떠나 지방에 땅을 사서 교육사업을 실천하는 것이다. "땅과 직업이 있으면 족"하다고 말하는 '나'는 관습의 희생자로서 체념하거나 절망하는 태도에서 벗어나 모험의 길로 나아간다. 이렇듯 〈전처기〉와 〈후처기〉에서는 구여성/신여성, 본처/후처의 경계를 해체하면서 사랑의 영역 중 자신이 선택한 길에 충실한 모습을 보인다.

'설거지 철학'과 '부채꼴의 사랑' 다양한 여성의 연대와 공동체 제시

임옥인은 작가뿐만 아니라 교사, 기자, 번역가, 교수 등 여러 직업을 경험하였으며 직업에 애정도 많았다. 이러한 태도는 작품에도 반영돼 작품에 직업을 가진 여성이 많이 등장한다. 《월남전후》에서는 가정여학교를 열어 야학 운동을 하는 영인의 모습을 통해 교육이라는 노동과 타인에 대한 사랑이 분리되지 않음을 드러낸다. 학생들과 영인의 관계는 단순한 사제지간이 아니라 인간 대 인간의 관계로서 여성 공동체를 보여 준다. 이때 영인을 "여성들을 보살피는 자"[12]로 볼 수도 있지만, 영인의 태두는 우월성을 전제로 시혜를 베푸는 것이 아니라 남이 하기 어려운 일을 먼저 하려는 태도에 가깝다. 임옥인이 스스로 주장하는 것으로서 '궂은일, 남이 꺼리는 일을 내가 함으로써 스스로 행복해질 수 있다'는 '설거지 철학'이 사랑에 대입된 것이다.

이처럼 여성의 노동과 사랑이 양분되는 것이 아니라 연결되는 것은 임옥인 소설의 또 다른 특징이다. 《젊은 설계도》에서는 양장점을 운영하는 여성을 등장시킴으로써 당대의 패션 문화도 상세히 들여다볼 수 있게 한다. 또한 이 작품과 《들에 핀 백합화를 보아라》에서는 한 여성인물이 시작한 개인적인 사랑이 다른 이들의 삶으로까지 번지는 모습을 드러낸다. 이를 '부채꼴의 사랑'이라고 일컫고자 한다.

《젊은 설계도》의 주인공 강난실은 피난지 부산에서 함께 생활했던 백합미장원의 정애와 정애의 아들 은복, 석호의 동생 석구 등 주변 인물들을 적극 돌봄으로써 사랑을 퍼뜨리는 모습을 보여 준다. 이 작품의 배경이 전후라는 점에서 이는 폭력의 세계에 결핍된 사랑과 돌봄을 메워 주는 모습으로 볼 수 있다. 중요한 것은 난실이 사랑을 일방적으로 주기만 하는 것이 아니라 받기도 한다는 것이다. 젊은 과부가 "난실의 일동일정(一動一靜)이 그대로 자기 마음에 비쳐지는지"[13] 아는 것처럼 난실과 과부의 관계 역시 주인-식모의 위계 관계를 벗어나 사랑의 영향 관계에 있다. 이는 과거의 애인인 고혁이나, 자신에게 관심을 보인 석호와의 관계치럼 이성애적인 사랑에만 한정되지 않는 것이다. 이처럼 자신에게만 수렴되는 사랑이 아니라 여러 사람에게 확산되는 사랑을 통해 난실은 일상을 구원하는 낭만적 사랑의 이데올로기에 함몰되지 않는다. 나아가 난실이 운영하는 양장점에서 수다의 장이 마련되며 갈등이 집합되고 해결된다는 점에서 양장점은 적극적인 마주침의 공간이 된다.

특히 여성 공동체에서 나타나는 사랑은 YWCA와 관련된 장면에서 드러난다. 이는 실제로 YWCA 활동에 참여하여 서울 YWCA 회장까지 맡았던 임옥인의 삶과도 관련될 것이다. 여성이 국제적으로 모두 '연결'되어 있다는 인식은 불합리한 사랑에 관해서도 사유하게 한다.

세숫물까지 떠다 바쳐야 하는 고혁이와 같은 남성은 그 어머니의 교육에 큰 결함이 있었던 것이나 아닐는지. … 고혁이 같은 비가정적인 인격이 얼마나 주위의 사람들을 불행하게 만드는가에 대해서 말이다.

_《젊은 설계도》

12 오태영, 앞의 글, 422쪽.

13 임옥인, 《젊은 설계도》, 《한국문학전집 14 - 젊은 설계도·후기기 외》, 선일문화사, 1973, 32쪽.

이는 나심이 사랑의 적극적인 주체로서 석호를 선택하는 계기가 된다. 또한 결말에서 개인적인 인생이 아니라 '정신보건소'와 '생활의상연구소'를 설계함으로써 대중을 위한 사랑을 실천하는 모습은 노동과 사랑이 얽혀 있는 상황을 긍정하면서 '젊은 설계도'를 그리는 것으로 나아간다.

《들에 핀 백합화를 보아라》의 협동가족과 보육원 역시 부채꼴의 사랑이 펼쳐지는 장소이다. 이 작품이야말로 검소하고 금욕적인 동생 영희와 소비를 좋아하고 개방적인 언니 영란을 대비하면서 영란을 단죄하는 서사 구조를 통해 정신/육체를 이분법적으로 구분하는 것처럼 보인다.[14] 임옥인을 기독교적인 작가로 보기 좋은 작품인 것이다. 그러나 이 작품에서 두드러지는 것은 직업여성이자 성을 자유롭게 즐기는 유봉애, 가정교사를 하면서 여성 혐오에 저항하는 신숙 등 연애와 결혼 이데올로기에 얽매이지 않은 여성이다. 영란 역시 자유로운 성향을 지녔으나 강익태의 폭력으로 인해 미혼모가 되어 희생된 것이다.[15]

또한 영희는 타인의 고통에 감응하는 능력이 뛰어난 인물로 친구인 신숙, 영주, 녹손과 공동생활을 하며 고영주라는 소녀와 협동가족을 이룬다. 이들은 서로에게 '꼬마', '미스코리아', '점잖이', '익살이'라는 별명을 붙여 주며 친밀감을 표시하고, 함께 밥을 먹고, 함께 웃고, 서로의 고통에 감응하면서 위로[16]해 준다. '협동가족' 시대가 지난 뒤에도 보육원과 학교 등 각자의 자리에서 사랑을 확장하는 삶을 산다. 이렇게 임옥인은 이 작품에서 사회악에 분노하면서 실천적인 삶을 사는 여성, 펼쳐지는 사랑의 가치를 긍정하며 이를 삶으로 전환하는 여성들을 등장시킨다. 기독교적인 신념에 한정하기보다는, 가치관이 다양한 여성들의 연대와 공동체를 보여 주었다고 재해석할 수 있을 것이다.

"구경꾼으로서의 일생"이 아닌
주체적인 삶을 살아간 여성들의 목소리

보다 깊이 있는 인생을 더 사랑할 줄 아는 건전한 具眼이 아니

---

14 희생과 박애의 기독교 정신을 대표하는 천사형 여자와, 자유분방한 성격에 현세에서 쾌락을 즐기자는 인생관을 가진 마녀형 여자를 등장시켜 천사형 동생인 영희가 언니 같은 여자들의 허영심을 비난하며 기독교 정신을 실천하려고 했다는 박정애의 분석이 대표적이다. (박정애, 〈전후 여성작가의 창작 환경과 창작 행위에 관한 자의식 연구〉, 《아시아여성연구》 41, 숙명여자대학교 아시아여성연구소, 2002, 225쪽.) 송인화 역시 이 소설을 '대표적인 기독교 여성교양소설'이라고 하면서 여대생의 교육, 연애, 결혼, 자아성취를 그린 성장 서사로 평했으며 기독교적 시각에서 지식인 여성교육의 이념이 집중적으로 드러난 작품으로 보았다. (송인화, 〈1950년대 지식인 여성의 교육과 기독교-임옥인의《들에 핀 백합화를 보아라》를 중심으로-〉, 《한국문예비평연구》 36, 한국문예비평학회, 2011, 476쪽.)

15 영란은 가부장제 이념의 피해자, 사랑의 피해자, 자신의 행동을 책임지지 않으려는 남성의 피해자로서 이중, 삼중의 피해자에 해당하며 기존 사회 이데올로기의 희생자이다. (김복순, 앞의 글, 59쪽.)

16 "지금까지 생글생글 웃고 앉았던 아이가 갑자기 설움이 복받쳐 방바닥에 엎드리며 흐느끼기 시작했다. 둘러앉았던 세 처녀는 서로 얼굴을 마주 보았다. 그리고 약속이나 한 듯이 영주의 도톰한 어깨 위에 각각 한 손을 얹었다." (임옥인, 《들에 핀 백합화를 보아라》, 임옥인·손소희, 《신한국문학전집 44》, 어문각, 1977, 93쪽.)

면, 그 누구라도 새 시대의 주인이 될 수는 없는 것이다. 그 일, 그 장소의 주인공이라는 의식 없이 하나의 구경꾼으로서의 일생이란 무미건조한 연기다.

_〈새 여성상(女性像)〉

自重自愛는 자신이 갖고 있는 일체를 고귀하고도 소중하게 여길 줄 아는 사람만이 할 수 있는 것이다. … 다른 조건을 앞세우기 전에 나는 〈生活愛〉 바로 그것이라고 指摘하고 싶은 것이다. … 여성들이 먼저 자기와 자기 주변에서 참으로 재미있고 활기에 찬 생활을 발견하여 매일매일의 생활을 즐겁게 이끌어 나간다면 이것이야말로 다시없이 근본적인 활로가 아니겠는가.

_〈생활애의 발견(生活愛의 發見)〉

임옥인은 다수의 수필도 썼는데, 특히 여성들을 향한 수필들에서 삶에 조응하는 사랑으로서의 '생활애'를 이야기했다. '생활애'는 "인생은 사랑하는 이의 것이다. 생활을 사랑하자"[17]를 의미한다.

임옥인이 여성작가/지식인/교육자로서 치열하게 살았던 것처럼 임옥인의 작품들에서도 삶의 주인공이 되어 현실에 몰입하는 여성인물들이 등장한다. 또한 비관적이거나 우울한 인물보다는 "재미있고 활기에 찬 생활"로서 활력을 잃지 않는 인물들이 나온다. 생활애를 지녔기에 쉽게 절망하지 않는 것이다. 자신과 타인과 생활을 사랑하는 인물들은 직업에 충실하면서 타인을 돌보고 연인과 가정을 넘어선 확장된 사랑을 보여준다. 스스로를 "재능 있는 사람을 보면 무조건 사랑스러워지는 성격"[18]이라고 칭했던 것처럼 임옥인의 소설에는 재능 있는 여성도 많이 등장한다. 이처럼 텍스트 전반에 흐르는 역동적인 사랑들은 여성으로서 겪는 시대적인 한계와 전쟁이라는 상황적인 환경을 넘어선다.

따라서 임옥인의 작품에서도 '여성'이라는 단어를 돋을새김할 필요가 있다. 임옥인 작품들의 주인공은 대부분 여성이며, 스스로 행동하고 실천하는 과정을 통해 "구경꾼으로서의 일생"에 해당하는 '구경꾼으로서의 여성'을 탈피한다. 이와 같은 주체적인 인물들은 〈전처기〉와 〈후처기〉에서처럼 자신의 선택에 책임지는 인물들로 나타나기도 한다. 〈봉선화〉에서처럼 여성의 섬세한 심리 자체로 표현될 때도 있고, 《월남전후》와 《젊은 설계도》와 《들에 핀 백합화를 보아라》에서처럼 삶에 뛰어들어 변화를 이끌어 내는 인물로 등장하기도 했다.

이러한 적극적인 여성들을 문학사에 기입할 필요가 있다. 그러므로 임옥인을 재조명하는 것은 문학적인 활동을 활발하

---

17 임옥인, 《나의 이력서》, 146쪽.
18 위의 책, 20쪽.

게 했음에도 간과되었던 작가들을 다시 불러내는 기회가 될 것이다.

참고문헌

곽승숙, 〈전후 여성작가의 월남 체험과 그 서사〉, 《한국문학과 실향·귀향·탈향의 서사》, 푸른사상, 2016.

김복순, 〈분단 초기 여성작가의 진정성 추구양상 - 임옥인론〉, 《페미니즘과 소설비평 : 현대편》, 한국문학연구회, 한길사, 1997.

김이석 외, 《韓國短篇文學 5》, 금성출판사, 1994.

박정애, 〈전후 여성작가의 창작 환경과 창작 행위에 관한 자의식 연구〉, 《아시아여성연구》 41, 숙명여자대학교 아시아여성연구소, 2002.

송인화, 〈1950년대 지식인 여성의 교육과 기독교 - 임옥인의 《들에 핀 백합화를 보아라》를 중심으로-〉, 《한국문예비평연구》 36, 한국문예비평학회, 2011.

오태영, 〈냉전 - 분단 체제와 월남서사의 이동 문법 - 황순원의 《카인의 후예》와 임옥인의 《월남전후》를 중심으로〉, 《현대소설연구》 77, 한국현대소설학회, 2020.

임옥인, 《나의 이력서》, 정우사, 1985.

__, 《지하수》, 성바오로출판사, 1973.

__, 《젊은 설계도·후처기 외》, 한국문학전집 14, 선일문화사, 1973.

임옥인·손소희, 《신한국문학전집 44》, 어문각, 1977.

전혜자, 〈모성적 이데올로기로의 회귀 - 임옥인의 《월남전후》론〉, 《김동인과 오스커리즘》, 국학자료원, 2003.

정재림 엮음, 《임옥인 소설 선집》, 현대문학, 2010.

조남현, 《한국현대소설사 3》, 문학과지성사, 2016.

여성에게 근대란 무엇인지 묻게 한 박경리

송주현

박경리

(朴景利, 1926~2008)

／

본명 박금이. 해방 직후 가장 대표적인 여성작가. 일상을 살아가는 평범한 개인의 삶을 통해 역사와 사회 그리고 이데올로기 문제를 정면으로 다루었다. 1955년 단편 〈계산〉과 56년 〈흑흑백백〉이 《현대문학》에 추천되면서 작가의 길에 들어섰다. 주요 작품집으로 《표류도》, 《김약국의 딸들》, 《시장과 전장》, 《파시》, 《토지》 등이 있다. 25년에 걸쳐 완성한 《토지》는 한국 대하소설의 새로운 장을 연 작품으로 평가받는다.

작가가 글을 쓴다는 것은 무슨 의미일까? 누군가에게 그것은 선택일 수도, 또한 누군가에게는 즐거운 놀이일 수도, 또한 누군가에게는 계획된 노동일 수도 있다. 그러나 어떤 이에게 그것은 자기 생에 각인된 운명일 수도, 벗어나고 놓여나고자 몸부림쳐도 더욱 밀착해 오는 천형(天刑)일 수도 있다.

글을 쓰지 않는 내 삶의 터전은 아무 곳에도 없었다. 목숨이 있는 이상 나는 또 글을 쓰지 않을 수 없었고 (중략) 나는 주술에 걸린 죄인인가, 내게 있어서 삶과 문학은 밀착되어 떨어질 줄 모르는, 징그러운 쌍두아(雙頭兒)였더란 말인가.

_《토지》〈서문〉에서

오로지 살아 내기 위하여, 주술에 걸린 죄인이 되어 글을 쓴 작가 박경리. 도대체 그녀의 삶이 어떤 것이었기에 누군가에게는 즐거운 유희일 수 있는 글쓰기가 그토록 절박한 삶의 또 다른 이름이었을까?

박경리는 1926년 경남 충무에서 태어났다. 45년에 진주여고를 졸업하고 서른 살이 되던 55년《현대문학》에 단편 〈계산〉으로 등단했다. 56년 〈흑흑백백〉이 추천 완료되어 등단했고, 이후 대하소설《토지》에 이르기까지 약 70여 편의 소설을 발표했다.

먼저 박경리의 일생을 톺아보자. 삶 자체가 한국 근현대사의 거센 물줄기 위에 가로놓여 있었다. 일제 강점기부터 해방, 한국전쟁, 미군정기, 경제 개발과 독재와 폭압의 시대, 동구권의 몰락과 세계화의 시대까지, 숨 가쁘게 내달려온 한국의 굴곡진 역사에 한 개인의 삶이 겹쳐져 있는 것이다.

개인적으로도 매우 어렵고 힘든 시절을 보낸 듯하다. 부모님은 조혼 풍습에 따라 결혼했는데 아버지가 다른 여자에게로 떠나 버린다. 결국 어머니가 홀로 생계를 책임지게 된다. 하지만 어머니는 의지처가 되어 주지 못한다.

결혼도 안온한 환경을 제공해 주지는 못한다. 한국전쟁 중에 남편은 좌익으로 몰려 죽고 아들마저 잃기 때문이다. 이후 그녀는 더는 바랄 것도 기대할 것도 없는 폐허 같은 삶을 살아간다. 이런 그녀를 붙잡아 준 것이 바로 문학이다. 물론 문학에 몰두하는 시간 역시 녹록지는 않았다.《토지》를 집필하는 동안 병마와 싸워야 했고, 사위 김지하의 수감 생활을 바라보며 유신시대의 고통을 고스란히 견뎌 내야 했다.

이런 고단한 삶 속에서 박경리가 선택한 문학은 선택이라기보다는 운명의 요구처럼 보인다. 그 때문일까. 박경리의 문학은 우리에게 엄숙함 이상의 어떤 고요, 경건함 그리고 숭고함을 느끼게 한다.

박경리의 작품 세계는 크게 세 시기로 구분된다. 첫 번째는 전쟁 체험을 바탕으로 한 1950년대로 이 시기에는 주로 단편들을 발표했다.[1] 두 번째는 첫 장편 《애가》(1958)로부터 《토지》 집필 이전의 시기로 이때에는 단편을 비롯해 많은 중·장편 소설을 썼다.[2] 그리고 세 번째는 《토지》 집필(1969~1994) 이후의 시기다. 여기에 시집과 산문집을 포함한다면 훨씬 많은 문학적 성과를 보였다고 할 수 있다.[3]

---

1 〈흑흑백백〉, 〈군식구〉, 〈전도〉, 〈불신시대〉, 〈영주와 고양이〉, 〈반딧불〉, 〈벽지〉, 〈도표 없는 길〉, 〈암흑시대〉, 〈어느 정오의 결정〉, 〈비는 내린다〉, 〈해동여관의 미나〉, 〈풍경·B〉, 〈풍경·A〉, 〈흑백 콤비의 구두〉, 〈외곽지대〉, 〈집〉, 〈쌍두아〉, 〈옛날 이야기〉, 〈우화〉, 〈약으로도 못 고치는 병〉, 〈밀고자〉 등.

2 〈호수〉, 〈애가〉, 〈내 마음은 호수〉, 〈성녀와 마녀〉, 〈푸른 운하〉, 〈은하〉, 〈노을진 들녘〉, 〈암흑의 사자〉, 〈재혼의 조건〉, 〈가을에 온 여인〉, 〈그 형제의 연인들〉, 〈눈먼 식솔〉, 〈파시〉, 〈신교수의 부인〉, 〈녹지대〉, 〈타인들〉, 〈환상의 시기〉, 〈죄인들의 숙제〉, 〈창〉, 〈단층〉, 《표류도》, 《김약국의 딸들》, 《시장과 전장》, 《나비와 엉겅퀴》 등.

3 수필집 《Q씨에게》, 자서전 《나의 문학 이야기》, 시집 《못 떠나는 배》, 《도시의 고양이들》, 《우리들의 시간》 등.

'자존심'을 지킨다는 것은
약한 존재들의 최후의 투쟁

첫 번째 시기에는 작가의 전쟁 체험이 주관적으로 투영된 단편이 주를 이룬다. 특히 자전적 얘기가 두드러지는 작품들로 〈계산〉, 〈흑흑백백〉, 〈불신시대〉, 〈영주와 고양이〉, 〈반딧불〉, 〈암흑시대〉 등이 있다. 이러한 작품들에는 작가가 경험한 전쟁 체험이 고스란히 재현되어 있는데 박경리 소설에서 공통적으로 등장하는 여성 주인공들이 발견된다. 이 여성들은 이혼 혹은 전쟁 등의 이유로 혼자가 되어 생계를 책임지고 아이를 키워야 하는 가난한 이들이다. 성격을 보면 자존심이 세고 다소 고집스럽거나 결벽증이 있어 보인다. 세상과 현실에 타협할 줄 모르는 여성들인 탓이다. 가족을 위해 생계를 책임지는 가장, 하지만 자신이 약한 존재임을 알기에 그럴수록 더더욱 자존심을 지키며 세상과 타협하지 않는 이 여성은 박경리 자신이기도 하다.

박경리 초기 소설의 인물과 현실들이 유의미한 것은 바로 1950년대 전쟁 전후 우리가 겪은 삶과 현실 그 자체이기 때문이다. 문학은 한 개인의 것이기도 하지만 그것이 놓여 있는 시대와 현실에 대한 응답이기도 하다. 고통스러운 그 시기를 관통하며 살아가는 구체적인 한 개인을 통해 가장 세밀하고 정밀하게 재현되고 경험될 수 있는 탓이다. 또한 작품의 배경이 된 전쟁이란 무엇인가? 약육강식의 논리가 지배하고, 합법적 살

인마저 가능한, 인간이 이보다 더 비인간적일 수 없음을 확인시켜 주는 폭력적 사건이자 상황이다. 이러한 전쟁터에서 여성들은 폭력의 피해자로 홀로 남겨졌고 그럼에도 그 삶을 살아내고 견뎌야 하는 의무 앞에 서게 된다. 그렇다면 이러한 존재들이 고통스런 자신의 삶을 지탱하게 하는 힘은 무엇인가? 바로 '자존심'이다. 이들이 보이는 결벽증과도 같은 그것은 타락한 세계에서 놓치지 말아야 할 인간적 존엄과 가치, 고결함이 무엇인지 생각하게 한다. 자존심을 지키는 것은 약한 존재들이 할 수 있는 최대의 저항이자 투쟁이다.

한편 박경리 소설 속 여성인물들이 자신만의 성 안에 갇혀 있기만 하다면 그것은 미성숙한 자아의 표상이 될 수도 있다. 그러나 그들은 타자와 또 다른 세계에 대한 성찰로 나아가는 모습을 보여 준다. 타자를 통해 자신을 성찰하고, 자신과 세상을 객관화하며, 사회적 자아에 대해서도 성찰하는 모습을 보인다는 것이다.

> 진영은 문을 걸고 뒷산으로 올라갔다. 울고 싶었고, 외치고 싶은 마음에서였다.
>
> 산에는 게딱지만한 천막집이 군데군데 서 있었다. (…) 짜짜하게 괴인 샘터에서 물을 긷는, 거미같이 가늘은 소녀의 팔, 천막집 속에서 내미는 누렇게 뜬 얼굴들―진영은 울고 싶고 외치고 싶은 마음에서 집을 나와 산으로 올라온 자기 자신이 여기

서는 차라리 하나의 사치스런 존재였다는 것을 깨달았다.

_〈불신시대〉

〈불신시대〉의 주인공 진영은 아들을 잃은 슬픔에 괴로워하다 빈민굴의 처참한 풍경을 목도한다. 그러고 나서 자신의 모습과 상황을 객관화하며 자기반성과 성찰에 이른다. 작품 말미에 그녀는 다음과 같이 말한다. "그렇지, 내게는 아직 생명이 남아 있었다. 항거할 수 있는 생명이!"

이러한 모습은 〈영주와 고양이〉에서 "세월아 빨리 가거라. 내 얼굴에 주름살이 지고 내 머리카락이 희게 변하면 나는 그 애처롭게 목청을 돋우며 외치고 가는 밤거리의 찹쌀떡 장사의 슬픈 모습을 생각하지 않겠다"는 민혜의 마지막 독백을 상기시킨다. 자신도 찹쌀떡 장수처럼 생계를 책임지며 살아야 한다는 것은 슬프지만 딸은 그렇게 살지 않기를 바라는 마음에서 시간이 흘러가기를 바라며, 이런 상황에서 벗어나려는 다짐도 보여 주는 것이다. 이는 고통스러운 자신의 상황에서 한 발 물러나 타자, 그리고 다음 세대에 대한 생각과 성찰을 보여 주는 것이다.

여성의 주된 동력은
이념이 아닌 생존과 생명

두 번째 시기는 1958년 첫 장편《애가》로부터《토지》집필 이전의 기간으로 단편을 포함해 많은 중·장편 소설들이 발표된다. 이 시기의 작품들은 이전에 비해 독자들의 관심과 사랑을 더 받았다. 대표적으로《김약국의 딸들》,《파시》,《시장과 전장》 등이다. 전 시기의 작품들에서 보인 한 개인의 불행이《김약국의 딸들》에서는 한 가정의 불행으로,《파시》에서는 한 사회의 불행으로,《시장과 전장》에서는 민족적 비극으로 발전했다.[4]

특히 눈여겨볼 작품이《시장과 전장》(1964)이다. 전쟁이 배경인 이 작품은 전쟁에서 '살아남은' 다양한 인간 군상을 보여준다. 이제 전쟁은 지금 이곳에서 체험되는 사건이 아니라 객관적 거리를 두고 재현되는 것이다. 다시 말한다면 직접적인 전쟁 체험의 시기로부터 객관적 거리를 확보함으로써 전쟁과 이념에 대해 성찰하게 한다는 것이다. 그러한 점에서 이 작품은 가히 '1960년대적'이라 할 만하다. 또한 "전쟁과 불행이라는 자기 정체성의 위기를 딛고, 여성 정체성을 찾아 나가기 시작"[5]한 작품이라는 점에서도 의미가 있다.

---

4 김치수,《박경리와 이청준》, 민음사, 1982, 31쪽.

5 이상진, 〈여성 존엄과 소외, 그리고 사랑〉,《박경리》, 새미, 1998, 119쪽.

주목해 볼 점은 이것이다. '전쟁이라는 거대한 폭력이 인간의 삶을 휩쓸고 가면서 남긴 상흔은 구체적으로 어떤 것인가? 나아가 그것은 여성에게 어떠한 구체적이고도 특수한 의미를 지니는가?'

《시장과 전장》은 지영과 기훈의 삶을 교차로 보여 준다. 이때 우리가 생각해 볼 것은 여성(지영)에게 전쟁 서사란 무엇인가다. 결론부터 말하면, 남성과 다른 여성이 겪는 전쟁 서사는 전방이 아닌 후방, 이념 대립이나 물리적 폭력이 아닌 생존과 생명이 주된 동력이 된다는 점이다.[6]

> 사람들은 갈가마귀떼처럼 몰려들어 가마니를 열었다. 그리고 악을 쓰면서 자루에다 쌀과 수수를 집어넣는다. 쌀과 수수가 강변에 흩어진다. 사람들은 굶주린 이리떼처럼 눈에 핏발이 서서 자루에 곡식을 넣어 짊어지고, 일어섰다. 쌀자루를 짊어지고 강변을 따라 급히 도망쳐 가는 사나이들, 쌀자루에 쌀을 옮겨 넣는 아낙들, 필사적이다. 그야말로 전쟁이다.
>
> (중략)
>
> 더 험난한 앞날이 있을지라도 오직 이 순간을 위해 지영은 신에게 감사를 드리는 것이었다. 모든 것을 잃고, 슬픔까지도 잃었는지, 다만 잃지 않았던 것은 슬기로운 목숨과 삶을 향한 의지.
>
> _《시장과 전장》

문학은 가장 구체적이고 특수한 개인을 통해 그 사회와 현실의 모습을 다채롭게 조망한다. 거대한 이데올로기와 이념 대립의 거대 서사가 여성이라는 특수하고 구체적인 한 개인에게 어떻게 받아들여지고 경험되는가에 대한 기록은 소설이 할 수 있는 가장 위대하고도 커다란 역할이라 하지 않을 수 없다.

가부장제를 배반하면서도 벗어날 수 없는
이중성에서 분열하는 여성들

《토지》는 박경리의 대표작이자 한국문학을 대표하는 소설이다. 이 소설을 접한 독자들은 일단 방대함에 놀란다. 1969년부터 연재를 시작해 94년 8월까지 25년에 걸쳐 쓰였고 단행본 21권에 달하니 그럴 만하다. 소설 배경은 구한말부터 해방 직후까지다. 공간적으로는 하동 평사리로부터 서울, 간도, 도쿄, 진주를 거쳐 지리산까지다. 작품에 등장하는 누대에 걸친 사람들과, 그들과 관련된 인물, 이들이 만든 이야기들과 사건 또한 실로 우리가 상상해 봄 직한 소설적 구성을 넘어선다. 그런 만큼 박경리에 관한 연구 성과물 중 가장 많은 것이 《토지》다.

이 작품은 박경리의 모든 체험과 상상력, 삶의 모든 고통이

---

6 김양선, 〈한국전쟁에 대한 젠더화된 비판의식과 낭만성〉, 《페미니즘 연구》 8(2), 한국여성연구소, 2008.

진액으로 녹아들어 있는 역작이다. 전후세대 여성작가로 출발한 박경리는 이 작품을 씀으로써 비로소 '여류'라는 꼬리표를 떼어 내고, '사소설' 시비마저 종식시킬 수 있었다.

이 작품이 작가 개인이나 한국문학사에서 큰 의미가 있는 것은 작가가 자신의 체험과 가족사를 넘어 민족과 역사에 관해 쓰는 작가로 거듭났다는 점에 있다. 또한 이 소설은 모계 중심의 서사를 이루고 있다는 점에서 여성문학의 자장 안에서도 매우 중요한 의미를 갖는다. 이 작품은 가족사 소설이라고도 할 수 있는데 작품의 1, 2부는 1대 윤씨 부인으로부터 3대 최서희에 이르는, 최씨 가문의 몰락과 재건에 집중되어 있다. 작품 속 자존심 강한 여성 가장 모티프는 이전의 박경리 소설에서도 지속적으로 확인된 바인데, 평사리 최참판댁 가문의 흥망성쇠, 그리고 그 파란의 중심에 서 있는 여성들의 이야기는 우리의 여성들이 근대를 어떻게 경험했는가를 잘 보여 준다.

그런데 중요한 것은 여성들의 근대 체험의 양상이 매우 복잡한 무늬로 작품에 나타난다는 점이다. 왜냐하면 여전사 같은 최서희의 가문 재건 투쟁사는 강인한 여성의 이야기를 내세움으로써 잊힌 여성의 자리를 확인케 하지만 그녀의 가문 재건은 여전히 봉건적 이데올로기의 자장 안에 있기 때문이다. 또한 작품 속 기층 민중 여성들 역시 전통 봉건사회의 이데올로기에 포획된 채 여성으로서 자신의 삶과 운명에 복종하는 모습을 보이기도 한다. 작품 후반부에 나오는 신여성 역시 근대문물주의에 대한 작가의 비판적 시각으로 통제되고 있다는 점 또한 다양한 해석과 논란의 여지를 남긴다.

《토지》가 보여 주는 여성의 근대 체험의 양상은 가부장적 이데올로기를 배반하면서 한편으로는 그에 봉사하고 교묘하게 복종하는 것으로 나타난다. 또한 새로운 근대문물을 경험하면서 그것을 문화론적 입장에서 비판하는 모습을 띤다. 그런데 이러한 이중성 혹은 모순은 근대라는 것이 당시 여성들에게 어떻게 경험되고 어떤 의미를 띠는가, 그 분열된 양상들을 적나라하게 보여 주는 중요한 지표가 될 수 있다는 점에서 더욱 의미가 있다. 가부장과 봉건적 이데올로기가 잔존하는 상황에서 새로이 경험하게 되는 근대는 분열되고 혼란스러운 것일 수밖에 없는 탓이다. 이 작품에 드러나는 여성의 근대 체험, 그것의 이중성은 "온전한 근대로의 진입이 허락되지 않았던 파편화되고 분열된 불행한 우리 역사를 입증"[7]하는 것이다.

여성이 겪는 근대의 체험을 여성만의 구체적 상황과 목소리로!

작가가 문학을 선택한 것인가, 문학이 작가를 선택한 것인가? 박경리의 삶과 문학을 들여다보면 문학이 아니면 안 되었을 거

---

7 백지연, 〈박경리의 《토지》〉, 《역사비평》 5월호, 역사비평사, 1998, 351쪽.

룩한 운명의 힘, 그러나 작가 자신에게는 피할 수 있다면 피하고 싶었을 그 힘에 대해 생각하게 된다.

박경리는《토지》를 집필하는 동안 잠깐의 수술 기간을 제외하고는 단 하루도 글쓰기를 거르지 않았다고 한다. 악인일지언정 작품 속 인물을 죽이고 나서는 몇 날을 서럽게 울었다고도 했다.《시장과 전장》을 탈고한 후에는 엎디어 온 방을 헤매 다니며 했다. 붕대를 감은 채 병마와 싸우며 글을 쓸 수밖에 없던 작가의 거룩한 힘 앞에 우리가 느끼는 것은 감동 이상의 경외심, 그리고 숭고함이다.

박경리는 앞서 말했듯이 한국 근대사를 관통한 작가다. 구한말에서 일제 강점기, 해방과 한국전쟁, 그리고 유신시대와 정치적 암흑기와 세계화의 시기에 이르는 한국의 굴곡진 시대를 살았다. 그리고 그 역사 위에서 여성이 겪는 근대, 전쟁, 그리고 역사와 삶이 무엇인지 섬세하고도 방대한 작품 세계를 통해 보여 주었다. 전쟁, 그리고 역사의 소용돌이가 훼손해 놓은 처절한 삶 앞에서도 자존심을 지키며 도도하게 살아가는 박경리 소설 속 여성들은 타락한 세계에서 인간이 마지막까지 가지고 있어야 할 고결한 하나의 영역, 인간적 가치와 자존감을 상기시키고 회복시킨다는 점에서 중요한 존재 의의를 갖는다.

문학이 가치 있는 것은 보편으로서의 역사와 이론이 말해 줄 수 없는 특수한 경험을, 특수한 한 개인을 통해 보여 주기 때문이다. 그러한 점에서 여성이 겪는 근대의 체험을 여성만의 구체적 상황과 목소리로 이야기해 주는 박경리의 소설이야말로 실로 값지다고 할 수 있을 것이다.

참고문헌

김양선, 〈증언의 양식, 생존·성장의 서사〉,《한국문학이론과 비평》15, 한국문학이론과 비평학회, 2002.

＿, 〈한국전쟁에 대한 젠더화된 비판의식과 낭만성〉,《페미니즘 연구》8(2), 한국여성연구소, 2008.

김예니, 〈박경리의 초기 단편소설의 서사적 거리감에 따른 변화 양상〉,《돈암어문학》27, 돈암어문학회, 2014.

김치수,《박경리와 이청준》, 민음사, 1982.

김현숙, 〈박경리 작품에 나타난 죽음과 생명의 관계〉,《현대소설연구》17, 현대소설학회, 2002.

박경리,《박경리 문학 전집》, 지식산업사, 1987.

＿,《시장과 전장》, 나남, 1993.

＿,《토지》, 나남, 2002.

백지연, 〈박경리의《토지》〉,《역사비평》5월호, 역사비평사, 1998.

이상진, 〈여성 존엄과 소외, 그리고 사랑〉,《박경리》, 새미, 1998.

이재복, 〈박경리의《토지》에 나타난 숭고미〉,《우리말글》59, 우리말글학회, 2013.

'아프레 걸'에서 '참한 여자'로의
도정을 보여 준 한말숙

박필현

한말숙

(韓末淑, 1931~)

소설가. 소설가 한무숙의 동생이고 국악인 황병
기가 배우자이다. 1931년 서울에서 태어났고, 서
울대 언어학과를 졸업했다. 1956년《현대문학》에
〈별빛 속의 계절〉, 57년 〈신화의 단애(斷崖)〉가 추
천되면서 작가로 등단했다. 특히 〈신화의 단애〉는
1950년대 말 실존주의 문학 논쟁의 주 대상이었
다. 다양한 제재(題材)를 통해 현대를 살아가는 여
성들의 심리를 섬세하게 그려 냈다. 작품집으로
《신화의 단애》,《하얀 도정(道程)》,《신과의 약속》,
《아름다운 영가》,《모색시대》,《유혹의 세월》등
이 있다.

한말숙은 유명 작가다. 그 이름이 빠진 현대문학사가 없을 정도로 말이다. 그런데 '한말숙' 하면 가장 먼저 떠오르는 것은 무엇일까. 혹자는 언니인 소설가 한무숙을 떠올릴 수도 있을 테고 어쩌면 그에 더해 작가의 남편이나 자녀의 이름까지 떠올릴 수도 있을 것이다. 또 다른 누군가는 김동리와 이어령 사이에 벌어졌던 실존주의를 둘러싼 비평 논쟁이나 그 논쟁의 중심에 놓였던 등단작 〈신화의 단애(斷崖)〉를 떠올리기도 할 것이다. 사실 이런 생각의 흐름들이 별스러운 것은 아니다. 우리 문학사에서 자매 작가란 충분히 도드라지는 특이점이고, 가족들이 유명 인사인 경우 역시 그리 흔한 일은 아니며, 〈신화의 단애〉는 작가의 등단작인 동시에 대표작이기도 하니 말이다. 질문을 더해 보자. 이 유명 작가의 가족 배경이나 등단작, 그다음을 물으면 어떻게 될까. 〈신화의 단애〉 외에 한말숙의 또 다른 대표작으로는 어떤 것들을 꼽을 수 있을까.

관심 밖의 '유명 작가', 이상한 침묵들

한말숙은 《하얀 도정》, 《아름다운 영가》, 《모색시대》, 《유혹의 세월》 등의 장편을 비롯해 60여 편의 단편을 발표한 작가이다. 1956년 〈별빛 속의 계절〉과 1957년 〈신화의 단애〉를 발표하며 등단한 이래, 2012년 《문학사상》에 〈친구의 목걸이〉를 수록했고 2016년에는 그간의 단편을 골라 묶어 《별빛 속의 계절》을 출간한 현재진행형의 작가이기도 하다. 1950년대부터 2010년대에 이르기까지 장장 반세기가 넘는 기간 동안 작품 활동을 해 온 작가의 이름을 듣고도, 등단작 외에 공통적으로 꼽을 수 있는 대표작 몇을 떠올리기 어렵다는 것은 어찌 보면 놀랍다 못해 의아한 일이다. 이런 현상은 "평단에서의 한말숙에 대한 배려는 대단히 인색"하며 "인색한 정도가 아니라 무례할 정도"[1]라는 언급과 통하는 바가 있을 것이다. 이름이 오르지 않은 문학사는 없으되 정작 관심을 갖는 논자들이 드물다는 것,[2] 이 모순적인 현상은 도대체 어디에서 기인한 것일까.

몇 가지 요인을 생각해 볼 수 있을 것이다. 우선 그 하나는, 한말숙이 부르주아 여성작가의 전형에 가깝다는 것이다. 물론 전후 한국 여성문학은 기본적으로 부르주아 여성작가 중심이었다.[3] 그러나 이 시기 대거 등장한 여성작가군 중에서도 한말숙은 특히 도드라지는 인물이다. 우선 선대부터 경제적으로나 문화적으로나 여유로운 집안 환경을 풍토로 갖고 있었다. 아울러 직접적으로든 간접적으로든 특정의 이념을 드러내는 경우도 없었고 하다못해 돌출적인 사생활로 세간에 이름을 알린 일도 없었다. 문학의 사회성이나 민중성 등을 중시하는 입장에서 볼 때 이런 배경 및 특성을 가진 한말숙의 문학 활동이란 치열한 고투와는 거리가 먼, 그저 곱세 자란 영애(令愛)의 고급스러운 취미 향유로 느껴졌을 가능성이 크다. 이런 경우 한말숙에 대한 무관심은 다소간 의도적인 침묵, 곧 배경에 따른 일종의 역차별이자 말 그대로 무시에 가까운 것이라 하겠다.

다른 하나는 한말숙에 대한 그간의 평과 관련된 것이다. 1990년대 중반에 이르러 유인순이 문제를 제기한 것을 필두로 해서 2000년대 이후 문학을 읽는 키워드로 여성을 내건 논의들이 다양화되기 이전까지, 한말숙에 대한 논의는 단평들 위주였다. 그 내용은 대개 문체, 구성, 묘사력, 소재의 다양성 등 표현의 측면에서는 분명한 장점을 가지고 있지만, 인간 실존 혹은 사회·역사적 문제 등 내용적 측면에서의 깊이, 곧 작가의 문

---

1 유인순, 〈다시 읽는 한말숙의 신화의 단애〉, 《한국언어문화》 13, 한국언어문화학회, 1995, 78쪽.

2 변신원은 "우리 문학사에서 한말숙이라는 작가에게 관심을 보여 준 바는 적지만 그의 이름이 오르지 않은 문학사는 없다는 점은 그를 작가로 인정하는 방식이 다분히 상투적이었음을 의미하는 것은 아닐까" 하고 묻는다. (변신원, 〈한말숙 소설연구 : 결핍의 글쓰기로부터 자족의 세계로〉, 《현대문학의연구》 19, 한국문학연구학회, 2002, 227쪽.)

3 박정애, 〈전후 여성작가의 창작 환경과 창작 행위에 관한 자의식 연구〉, 《아시아여성연구》 41, 숙명여대 아시아여성연구소, 2002, 218쪽.

제의식이나 문학적 탐구는 부족하다는 지적이었다. 이렇게 본다면 한말숙에 대한 본격적인 논의가 드문 이유는 작품이 가진 결정적 한계 때문이라 할 것이며, 이때 문제는 논자들이 아니라 애초에 깊이 있게 논의할 거리를 갖지 못한 작품이 된다.

이외에도 한말숙의 작품 활동 주기 역시 한말숙에 관한 논의가 드문 요인 중 하나로 들 수 있을 것이다. 한말숙의 창작 활동은 지속적이기는 했으나 한결같은 꾸준함을 갖는 것은 아니었다. 예를 들어 한말숙은 등단한 지 3, 4년 만에 15편의 단편을 갖고 첫 작품집을 냈는데 이는 전체 단편의 대략 4분의 1에 해당하는 양이다. 그런가 하면 1990년대에는 새롭게 발표된 작품들을 아예 찾아보기 어렵다. 활동 초기에는 왕성한 창작열을 보여 주다가 어느 순간 돌연 다른 양상을 보인 셈인데, 이러한 활동의 불균형이 자연스럽게 분기점을 만들어 초기 이후 드문드문 발표된 작품들에 대한 관심을 떨어뜨린 것이다.

그러나 이러한 답은 실상 오롯한 답이 아니다. 한말숙의 작품은 정말 문제에 대한 집중성이 떨어지는, 그저 고급스러운 취미 활동의 결과인 것일까. 불과 3, 4년 만에 15편의 작품을 쏟아 내던 작가가 왜 글쓰기에 더는 그런 열정을 보여 주지 못하게 된 것일까. 혹은 1950년대에 이미 낯설고도 매혹적이던 '아프레 걸(Après-girl)'[4] 진영(〈신화의 단애〉 속 인물)은 어쩌다가 2010년대에 이르러 그다지 낯설 것도 놀라울 것도 없는 '참한' 여자, 노스탤지어에 빠진 초로의 여인 윤희(〈친구의 목걸이〉 속 인물)가, 그리고 그것을 지켜보는 신에기 되었을까. 답은 이처럼 오히려 새로운 질문들을 거듭 불러일으킨다.

고투하는 여성들과
고투 없는 '아프레 걸'의 등장

전후는 모든 가치가 황폐해진 시기이자 역으로 질서를 세우려는 권력 의지가 강화될 수밖에 없는 시기이다. 그리고 기존 사회의 불안이나 질서의 균열은 흔히 여성을 규제하는 양식으로 나타나곤 했다.[5] 이런 시기에 등장한 〈신화의 단애〉 속 진영은 지독히 가난한 미대생이자 하루하루의 생존을 위해 낯모르는 이와 춤을 추는 댄서이기도 하다. 물론 춤만 추는 데서 끝나는 것이 아니라 돈을 위해서라면 얼마든지 몸을 내주고 계약 동거도 서슴지 않는다. 이런 진영의 태도는 곧잘 윤리의 부재, 기회주의자, 순간의 본능에 충실한 존재 등[6]과 같이 비판적으로 규정되곤 했다. 당대 드물지만은 않던 이 타락한 '아프레 걸'들 중

---

4 아프레 걸. 한국전쟁 이후 봉건적 관습을 거부한 새로운 여성상을 가리키는 당대 신조어다.

5 방금단, 〈전후 소설에서 여성인물의 형상화 연구〉, 《돈암어문학》 19, 돈암어문학회, 2006, 151~153쪽.

6 각각 정태용(〈20년의 정신사〉, 《현대문학》 124, 현대문학사, 1965, 18쪽.), 천상병(〈자기소외와 객관적 시선-한말숙론〉, 《현대한국문학전집 13》, 신구문화사, 1967, 485쪽.), 최혜실(〈실전주의 문학론〉, 《한국전후문학연구》, 삼지원, 1995, 152쪽.)의 논평이다.

에서도 진영은 단연 이채로운 존재이다. 대개 가난과 성매매 사이에 놓인 여성들은 갈등과 고민을 거듭하며, 그 과정에서 연민을 불러일으키거나 자포자기 혹은 자기혐오에 빠지기도 한다. 그러나 〈신화의 단애〉 속에는 기존의 성윤리로 인한 갈등이나 고민이 생략되어 있다. 남이야 뭐라 하든, 따뜻한 바닥과 몇 개의 고구마만 있으면 행복한 이 아르바이트 댄서가 보기에는 "찬 하늘 아래 홀로 하얗게 서" 있는 성모 마리아가 오히려 애틋하고 가엾다. "처녀가 애기를 낳다니! 사랑의 기쁨도 모르면서 진통만 겪다니! 가엾어라." 진영은 기존의 가치관 때문에 고민을 하지도 자기를 연민하지도 인간을 부정하지도 않는다.

종래의 여성들은 사회적 배경이나 상황이 다르다 해도 늘 싸우고 애쓰고 노력했다는 점에서만큼은 공통적이다. 부르주아 계급이든 프롤레타리아 계급이든 간에 치열함이나 피로함을 갖고 있기는 매한가지였다. 배곯을 일 없는 삶이지만 '나'로 살기 위해 각종 이유를 들어 가출을 감행해야 하는 인물들, 훌륭한 여성이기 위해 혁명을 하는 와중에도 하얗게 빨래를 빨아내고 정하게 밥을 하며 여공(女功)에 힘써야 하는 인물들, 여성인 '나'를 사회 속에 세우기 위해 모성 이데올로기나 국가 이데올로기를 덮어쓰는 인물들, '자유로워야 한다'는 의식에서 결코 자유로울 수 없었고 전전긍긍 인정투쟁을 내려놓을 수 없었던 그 많은 여성들……. 진영은 사회 윤리의 경계를 부수고 있으나 딱히 그로 인해 괴롭지 않으며, 명백히 여성이지만 여성임

올 강하게 의식하지도 않는다. 그지 여성인 인간 '나'로 '오늘'을 기꺼이 살 뿐이다. 사회와 싸우거나 갈등하는 대신 생래적으로 이미 자유롭다는 점에서 한말숙의 진영은 분명 기존에 없던 낯선 존재이다.[7]

번번이 울타리에 부딪혀 피투성이가 되는 삶이 있는가 하면 울타리 안에 살되 그 경계를 전혀 의식하지 않거나 의식 못하는 삶도 있다. 이성적·관념적으로 울타리의 존재를 알지만 정작 그 울타리가 자기 삶을 건드린 적은 없는 상태, 진영의 이 낯선 생래적 자유로움은 바로 그것에서 배태된 것일 수 있다. 즉 가난하면서도 궁상스럽지 않고 사회적 규정에서부터 이미 자유로울 수 있었던 것은 애초에 그 모든 것을 핍진하게 앓지 않았기 때문일 수도 있다는 것이다. 그러나 그로 인해 구체성을 상실했다 할지라도 진영의 이런 모습 자체는 여성이기에 가지게 되었던 어떤 이지러짐도 없다는 점에서만큼은 분명 이채롭다.

---

7 변신원(앞의 글, 240쪽)은 진영을 가리켜 존재의 내부로부터 스스로의 의미를 직조하는 인물이라고 논한다.

결혼이라는 '시험'과
세계의 분열

한말숙 작품에서 어떤 울타리가 진정으로 의식되는 것은 결혼이라는 제도를 응시하면서부터이다. 여성인물들에게 있어서 결혼은 곧잘 끝없는 곤비(困憊)나 심지어 죽음으로 이어지기도 한다. 《하얀 도정》, 〈한 잔의 커피〉, 〈맞선 보는 날〉 등 다양한 작품 속에는 결혼을 끊임없이 지연시키는 인물들, 곧 결혼이라는 것이 삶의 양태를 완전히 바꾸어 놓을 것이라는 어떤 불안이 드러난다. 〈한 잔의 커피〉에서 윤은 결혼해서 구차하거나 불행하게 사는 것을, 응시는 했으나 실패한 시험에 비유한다. 그러니까 결혼은 시험이고, 그 시험에 합격한다는 것은 구차하거나 불행하지 않게 그야말로 'happily ever after'로 끝이 나야 하는 것이다. 물론 애초에 결혼은 시험이 아니고 따라서 합격할 수 있는 것도 아니다. 동화 속 해피엔딩이어야 합격이라는 것이 가능할 텐데 결혼이라는 것이 동화가 아니라 현실이라는 것을 모를 수는 없다. 윤은 끝없이 이어지는 구혼자들에도 불구하고 결혼을 회피하는데, 그 이유는 "커피 한 잔 고상하게 마시기도 어려울 것 같아서"와 같이 가볍게 표현된다. 이때 윤이 말하는 '커피 한 잔'이란 액면가 그대로 차 한잔할 수 있는 여유에 그치는 것이 아니라 내가 내 삶을 향유하는 것, 내가 나로 살 수 있는 시간 정도가 될 것이다. 윤에게 결혼은, 과연 내가 내 삶의 주인으로 사는 것이 보장될지 알 수 없는 무한히 불안한 미지의 세계인 것이다. 따라서 결혼은 피할 수 있다면 피하고 미룰 수 있다면 미루고 싶은 것일 수밖에 없다. 그러나 이와 동시에 당대 한국 사회에서 결혼은 실상 강인한 의지나 결심 없이는 끝끝내 피해 가기 어려운 것이기도 하다.

작품 속 윤처림 결혼을 지연시키고 싶었던지 한말숙은 1962년 당시로서는 꽤나 늦은 나이인 만 서른이 넘어서 결혼을 했다. 그리고 이 시기를 기점으로 하여 작품 활동이 서서히 줄어들고, 작품 속에서는 '아프레 걸' 대신 반복되는 생활과 각종 의무에 갇힌 주부가 등장한다.[8] 〈아기오던 날〉, 〈신과의 약속〉, 〈어느 여인의 하루〉 등 결혼 생활이나 육아 등과 관련된 소소한 일상의 갈등을 다룬 작품들은 구체적인 생활의 면면을 담아내고 있는데, 아니나 다를까 우려했던 것처럼 이들 주부들의 생활이란 액면가 그대로 커피 한 잔을 고상하게 마실 수 있는 시간조차 휘발되고 없는 그런 것이다. 〈어느 여인의 하루〉 속 현숙은 주어진 생활 속에서 누차 갑갑함을 토로하며, 남편의 가벼운 노랫소리를 통해서도 그는 가졌으나 자신은 갖지 못한 것을 문득문득 인식하곤 한다. 서정과 근호의 이혼 소송을 둘러싼 이야기인 〈무너지는 성벽〉에서는 서정뿐만 아니라 합리적인 주

---

8 이덕화는 한말숙의 작품 소재를 크게 두 가지로 분류하고 있다. 첫째는 전후의 혼돈과 궁핍 속에서 삶의 의미를 찾지 못하고 표류하는 여성들, 둘째는 작가의 결혼과 출산 경험이 토대가 된 자신의 정체성을 묻는 여성들이다. (이덕화, 〈웅시로써의 글쓰기-한말숙의 〈하얀 도정〉〉,《한국문학이론과 비평》 41, 한국문학이론가 비평학회, 2008, 234쪽.)

변 사람들의 시선이나 입을 빌려 성별에 따른 차별이나 부당한 며느리라는 위치, 고부간의 갈등 등 기혼 여성이 겪을 수 있는 많은 문제가 구체적으로 제기되기도 한다.

현숙(《어느 여인의 하루》)은 아내이자 세 아이의 엄마이고 대학 강사이자 소설가이기도 하다. 그녀의 주된 갈등은 글을 쓰고자 하는 마음에서 비롯된다. 가사나 육아를 도와줄 고용인들이 있고, 남편이 경제적으로 능력이 있어 금전적인 이유로 강사 일을 하지는 않아도 될 형편이지만 그로 인해 현숙의 글쓰기가 고상한 취미 활동이 되는 것은 아니다. 현숙에게 원고를 펼치는 것은 여유나 취미와는 거리가 먼 치열한 투쟁에 가깝다. 버거울 정도로 일상생활의 일정은 빠듯하지만 현숙은 그 조각난 시간 사이사이에 끝없이 원고를 펼친다. "온 세상이 모든 것이 들들 볶는 것 같고 넛속이 바싹 말라 가루가 되어 바람에 날려 흩어지는 것 같다"고 하면서도 "머릿속이 뒤죽박죽 가슴에서 뜨거운 것이 치밀어 폭발할 것 같다"고 하면서도 현숙은 쓰고 싶어 한다. 현숙은 그 갈등을 겪으며 결국 "속세와 영의 세계를 함께 살려고 하는" 본인이 원인이라고 되뇐다. 이때 속세와 영의 세계는 단순히 현실과 문학 세계의 괴리를 가리키는 데서 그치지 않는다. 현숙에게 속세는 타인이 요구하는 그야말로 생활과 의무로 채워진 삶의 세계라면, 영의 세계는 그 자신이 오롯이 자신의 삶을 사는 세계를 가리킨다 하겠다. 내가 오롯이 '나'일 수 있는 순간이 바로 글을 쓰는 순간인 셈이며, 그 순간이 곧 나 자신의 삶을 살아 내는 순간인 셈이다. 현숙의 친구 기옥은 두 아들이 있는데도 이혼을 감행하고 유럽으로 유학을 갔다. 현숙은 그런 기옥의 자유롭고 활달한 삶을 부러워한다.

떠나지 못한 '노라', 시선에 갇힌 주부들

결혼과 가부장적 이데올로기라는 울타리 속으로 들어간 여자들은, 그 안에서 갑갑해하고 억울해하던 그녀들은 어떻게 되었을까. 현숙은 갓난아기의 울음소리를 듣고서는 기옥을 향해 부럽다고 쓰던 답장을 찢고 아이에게 달려간다. 무수히 갈등하면서도 현숙의 선택은 어머니로서 자기 자리를 지키는 것이었다. 갈등과 균열의 순간이 결코 가볍지 않음에도 불구하고 그것은 이렇게 다소 허무하게 봉합되어 버린다. 한말숙이 그려 낸 초로의 여인들의 삶은 결국 이렇게 체제 내에서 지극히 평화롭고 안정적이다. 가슴에서 뜨거운 것이 치밀어 폭발할 것 같다고 하면서도 아이의 울음소리에 쓰던 편지를 찢는 것이다. 실제로 한말숙은 한동안의 침묵에 대해 이렇게 말했다.

> 너무도 일 많은 10년이었다. 남편의 해외 공연이 더 잦아졌는데, 언제나 동행했다. 미국 유학 간 아들 둘이 박사 과정 중에 귀국해서 군 복무를 마쳤다. 남편이 대장암 수술을 했다. 92세

의 시어머니가 돌아가셨고, 친정 오빠와 언니 둘이 타계했다. 2남 2녀를 모두 결혼시켰고, 예쁜 외손, 친손들이 태어났다. …… 작품 수는 적으나 주부 작가인 내게는 문학만 생각하고 있을 시간은 거의 없었다. 나에게는 내 문학보다도 가정이 언제나 우선이었다.

_《별빛 속의 계절》〈작가의 말〉에서

문학보다 가정이 언제나 우선이었다는 작가의 발화는 참으로 군더더기 없이 매끈하다. 그러나 그 단언에 이르는 과정이 과연 그 말만큼 손쉽고 매끈하기만 했을까.[9]

이와 관련해 현숙이나 서정(〈무너지는 성벽〉) 등 기혼 여성이 그려지는 방식에 조금 더 주의를 기울일 필요가 있어 보인다. '아프레 걸' 진영은 윤리가 부재한 사람들이라고 비난받았을지언정 정작 그 자신은 타인의 시선으로부터 자유로웠다. 그러나 기혼 여성이 그려지는 방식은 진영과는 사뭇 다르다. 작가는 이들을 보는 주변의 시선이나 평가가 어떠한지를 이상할 정도로 반복해서 서술한다. 이를테면 스스로 이혼 소송을 제기하고, 증언 과정에서 시어머니를 향해 '저 여자'라고 지칭하는 서정이 그저 맹랑한 여자가 아니라는 사실을 증명이라도 해야 한다는 듯이 허 박사나 복희의 생각 혹은 입을 빌려 서정이 존경받을 만한 사람임을 거듭 강조한다. 현숙은 각종 시선이나 평가, 말들에 유난히 민감한데 시숙모의 말, 동서의 말, 동창들의 밀 등이 끝없이 그의 신경을 붙잡는다. 백화점 점원이 알아보는 일을 겪고는 방송 출연은 하지 않으리라 다짐하는 현숙의 예민한 결심은 겹겹이 처진 시선의 감옥에 갇힌 갑갑함의 표현이기도 하다. 무수한 시선의 감옥에 갇힌 채 가정을 떠나지 못한 '노라'들, 세월이 지나서 본 이들은 다양한 측면에서 여유로우며 때로는 자신의 가정 울타리를 넘어 이웃을 살피기도 한다. 그러나 이들의 삶이 그저 충만하기만 한 것은 아니다. 〈친구의 목걸이〉에서 목걸이의 주인인 윤희 역시 안정된 주부이다. 그런데 초로의 나이에 윤희는 거듭 옛사랑 태섭을 만나고 싶어한다. 젊은 시절 가정 형편이 어려워진 태섭은 고단하게 일해서 번 돈으로 애인이었던 윤희에게 금목걸이를 선물한다. 하지만 윤희가 하고 있는 그 목걸이를 본 스님은 그것은 목걸이가 아니라 뱀이라고 외친다. 윤희는 결국 뱀을 잃었고 그 대신 다정하고 친구 같은 선량한 남편을 얻어 안정적인 가정을 꾸리는데 성공했다. 태섭의 목걸이는 안정된 삶을 보장해 줄 수 없는

9　변신원은 한말숙의 후기 작품을 보면 작가 정신은 사라지고 개인 경험에 국한된 신변 잡기적 글쓰기를 하고 다분히 현실에 타협하는 태도를 보인다며, 후기 작품을 가리켜 '자족하는 자의 글쓰기'라고 지칭·비판하고 있다. (변신원, 앞의 글, 232쪽) 〈작가의 말〉은 마치 이런 논의를 방증하는 듯하다. 그러나 어쩌면 이런 분석은 작품 속 현숙이나 서정 등의 고투를 너무 가벼이 지워 버리는 것은 아닐까. 이제는 결과론보다 "문학보다도 가정이 언제나 우선"이었다는 작가의 군더더기 없이 매끈한 발화 뒤에 숨겨진 것, 곧 '문학 vs 가정'의 구도나 '문학 〈 가정'으로의 귀결 과정 등에 좀 더 주의를 기울일 필요가 있어 보인다. 그렇게 할 때 비로소 미처 말해지지 못한 것들, 듣지 못했던 이야기들을 만나게 될 터이니 말이다.

위험한 것 그러나 매혹적인 그 무엇이었던 셈이다. 달리 말하자면 좋은 남편과 안정적인 가정을 얻었으나 그것을 얻는 대가로 잃어야 했던 것이기도 하고 말이다. 뱀은 안온한 삶을 위협하는 위험한 유혹이지만 동시에 자신의 시선으로 세상을 응시하는 지혜이기도 하다.

결락된 이야기들, '인간 나'의 여자 되기

인간은 다층적인 관계망 속에 존재한다. 그뿐만 아니라 매 순간 변화하는 존재이기도 하다. 따라서 애초에 고정된 정체성이라는 것은 형성되기 어려운, 그리하여 규정하는 순간 미끄러지는 잉여가 발생할 수밖에 없는 것이다. 그럼에도 불구하고 우리는 정체성을 규정한다. 인종, 국적, 계급, 학력, 성별 등등의 도구를 들고 말이다. 부유하고 명망 있는 집안, 서울대 언어학과를 졸업한 지식인, 그리고 여성. 어떤 의미에서는 그가 가진 다른 것들로 인해 한말숙의 작품 속 인물들에게선 더욱 여성으로서의 정체성이 부각된다. 기존의 관습이나 윤리 따위는 애초에 없는 것인 양 가뿐히 뛰어넘었던 진영, 결혼에 대해 망설이고 또 망설이던 윤들이 웨딩마치가 울려 퍼지는 순간 곧장 사회가 정해 준 '참한' 여성, 현모양처가 되었을 리는 만무하다. 무엇인가를 어떤 방식으로든 쪼고 깎아 내고 떨군 후에야, 지우고 감춘 후에야 비로소 "문학보다도 가정이 언제나 우선"이라는 무갈등의 단언에 이를 수 있었을 것이다.

그 무엇도 울타리가 아니었던, 가난조차도 궁상스럽지 않았던 진영에서, 아쉬울 것이 없어 보이나 새삼 간절히 옛사랑과의 재회를 꿈꾸는 윤희에 이르기까지, 한말숙의 소설 쓰기는 여자인 '인간 나'가 사회적으로 규정된 참한 여자가 되어 간 과정을 보여 주고 있는 듯하다. 가볍거나 매끈한 말들 뒤에 자리한 것들, 그러니까 낯선 '아프레 걸'과 '참한 여자' 그 사이에 놓인 것은 무엇일까. 그 사이에 도대체 무슨 일이 있었던 것일까. 일견 매끈하게만 보이던 그 과정의 군데군데에서 드러나는 지연과 균열과 돌출된 자리에, 드문드문 입을 벌려 가리고 감추며 말하는 그 목소리에 이제는 조금 더 귀를 기울일 필요가 있을 것이다. 새롭고 매혹적인 '아프레 걸'에서 노스탤지어에 빠진 '참한' 초로의 여인이 되기까지의 이 도정은 그저 "문제에 대한 집중성이 떨어지는 부르주아 여성" 한 사람이 사회의 이데올로기에 손쉽게 몸을 맞춰 간 과정으로 치부될 수도 있지만, 실은 무수히 많은 여성의 보편적이고 뼈아픈 이야기 그래서 지극히 사회적이고 역사적인 이야기이기도 하기 때문이다.

참고문헌

박정애, 〈전후 여성작가의 창작 환경과 창작 행위에 관한 자의식 연구〉, 《아시아여성연구》 41, 숙명여대 아시아여성연구소, 2002.

방금단, 〈전후 소설에서 여성인물의 형상화 연구〉, 《돈암어문학》 19, 돈암어문학회, 2006.

변신원, 〈한말숙 소설연구 : 결핍의 글쓰기로부터 자족의 세계로〉, 《현대문학의연구》 19, 한국문학연구학회, 2002.

유수연, 〈한말숙 〈신화의 단애〉에 나타난 실존성 연구〉, 《한국문학이론과 비평》 57, 한국문학이론과 비평학회, 2012.

유인순, 〈다시 읽는 한말숙의 신화의 단애〉, 《한국언어문화》 13, 한국언어문화학회, 1995.

이덕화, 〈응시로써의 글쓰기 - 한말숙의 〈하얀 도정〉〉, 《한국문학이론과 비평》 41, 한국문학이론과 비평학회, 2008.

조미숙, 〈지식인 여성상의 사적고찰 - 여성작가들의 작품을 중심으로〉, 《한국문학연구》 28, 동국대학교 한국문학연구소, 2005.

'열정적' 사랑과
'불새'의 글쓰기를 보여 준
최희숙

박찬효

최희숙

(崔姬淑, 1938~2001)

1959년 대학 3학년 때 《슬픔은 강물처럼》을 출
간해 "한국의 사강"으로 알려졌다. 여대생 작가
로 한때 주목을 받았으나 문단에서는 제대로 인
정을 받지 못했다. 미국으로 먼저 간 남편을 대신
해 가족의 생계를 책임지면서 지독한 가난의 시
간을 보내기도 했다. 여성 이민자의 삶을 성찰한
작품인 《뜸북새 논에서 울다》를 《미주 조선일보》
에 연재했다. 《창부의 이력서》, 《1980, 서울부인》,
《쐐기》 등 다수의 작품이 있다.

최희숙의 작품 속 여성은 대부분 금지된 사랑에 투신하는 '불새'의 형상을 하고 있다. 그녀들은 삶의 의미를 찾기 위해 금기에 도전하는 "불타는 새", "영원히 뜨거운 불새"[1]이다. 최희숙은 다음과 같은 시로 자신의 마음을 표현했다.

> 독버섯처럼 사랑을 마셔야만 하는 불새/날개를 잃고 몸부림치며 피 뿌리는 불새./활화산처럼 일어나고 싶은 외로운 불새는/나의 마음이며, 바로 내가 섬기는 대상이다./나는……나는 불새다.[2]

'불새'로서 최희숙의 면모는 그녀의 작품 속 여성인물이 보여 주는 '열정적' 사랑을 향한 충동에서 잘 나타난다. 최희숙의

---

1 최희숙, 《여자의 방》, 대종출판사, 1979, 336쪽.
2 김홍중 엮음, 《창부의 이력서》, 소명출판, 2013, 324~325쪽.

작품에는 기혼자와 미혼자의 연애 관계가 자주 형상화되며, 두 남녀는 서로에게 강렬한 매혹을 느끼면서 당대 사회 질서에서 벗어난다. 최희숙은 사랑해서는 안 될 남성을 사랑하는 여성인물의 열정을 통해 사회의 부조리함을 비판한 소설가였다.

최희숙은 영화계와 독서계에서는 뜨거운 호응을 받았지만, 문단과 평단에서는 철저히 외면당했다. 거기에는 여러 이유가 있겠지만 특히 그녀가 박계형 등의 여대생 작가와 마찬가지로 신춘문예나 추천제 등의 등단 제도가 아닌 형태로 작가가 되었기 때문으로 보인다. 1959년 당시 이화여대 국문과 3학년이던 최희숙은 《슬픔은 강물처럼》(신태양사)을 출간하여 큰 인기를 얻었고, 이 소설이 정창화 감독에 의해 영화화되면서 "집 한 채 값"을 받는다.[3] 그러나 통속 문학을 했던 최희숙은 순수문학을 추구했던 당대 문단에서는 격려와 인정을 받지 못했다.[4] 이러한 상황이어서 최희숙은 여러 여성지의 청탁을 받아 소설을 쓰는 와중에도 신춘문예에 응모해 정식으로 등단하겠다는 생각을 했던 것으로 회고된다.[5]

최희숙은 상당수의 작품을 남겼으나 그녀의 문학에 대한 논의는 2010년대 이르러서야 본격적으로 시작되었으며, 《슬픔은 강물처럼》을 비롯한 초기 작품을 중심으로 이루어졌다. 최희숙은 오랜 기간 연구자와 대중에게서 망각된 소설가였다고 할 수 있다.

최희숙의 소설은 1~3기로 구조화할 수 있다.[6] 1기의 작품은 1950~60년대 소설로, 주로 사회 질서에 저항하는 여대생이 주인공으로 등장한다.《슬픔은 강물처럼》,《부딪치는 육체들》,《사랑할 때와 헤어질 때》[7]를 들 수 있다. 2기는 1970~80년대 소설로, 여대생뿐만 아니라 기혼 여성이 주인공으로 등장하기 시작하며 주부라는 존재를 통해 가부장제 질서의 억압성을 들춘다. 그러나 '백마 탄 왕자'라는 판타지로 해결을 도모한다는 점에서 기존 질서를 전복하지는 못한다.《어제의 약속》,《여자의 방》,《1980, 서울부인》,《빈잔의 축제》,《쐐기》 등이 이 시기 작품이다. 3기는 1990년 즈음 발표된 작품으로, 최희숙은 미국으로 이민을 간 후 결혼·모성·여성 간 연대의 문제를 깊이 고민하게 된다.《뜸북새 논에서 울다》가 대표작이다.

　이 글에서는, 최희숙이 천박한 '아프레 걸'로 낙인찍혀 사회

3　조은정, 〈1960년대 여대생 작가의 글쓰기와 대중성〉,《여성문학연구》 24, 한국여성문학회, 2010, 88~90쪽 ; 양평,《베스트셀러 이야기》, 우석, 1985, 114쪽.

4　김홍중 엮음, 앞의 책, 313쪽.

5　위의 책, 340쪽.

6　최희숙의 삶과 문학을 전체적으로 조명한 자료가 부재하기 때문에 이 글에서는 먼저 최희숙의 문학 세계를 1기에서 3기로 나누어 살펴볼 필요가 있었다. 최희숙의 작품 목록은 숙명여자대학교 한국어문화연구소의《한국여성문인사전》(태학사, 2006, 828쪽)의 도움을 받았다.

7　2013년도에 소명출판에서 출판된《창부의 이력서》는 1965년 한 신문에 연재될 예정이었으나 최희숙이 "여자는 모두 창부 기질을 가졌고, 거기서 놀아나는 사내들은 얼간이"라고 발언했다가 독자의 항의가 빗발치면서 무산되었다. 최희숙의 아들이《사랑할 때와 헤어질 때》(1966)를 보고 손수 타자를 쳐 문서 파일로 만들면서 48년 만에 원제 그대로 출간될 수 있었다. (〈소설 '창부의 이력서' 48년 만에 원제목 찾았다〉,《동아일보》 2013년 11월 11일 자.)

에서 배제당한 통속 작가로 기억되고 있으나 사실 그녀는 당대 가족 이데올로기를 비판하고자 했던 소설가였음을 이야기하고자 한다.

시대에 저항하는 아프레 걸에서
가난한 통속 소설가로

1938년 서울에서 태어난 최희숙은 어린 시절 어디서든 주목을 받는 아이였다. 아버지 고향인 하동에서 피난 생활을 할 때는 "서울내기 다마내기"로 놀림을 받았지만, 진주여중에서는 글을 쓰기만 하면 상장을 받았고 항상 학교 교지에는 최희숙의 글이 실렸다. 대학 시절에는《여원》에 당선이 되면서 문학에 대한 자신감이 생겼다. 그러나 최희숙은 어머니가 고혈압으로 쓰러지면서 감당할 수 없는 불행을 경험하게 된다. 그녀는 어머니를 잃은 슬픔에 빠진 여대생 모습을 담은《슬픔은 강물처럼》을 통해 "한국의 사강"으로 유명해진다.[8]《슬픔은 강물처럼》(1959)은 여대생의 데이트 경험 등이 일기 형식으로 구성되어 있는데, 당시로서는 파격적인 연애 이야기를 담고 있다.

《슬픔은 강물처럼》 이후 최희숙은《부딪치는 육체들》과《사랑할 때와 헤어질 때》를 발표한다. 이 작품들은 여성의 욕망에 귀를 기울인다는 측면에서《슬픔은 강물처럼》의 연장선상에 있다. 그러나 내용은 한 단계 더 성장했다는 점을 반드시 주목

해야 한다.《부딪치는 육체들》과《사랑할 때와 헤어질 때》에는
여대생의 허무와 일탈, 여대생과 유부남의 열정적 사랑, 창녀가
된 여대생의 자살이라는 불량스러운 내용이 담겨 있다. 그러나
궁극적으로 이야기하고자 한 바는 위선과 허영으로 가득 찬 당
대 가족 이데올로기의 문제점이었다. 사회에서는 가부장제 질
서 안에서 행복한 가족을 형성할 수 있다고 주장하지만, 실질
적으로 낭만적 사랑의 논리 안에는 물질적 탐욕과 비윤리적 성
적 욕망 등이 내재되어 있었다. 그래서 최희숙은 작품을 통해
위선적 가족 질서를 비웃고 '창부'의 사랑이 더 깨끗할 수 있음
을 역설한다.[9]

　　이후 최희숙은 한동안 소설을 발표하지 않았다. 최희숙의
시아버지는 결혼을 허락하는 조건으로 그녀의 절필을 원했고,
최희숙은 결혼 후에 아내·며느리·어머니로서 평범하게 살고자
했다고 회고한 바 있다. 하지만 결혼 생활이 순탄치 못했다. 영
화감독이었던 남편은 가족을 두고 1970년대 중반 미국 뉴욕으
로 건너간 뒤 불법 이민으로 한국에 돌아올 수 없게 된다. 최희
숙은 생계를 위해 명동에 옷 맞춤점을 내지만, 대문까지 떨어
진 집에 살면서 경제적 어려움에 허덕인다. 남편이 한국에 부
재한 상황에서 물질적 문제와 정신적 공허함으로 힘들어지자

8　김홍중 엮음, 앞의 책, 316~322쪽.

9　박찬효,《한국의 가족과 여성혐오, 1950~2020》, 책과함께, 2020, 77~85쪽.

그녀는 낮에는 가게에서, 밤이면 서재에서 "신들린 무당"처럼 글을 쓰기 시작한다.[10]

1979년에 이르러 최희숙은 연이어 여러 편의 장편소설을 세상에 내놓는다. 남편이 미국으로 건너간 이후 몰두해 쓴 작품들을 수정해 내놓은 것으로 보인다. 즉, 1979년은 최희숙의 작품 세계에서 중요한 분기점이 되는 해로, 가난이라는 잔혹한 상황을 극복하기 위한 글쓰기가 시작된다. 《쐐기》에는 미국으로 건너간 남편 대신 시어머니와 딸을 부양하기 위해 힘들게 돈을 버는 여자 '수희'의 모습이 잘 나타나며, 수희는 현실 속 최희숙의 삶이 일부 반영된 인물이다. 《쐐기》에서 출판사 사장은 남편이 부재한 여성작가에게 '음험한' 웃음을 보내고, 출판사 건물의 수위는 "밖으로 싸돌아치"는 여성작가를 '이상한' 눈으로 바라본다.

1979년 이후 작품 중 《빈 잔의 축제》는 《슬픔은 강물처럼》을 다시 쓴 것이라는 점에서 주목할 만하다. 본래 《슬픔은 강물처럼》에서 주인공 희숙은 소설의 마지막까지 남자친구 '영'과 '보헤미안' 사이에서 갈등하며, '아프레 걸'은 처벌되지 않고 사랑을 계속하는 것으로 설정된다. 이는 '여대생' 작가의 소설에 와서 아프레 걸은 처벌을 통한 반성을 거부한다는 것을 의미한다.[11] 그러나 사회의 강압적 시선에 아랑곳하지 않았던 여대생은 《빈 잔의 축제》에 이르러 병에 걸려 죽어 버리고 만다.

《빈 잔의 축제》는 《슬픔은 강물처럼》과 주요 내용은 같지만, 주인공의 이름이 달라지며 문장이 전체적으로 수정되어 있다. 군대에 간 남자친구 '영'은 '훈'으로, 시를 쓰는 '보헤미안'은 '루지탕'으로, 여주인공 '숙'은 '메르헨'으로 이름이 바뀌어 있다. 《슬픔은 강물처럼》의 주인공 희숙은 서장에서 보헤미안에게 이 글을 쓰는 이유를 밝힌다. 반면 《빈 잔의 축제》의 머리말에는 최희숙이 '메르헨'이란 여성을 우연히 제주도에서 만났으며, 메르헨은 병에 걸려 죽음을 앞둔 상태였음이 언급된다. 최희숙은 여대생 메르헨을 젊은 시절 자신과 꼭 닮은 여성이라고 소개하면서 그녀의 애절한 사랑 이야기를 매우 공감하며 들었다고 이야기한다.

메르헨의 스토리가 된 《빈 잔의 축제》는 결말도 《슬픔은 강물처럼》과 확연히 다르다. 《슬픔은 강물처럼》의 희숙은 보헤미안에게 보내는 마지막 글에서 "우리 같이 영원히 있을 수 있을 거예요"라고 희망적으로 말한다. 그러나 《빈 잔의 축제》의 메르헨은 루지탕에게 보내는 마지막 글에서 "당신만을 사랑하다 죽어 가니 울지 말아야 해요"라고 한다. 무엇보다 1980년 즈음의 최희숙은 "가장 아름답고 분방한 사랑을 하였기에 밝게 빛날 수 있었"지만 결국 죽음에 이른 메르헨의 슬픔을 장황하게

---

10   김홍중 엮음, 앞의 책, 323~324쪽.

11   허윤, 〈'여대생' 소설에 나타난 감정의 절대화–최희숙, 박계형, 신희수를 중심으로〉, 《역사문제연구》 40, 역사문제연구소, 2018, 178쪽.

묘사한다.

남편이 미국으로 떠난 이후, 실질적으로 가장 역할을 해야 했던 최희숙은 경제적 어려움과 정신적 공허함 속에서 당당하게 자신의 사랑을 이야기하던 여대생을 죽음에 이르게 하고 말았다. 《빈 잔의 축제》에서 여대생의 죽음이란 사건은 남성'들'과 연애를 즐기던 여대생을 처벌하는 것처럼 여겨지기도 한다. 혹은 세상에 저항하는 자유분방한 여대생이 되고자 한 여성의 최후가 죽음과 같은 허무한 삶일 수밖에 없었다는 이야기를 하고 싶었던 것일까.

최희숙은 《슬픔은 강물처럼》을 썼을 때만큼은 아니지만, 점차 세간의 관심을 받기 시작한다. 영화 제작사와 감독들이 최희숙의 《다섯 개의 침대》(1981)를 영화화하기 위해 쟁탈전을 벌이고 있다는 기사[12]가 있으며, 《쐐기》는 《대전일보》(1982. 7.~1983. 7.)에 약 1년간 연재된 작품으로, 작가의 후기를 보면 신문사 측에서 계속 쓰기를 원했다는 사실을 알 수 있다.[13] 최희숙은 《쐐기》를 책으로 낸 후 기대감을 품고 미국으로 이민을 가지만, 그곳에서 그녀는 글 쓸 시간조차 가질 수 없게 된다.

엘렉트라 콤플렉스와 '열정적' 사랑의 문제

최희숙의 2기 작품 세계에 나타나는 중요한 특징은 '아버지의 존재성'이 변화한다는 깃이다. 최희숙의 1950~60년대 소실 속 여주인공이 지향하는 존재는 명백하게 어머니로 나타나며, 아버지는 가족을 외면한 채 자기 사업만 번창시키는 자이거나 아내를 두고 다른 여자와 놀아나는 위선자로 형상화된다. 그러나 1979년을 기점으로 '아버지'는 딸을 사랑하는 자상한 남성이었지만 현재는 부재해 딸이 항상 그리워하는 이상적 대상으로 변화한다. 여주인공들은 부재하는 아버지를 대신할 남성을 열정적으로 사랑함으로써 현실의 고통에서 벗어나려고 한다. 최희숙의 1기 작품(1950~60년대)이 오이디푸스 가족 서사의 해체를 지향했다면, 2기 작품(1970~80년대)은 대체로 아버지의 질서를 지향하는 가족 서사로 전환된다. 페미니즘 관점에서는 '퇴행'적 경향을 보여 준다고 할 수 있다.

《1980, 서울부인》은 최희숙 최후의 문제작인《뜸북새 논에서 울다》의 기반이 되는 작품으로, 중산층 부부의 위선적인 사랑을 보여 준다. 최희숙은 이 작품에서 남성 중심의 가치관에 포섭되었던 가정주부가 후에 '불륜'을 통해 자신의 존재성을 재발견하는 과정을 다루었다. 여주인공 '수자'는 소설의 전반부에서는 남편의 '남성성'을 치켜세우면서 여성해방 운동가들을 바보로 규정하고 여성의 육체를 폄훼하는 발언을 한다. 하지만

12　〈최희숙작 〈다섯개 침대〉 영화제작사들간 쟁탈전〉,《경향신문》 1982년 4월 6일 자.

13　최희숙, 〈작가의 말〉,《쐐기》, 청한출판사, 1985, 354쪽.

자신이 남편의 성공을 위한 도구에 불과함을 깨달은 순간, 여성해방론자가 된다. 남편 민정훈은 가문이 좋고 경제력이 있는 여성을 부인으로 맞기를 원했고, 수자는 결혼할 때 집과 더불어 큰 액수의 지참금을 가지고 온 여자였을 뿐이다. 그리하여 수자는 작품 전반부에서는 중산층 주부들이 춤바람 등에 빠지는 것을 도덕적으로 비판하는 정숙한 주부인 듯 행세하지만, 후반부에서는 자신보다 열 살 어린 세윤과의 금지된 사랑을 완성하기 위해 미국으로 건너가게 된다.

《1980, 서울부인》에서 주목할 만한 부분은 여주인공이 자신의 '몸'에 관심을 갖게 되는 과정이라 할 수 있다. 그래서 세윤과 수자의 정사 장면은 단순히 통속 소설의 흥미만을 위한 것이 아니라, 금지되었던 여성의 욕망을 수면 위로 끌어올리고자 하는 의도로 읽힐 수 있다. 수자는 출세하는 남편과 내조하는 아내라는 역할 규범에서 벗어나 부부가 진정 마음으로 소통하기를 원한다.

그러나 수자의 '열정적 사랑'은 표면적으로 가부장제 사회의 이데올로기를 비판하는 듯 보이나, 결국에는 남성 중심의 질서를 공고화하는 것이 된다. 니클라스 루만에 따르면 열정에 기초한 사랑은 과도함(excess)과 불안정성(instability)이라는 특성을 갖는다. 현실에서 열정적 사랑은 그 변덕스러움으로 인해 수명이 짧을 수밖에 없다.[14] 《1980, 서울부인》에서 수자와 세윤은 미국으로 건너간다. 그리고 자신들의 사랑이 가부장제 질서와 편견 등 "지구상의 부인할 수 없는 논리"를 깨뜨린 것으로 여기며 벅찬 눈물을 흘리지만, 사실상 이 장면은 하나의 판타지라 할 수 있다. 일시적으로 낭만적 사랑의 위선을 들추어 낼 수는 있어도, 현실적으로 이들의 사랑은 영원할 수 없기에 낭만적 사랑의 논리에 포섭될 수밖에 없다. 즉 '열정적 사랑'은 서로에게 매혹당한 두 남녀가 사회적으로 '고립'될 때만 진정으로 '제도화된 결혼'에 저항하는 감정이 될 수 있다. 결과적으로 수자는 미국에서 '다른' 남성과 낭만적 사랑에 입각한 스위트홈을 꾸린 것이 된다.

최희숙의 2기 작품에서는 여주인공이 어두운 현실을 돌파할 수 있도록 도움을 주는 구원자가 대체로 조건이 완벽한 남자로 설정되는 경우가 많다. 예를 들어 《여자의 방》에서 여대생 '서희'는 인생의 빛과 소금 같았던 애인이 죽고 사업에 실패한 아버지는 행방불명이 되는 상황에 처한다. 서희는 예술가인 중년 남성과의 사랑에 실패하자 자살까지 생각한다. 그런데 《여자의 방》에서는 서희를 구원해 줄 남성이 모두 죽거나 더는 만날 수 없는 이국으로 떠났다면, 다른 작품에서는 여주인공과 백마 탄 남성의 사랑이 성공하거나 앞으로 성공할 것임을 암시하며 끝난다. 《1980, 서울부인》에서는 수자가 자신을 열렬하게

---

14   이우창, 〈도리포스의 '감정교육'-《단순한 이야기》와 열정적 사랑의 문제〉, 《영미문학연구》 29, 영미문학학회, 2015, 144쪽.

사랑하는 '세윤'의 도움으로 출세 지향적인 남편의 굴레에서 벗어나며, 《어제의 약속》에서는 하연이 의사인 신우와 연결될 것임을 암시하며 마무리된다.

열정적 사랑의 판타지가 가장 잘 드러나는 작품은 신문 연재소설인 《쐐기》다. 이 작품의 주인공 '수희'는 글을 쓰면서 미국에 건너간 남편 대신 시어머니와 딸을 부양하는 책임을 떠안는다. 남편은 미국에서 새로운 여자가 생겼다는 사실을 숨기고 있고, 시어머니는 자신의 아들만을 우선시하며 며느리의 고생을 인정해 주지 않는다. 힘든 상황에서 수희는 자신보다 나이가 어린 재벌 2세와 달콤한 사랑을 꿈꾸지만, 그 사랑은 현실적으로 이루어지기 어려웠다. 그런데 놀랍게도 결말에서 여주인공을 압박하던 재벌가 사장, 남편, 시어머니가 모두 자연스러운 재난으로 죽음에 이른다. 모든 고통과 재난이 끝난 후, 여주인공은 재벌 2세와 새로운 삶을 시작한다. 즉, 2기 작품에서 열정적 사랑은 현실성이 제거된 판타지로 전환되는 것이다.

반드시 주목해야 할 사실은 최희숙의 2기 대표작인 《어제의 약속》, 《여자의 방》, 《1980, 서울부인》에 '아버지를 사랑하고 어머니를 배제하는' 엘렉트라 콤플렉스(Electra complex)를 지닌 여성이 등장한다는 점이다. 《어제의 약속》에서 하연은 아버지가 처음 결혼했던 여인을 버리고 거짓말을 해서 어머니와 두 번째 결혼을 한 사실을 알지만, 아버지를 원망하기보다는 그의 삶을 불쌍하게 여긴다. 이와 같은 경향성은 《여자의 방》과

《1980, 서울부인》에서 더 확연하게 나타난다.

《여자의 방》에서 아버지는 경제적으로 어려운 상황에서도 자식을 돌보려고 애쓰는 존재로 형상화된다. 여대생 서희는 두메산골에서 태어나 어렵게 자수성가를 했음에도 끝내 사업에 실패한 아버지의 삶을 다독이고자 한다. 반면 남편이 다른 여자와의 사이에서 아이를 낳은 사실에 괴로워했던 어머니의 마음은 이해하지 못한다. 《1980, 서울부인》에서도 마찬가지다. 수자는 고상한 인품에 자신을 극진히 사랑했던 아버지를 항상 그리워하는 반면, 남편이 일찍 죽었기 때문에 홀로 자식을 억척같이 길러 냈던 어머니는 자신의 삶을 억누르는 존재로 여긴다.

여성 간 연대의 회복,
다시 어머니의 품으로

최희숙은 1980년대 중반, 시어머니, 두 아들과 함께 미국으로 건너가 약 10년 만에 남편과 재회한다. 이민 가기 전 최희숙은 힘들었던 한국 생활을 청산하고, 새로운 곳에서 무언가를 시작한다는 생각에 희망을 품었을 것이다. 《쐐기》의 〈작가의 말〉에서 미국 출국을 준비하는 자신의 모습을 긍정적으로 서술한다. 비자가 발급되기 전이지만 《쐐기》를 "작별 친구"로 언급하고 도움을 준 이들을 떠올리며 감사의 인사를 한다.[15]

미국에서 최희숙은 1990년 정도까지는 그래도 소설을 쓰며 미래에 대한 희망을 꿈꿀 수 있었다고 생각된다. 한국에 있는 친구와 연락을 하고《미주 조선일보》에 소설도 연재한다.[16] 하지만 최희숙의 아들 김홍중의 회상을 통해 그녀의 삶이 모든 면에서 고됐을 거라는 짐작을 할 수 있다. 이민 후, 쉴 새 없이 노동에 시달려 글 쓸 시간을 확보하기 어려웠다. 최희숙은 두 아들이 학교를 마칠 때까지 정신력으로 삶을 지탱했다가 죽음에 이른다. 그녀는 아들에게 다음과 같이 고백했다고 한다. 자신이 "어미를 일찍 잃었을 때 너무 슬펐다고……그 상처를 물려주고 싶지 않아서 그때까지[두 아들이 학업을 마칠 때까지] 살아야만 했다고….".[17]

김홍중은 1979년 이후의 어머니 작품을 다음과 같이 평가한다.

> 작두가 무뎌져 있을 때, 신의 내림은 예전과 달랐다. 날카롭던 감정은 더는 나오지 않았었다.[18]

그러나 이것을 온당한 평가로 보기는 어렵다. 최희숙은 마지막 작품이라 여겨지는《뜸북새 논에서 울다》에서 다시 가부장제 질서의 모순점을 그 어느 시기보다 통렬하게 비판하는 것으로 나아갔기 때문이다. 또한 놀랍게도 2기 작품의 한계라고 할 수 있는 '엘렉트라 콤플렉스'를 스스로 뛰어넘어 여성 간의 연대를 회복하고 다시 어머니의 품으로 돌아온다.

사랑의 역사에서 '열정적 사랑'이 열등한 감정의 파토스로서 배제가 된 이유는 가족을 구축하는 기능이 부재해 인간이 주변적인 삶을 추구하게 되기 때문이다. 그러나 현재는 낭만적 사랑의 이데올로기 안에서도 결혼하기 전 두 남녀가 어떤 것으로도 감당할 수 없는 열정에 빠져들 것을 기대받는다. 이때 열정은 저항적 측면이 사라지고 '제도화된 자유'의 의미를 갖는다.[19]

2기 작품이 내용적 측면에서 비판받을 수밖에 없는 이유는 가부장제 질서의 근본적 억압성을 형상화하기보다 지금 남편과는 문제가 있지만 다른 남성과는 더 나은 결혼 생활을 할 수 있으리라는 허상의 낭만성을 보여 주었기 때문이다. 남편 이외의 남성을 열렬하게 사랑하면서 현재의 고통을 해소하는 것은 순간적으로는 혁명적일 수 있지만, 결과적으로는 낭만적 사랑이라는 결혼의 이데올로기에 편입된다. 그러나 미국으로 건너간 후 최희숙은 사랑과 결혼의 환상에서 벗어나, 의지할 곳 없는 여성이 어떻게 남편에게 기대고, 부조리한 남편에게서 벗어

---

15 최희숙, 《쐐기》, 청한문화사, 1985, 355쪽.

16 김홍중 엮음, 앞의 책, 340쪽.

17 위의 책, 329~330쪽.

18 위의 책, 329~330쪽.

19 니클라스 루만, 《사랑 연습》, 이철 옮김, 이론출판, 2017, 51, 53~54쪽.

나기 위해 무엇을 감수해야 하는지를 성찰한다.

최희숙은 《뜸북새 논에서 울다》에서 미국에 돈 벌러 간 남편을 5년간 한국에서 외롭게 기다리다가 남편을 찾아 이국으로 간 여성의 삶을 다룬다. 그녀는 미국에서 남편을 만나지만 결국 버림받고, 흑인에게 성폭행당해 아이를 낳으면서 '미친 여자'가 된다. 주인공 '난희'는 그동안 미국에서 남편 진정일과 부부처럼 지낸 혜정과 마주하면서 남편이 위선자임을 간파하고, 자신이 남편에 기대지 않고 독립적 존재가 되어야 함을 깨닫는다.

《뜸북새 논에서 울다》에서 최희숙은 미국 이민자의 생활을 통해 '결혼제도'를 성찰한다. 이 소설은 다음의 두 가지 측면에서 2기 작품에 나타난 한계를 뛰어넘고 있으며, 더 성장한 여성 인물형이 구현된다.

첫째, 주인공 난희는 남편과의 부조리한 관계로 인해 발생한 고통을 더는 다른 남성과의 사랑으로 해결하지 않는다. 2기 작품에서 여성인물은 현실의 난관을 '백마 탄 남성'을 통해 극복하고자 했다. 그러나 난희는 원치 않는 흑인 여자아이를 출산해 남편과의 재결합이 불가능해지자, 스스로의 힘으로 상황을 타개하려 한다. 의지할 곳 없는 난희를 위기에서 구해 주려는 듯한 한국계 미국인 '에디'가 등장하지만, 그에게 기대지 않고 자신이 일굴 '대지'를 바라보며 다시 희망을 품는다.

둘째, 2기 작품에서는 어머니-딸, 동성 친구 등의 여성 간 관계가 적대적으로 묘사되는 경우가 많았다. 하지만《뜸북새 논에서 울다》에서는 난희의 어려운 처지를 진심으로 이해하고 도와주는 동료 여성들이 등장한다. 또한 최희숙은 난희와 대립 관계로 설정된 여성들도 남성에 억압받는 존재임을 드러낸다. 강한 생활력으로 진정일의 사랑을 쟁취한 혜정, 재력으로 진정일에게 미국 국적을 쥐어 준 일본인 수지도 가부장제 질서 안에서는 언제든지 배제될 수 있는 대상에 불과하다.

《뜸북새 논에서 울다》에서 불법 이민자인 남편 진정일, 흑인 남성인 톰은 계층, 인종적 편견과 결부된 억압적 상황에 놓여 있다. 그들은 저마다 억울한 상황을 타개하기 위한 모색을 한다. 그러나 결론적으로 그들에게조차 억압을 받는 존재가 바로 한국 여성 난희다. 최희숙은 미국에서 생활하면서 여성의 존재성에 대해 거듭 성찰했던 것으로 보인다. 그녀는 이민 전엔 남편만 만나면 모든 어려움이 해소되리라고 기대했겠지만, 미국에서의 삶은 상상과 많이 달랐을 것이다. '한국인'이기에 겪어야 했던 수모, '여자'이기에 인내해야 했던 고통은 그녀의 환상을 무너뜨렸고, 인종과 국경을 초월해 여성 간의 연대를 모색하게 한 원동력이 되었다.

'불새'처럼 다시
비상하길 바란 작가

최희숙은 초기에 여대생 작가로서 기존 가족 서사의 전복을 지향하는 소설을 썼지만, 남편이 불법 이민자로 미국에 체류하는 동안 아버지의 세계를 지향하는 딸로 변화한다. 그러다 미국에서의 경험과 성찰을 토대로 가부장제 질서 안에서 생존까지 위협받던 여성이 여성 간 연대의 힘으로 자신의 삶을 개척하는 서사로 나아간다. 이러한 문학적 흐름은 '여대생' 작가로 주목을 받다가 문단과 대중에게 배제를 당했던 경험, 남편 대신 가장 역할을 하며 지독한 가난을 버텨야 했던 시절, 생계를 위한 노동으로 글 쓰는 시간조차 얻지 못했던 이민자로서의 삶과 긴밀한 관계가 있다. 또한 최희숙은 이민을 통해 여성의 삶을 깊이 성찰할 수 있는 기회를 갖고, 그 경험을 《뜸북새 논에서 울다》라는 작품으로 승화함으로써 자신의 문학 세계를 한 단계 더 전진시킬 수 있었다.

최희숙은 자신의 마음이 항상 들끓고 있음을 고백한다. 그녀는 대부분의 평범한 사람이 세상의 규칙을 따르며 조용히 살고자 함을 알고 있었지만, 그런데도 "끓어오를 때 나는 살고 싶고, 끓어오르지 않을 때 나는 죽고 싶다"[20]며 자신의 마음을 표현하기도 했다. 이런 최희숙이었기에 절망을 느끼는 매 순간 방 한구석에서 글을 쓰면서 자신의 마음을 달랠 수밖에 없었을 것이다. 고된 세탁소 일 때문에 글 쓸 여유조차 갖지 못했을 때는 아마 삶이 더욱더 버거웠을 것이다.

《여자의 방》 후기에서 최희숙은 "나는 언젠가는 내 글 속에서 눈부신 빛을 하나 가득 두 손 안에 쥐고 서 있을 나를 상상해 본다"는 소망을 내비친다. 최희숙은 글을 다시 쓰기 시작한 자신의 모습을 원고지와 만년필이라는 깃털로 만들어진, 날갯짓하는 새의 모습으로 묘사한다. 불새로서 자신이 다시 비상할 것임을 다짐하는 것이다. 최희숙은 불구덩이에 뛰어들 수밖에 없는 불새처럼 '끓어오름의 마음'을 지녔던 여성이었고, 그 마음을 금지된 사랑과 열정적 사랑의 형태로 소설에 형상화했다.

여대생 작가로 한 시대를 풍미했지만, 조용하고 쓸쓸하게 '글쓰기' 안에서 위안을 얻다가 끝내는 그 시간마저 허락받지 못해 이국에서 생계를 위한 노동 안에 갇혀 사라진 작가 최희숙. 앞으로 불새로 살았던 그녀의 삶을 이해하기 위한 작품 발굴과 연구가 더 이루어지기를 기대한다.

---

20 최희숙, 〈이 작품을 탈고하면서〉, 《어제의 약속》, 신원문화사, 1979, 7쪽.

참고문헌

김홍중 엮음,《창부의 이력서》, 소명출판, 2013.

니클라스 루만,《사랑 연습》, 이철 옮김, 이론출판, 2017.

박찬효,《한국의 가족과 여성혐오, 1950~2020》, 책과함께, 2020.

이우창, 〈도리포스의 '감정교육' -《단순한 이야기》와 열정적 사랑의 문제〉,《영미문학연구》29, 영미문학학회, 2015.

조은정, 〈1960년대 여대생 작가의 글쓰기와 대중성〉,《여성문학연구》24, 한국여성문학학회, 2010.

최희숙,《슬픔은 강물처럼》, 신태양사, 1959.

__,《부딪치는 육체들》, 구미서관, 1964.

__,《사랑할 때와 헤어질 때》, 문교출판사, 1966.

__,《여자의 방》, 대종출판사, 1979.

__,《1980, 서울부인》, 신현실사, 1979.

__,《어제의 약속》, 신원문화사, 1979.

__,《빈 잔의 축제》, 학일출판사, 1980.

__,《쐐기》, 청한문화사, 1985.

__,《뜸북새 논에서 울다》, 수문출판사, 1991.

허윤, 〈'여대생' 소설에 나타난 감정의 절대화 - 최희숙, 박계형, 신희수를 중심으로〉,《역사문제연구》40, 역사문제연구소, 2018.

한국 여성작가 연대기

초판 1쇄 발행 2021년 6월 30일

지은이 | 이화어문학회
펴낸곳 | (주)태학사
등록 | 제406-2020-000008호
주소 | 경기도 파주시 광인사길 217
전화 | 031-955-7580
전송 | 031-955-0910
전자우편 | thspub@daum.net
홈페이지 | www.thaehaksa.com

책임편집 | 여미숙
편집 | 김선정 조윤형
디자인 | 한지아 이보아
마케팅 | 김일신
경영지원 | 정충만

값 22,000원
ISBN 979-11-90727-71-6 93810